Commissario Paola Rossi

TOD IM ZWEITEN AKT

DER VERONA KRIMI

Cinzia G. Agostini

W0463713

neobooks

Impressum

Verlag: Cinzia Labby
Kleinreuther Weg 20
13587 Berlin
info@cinzia-g-agostini.de
Druck: epubli, ein Service der neopubli GmbH, Berlin

Printed in Germany

Danksagung

Für Chiara!
Du bist mein Fels in der Brandung!

Und nicht zu vergessen, Gitta.

Was würde ich nur ohne dich machen? Erneut hast du mein Buch in die Hand genommen, es gegengelesen, lektoriert und durch deine konstruktive Kritik, das Buch, zu dem gemacht, was es nun geworden ist. Vielen Dank!

Vorwort

Dieses Buch behandelt das Thema Kindesmissbrauch. Es ist mir ein Herzenswunsch, dass sich mehr Menschen mit diesem tragischen und für die Kinder, traumatischen Erlebnis, auseinandersetzen. Zu wenig wird meines Erachtens getan. Noch immer wird weggeschaut, die Kinder stehen oftmals allein da mit diesem traurigen Schicksal. Sie durchleben Angst und Schrecken durch körperliche Misshandlungen, doch auch durch die seelischen Blessuren, die herbe Spuren hinterlassen. Zu wenig Menschen stehen auf und setzen sich für die Belange der Kinder ein.

Mein Ziel ist es, weitere Menschen wachzurütteln, sie zu sensibilisieren bei diesem noch immer viel zu vernachlässigten Thema.

Jedes Kind verdient es, eine glückliche Kindheit erleben zu dürfen. Sollten sie dennoch mit Kindesmissbrauch in Berührung kommen, ist es unsere Pflicht als Gesellschaft die Kinder ernst zu nehmen und ihnen zur Seite zu stehen.

Kindesmissbrauch muss auch unter juristischen Gesichtspunkten neu bewertet werden.

Die Kinder sind die Erwachsenen von morgen.

1

Am Strand von Sirmione herrschte reger Betrieb. Die Sonne schien gleißend hell und von Weitem hörte man leise Musik. Giulia, Luca und Francesco schwammen im See, um sich abzukühlen, während Paola es sich auf einer Liege bequem machte. Sie las in ihrem Buch, schaute ab und zu auf den See und genoss es, ihre Gedanken einfach nur treiben zu lassen. Eine anstrengende Woche lag hinter ihr. Heute war Samstag und sie konnte sich ganz und gar der Familie widmen. Francesco kam aus dem Wasser und lief auf sie zu.

»*Mia cara*, willst du dich nicht auch etwas abkühlen? Das Wasser ist herrlich!«

Er strich ihr eine Locke aus dem Gesicht, beugte sich zu ihr hinunter und gab ihr einen Kuss.

»Ich finde es sehr angenehm hier zu liegen. Einfach nichts zu tun! Euch zuzuschauen und ein paar Seiten in meinem Buch zu lesen.«

Francesco schaute sie von der Seite an. Plötzlich grinste er und einen Moment später spritzte er sie nass. Paola entfuhr ein entsetzter Schrei! Sie sprang von ihrer Liege, flitzte zum See, tauchte ihre Hände unter Wasser und innerhalb kürzester Zeit lieferten sich beide lachend eine Wasserschlacht. Völlig außer Atem setzten sie sich nach ein paar Minuten auf die Liege und mussten noch immer lachen. Francesco nahm sie in den Arm.

»Das war eben wirklich sehr süß! Dein entsetzter Blick, der Aufschrei und dann noch dieser Sprung, von der Sonnenliege.«

»Du Schuft!«, entfuhr es Paola lachend. Sie kabbelten sich auf der Liege und kurzfristig sah es danach aus, als würden beide auf den Boden plumpsen. Erneut mussten sie lauthals loslachen.

Dann atmete sie erst einmal tief durch.

»Wann machen wir uns auf den Weg? Wann fängt die Oper an?«

»Um neun, aber wir müssen früher los, ich habe einen Tisch an der *Arena di Verona* zu halb acht bestellt. Wenn wir kurz nach sechs aufbrechen, kommen wir ganz entspannt an.«

»Ich freue mich sehr auf unseren Abend. Endlich mal wieder Zeit für uns. Die Kinder scheinen sich auch zu freuen. Hast du gesehen, wie Giulia und Luca sich angeschaut haben. Bestimmt werden sie eine Poolparty veranstalten, sobald wir weg sind.«

Paola machte ein verschmitztes Gesicht.

»Lass sie ruhig. Giulias Freundin Valeria macht doch einen patenten Eindruck und Lucas Freund Enrico scheint mir auch ein ganz vernünftiger junger Mann zu sein. Sie werden schon nicht das Haus in Schutt und Asche legen. Wir können uns ganz der Oper widmen und die Kinder machen sich mit ihren Freunden einen schönen Abend. Klingt doch nach einer: Win-win-Situation! «

»Du hast recht, ich muss mich langsam mit dem Gedanken anfreunden, dass unsere Kinder fast erwachsen sind.«

»Das solltest du! Zeit wird es!«, sagte Francesco mit einem Lachen. Die Kinder kamen aus dem Wasser und spritzen vergnügt ihre Eltern nass. Paola und Francesco ließen es nicht auf sich sitzen. Sie jagten von der Liege empor und lieferten sich mit den Kindern eine Wasserschlacht. Zwei Stunden später packten sie ihre Sachen zusammen und fuhren nach Hause.

Kurz nach vier kam Valeria bei den Rossis an. Sofort tuschelten beide Mädchen und liefen kichernd in das Zimmer von Giulia. Gegen halb fünf stand Enrico vor der Tür.

»*Buona sera*, Signora Rossi!«

»*Ciao*, Enrico, schön dich zu sehen. Wie geht es dir? «

»Sehr gut! Ich freue mich, Luca wiederzusehen. «

»Wie war es in London?«

»Ich konnte mein Englisch aufbessern. Die Stadt ist cool! Ich habe mir viel angeschaut. Wir hatten ein Hotel mitten in der Stadt und konnten einiges unternehmen …«, dann verzog er grimmig sein Gesicht und meinte: »Aber das Essen! Ich habe das Essen von *Mamma* sehr vermisst und bin froh wieder hier zu sein. «

»Na, dann habe ich gleich noch eine Überraschung für dich. Francesco hat für euch Pasta, Salat und Pizza vorbereitet.«

Enricos Augen leuchteten.

»*Mille Grazie*! Das hört sich fantastisch an. Luca hat gesagt, Sie gehen in die *Arena di Verona*.«

»Ja, ich freue mich schon sehr. Es steht ›*Aida*‹ auf dem Spielplan. Meine Lieblingsoper! Das ist übrigens das Stichwort, mich fertig machen. Schau mal, da kommt Luca!«
Die beiden begrüßten sich, klopften sich auf die Schulter und umarmten sich.

»Enrico, du musst mir alles erzählen. «

Paola schaute den beiden hinterher, als sie die Treppe nach oben liefen. Sie hörte nur noch ein paar Wortfetzen, »... Und *ragazze?* «

Ein Grinsen huschte über Paolas Gesicht, ›*na klar! Es geht um Mädchen*‹, dachte sie. Pünktlich gegen sechs stand Paola fix und fertig vor ihrem Spiegel und begutachtete ihr Spiegelbild. Francesco kam ins Bad und schaute sie verliebt an.

»Du siehst wunderschön aus. *Bella!* «

Kokett drehte sich Paola zu ihm um.

»Findest du? «

Sie drehte sich einmal um sich selbst, damit ihr Mann ihr großartiges neues Kleid begutachten konnte. Ein schwarzes Kleid mit einem traumhaften Dekolleté. Es betonte ihre Figur und ließ sie strahlen. Die Haare hatte sie zu einer Hochsteckfrisur arrangiert. Dazu trug sie eine kleine schwarze Clutch und schwarze Stilettos. Zauberhaft!

»Dann geleite mich mal nach unten.«

Paola reichte ihm die Hand. Anstatt mit ihr loszulaufen, musste er sie erst noch einmal küssen. Sie huschten noch schnell in die Zimmer der Kinder, um sich zu verabschieden. Dann machten sie sich auf den Weg. Kurz vor sieben kamen sie in Verona an. Den

Wagen parkten sie in einem Parkhaus und pünktlich kurz vor halb acht nahmen sie am Tisch des Restaurants Platz.

Francesco bestellte einen großartigen *Barolo,* für sie beide. Sie schauten in die Karte und bestellten sich ein Menü für zwei Personen.

2

Kurz vor neun betraten sie die *Arena di Verona* und wenig später begann der erste Akt.

Paola war sofort gefangen vom Zauber der Oper. Ihre Augen strahlten! Sie fühlte sich wohl. Es versprach, eine gelungene Vorstellung zu werden. Sie genoss es sichtlich. Immer wieder griff sie zur Hand ihres Mannes und drückte sie voller Freude. Mitten im zweiten Akt breitete sich ein Tumult hinter ihnen aus. Paola war so auf die Inszenierung fokussiert, dass sie es nicht sofort mitbekam. Gerade als ›Radames die Gefangenen am König vorüberziehen lässt‹, drehte sie sich um. Einige Reihen hinter ihnen sah sie eine Frau, wie wild mit den Armen fuchteln. Dann folgte ein lauter Schrei und eine Frauenstimme rief:

» Hilfe! Wir brauchen einen Arzt! «

Ein Raunen ging durch die Zuschauerreihen.

Innerhalb kürzester Zeit verebbte die eben noch traumhafte Stimmung in der *Arena di Verona.* Die Zuschauer schauten nicht mehr zur Bühne.

Francesco sprang mit einem Satz von seinem Sitz und lief nach hinten. Paola schaute sich noch für einen Moment das Geschehen aus der Entfernung an, doch dann hielt sie es nicht länger auf ihrem Platz aus. Ihre Neugier siegte.

Als sie bei ihrem Mann ankam, sah sie, wie er nur noch den Kopf schüttelte. Ein Kontrolleur der *Arena di Verona* kam keuchend auf sie zugelaufen. Als er die Situation erfasste, handelte er blitzartig und informierte über sein Headset die Geschäftsleitung.

Die Opernsänger verstummten und die Vorstellung wurde erst einmal unterbrochen. Auf den Rängen und den Sitzen baute sich ein Stimmengewirr auf. Die Ersten verließen ihre Sitze und liefen zu den Ausgängen. Paola schaute Francesco mit einem ernsten Blick an.

»Wir können nichts mehr machen. Der Mann ist tot. «

Francesco beugte sich über den Leichnam und nahm einen seltsamen Geruch wahr.

»Stimmt etwas nicht?«, fragte Paola verwirrt. Sie kannte ihren Mann nur zu gut und sein plötzliches Vorgehen löste in ihr ein Signal aus.

Erschrocken sagte er: »Allerdings! Wenn sich mein erster Eindruck bestätigt, ist dieser Mann an einer Vergiftung gestorben! «

Die Frau, die neben ihm saß, schaukelte sich mittlerweile hysterisch hoch und schrie immer nur:

»Gianni, sag doch etwas? Was ist denn nur mit dir?«

Paola ging behutsam auf sie zu und reichte der Signora ihre Hand.

»Kommen Sie bitte mit mir mit. «

Aufgelöst stand die Signora auf und ging mit Paola zur gegenüberliegenden Sitzreihe.

»Versuchen Sie sich bitte erst einmal zu beruhigen. Ich komme gleich wieder zu Ihnen. «

Die Signora setzte sich hin, unfähig auch nur im Ansatz zu widersprechen. Ihre Gefühlslage befand sich in einem akuten Ausnahmezustand. Ihre Hände zitterten, ihr Gesicht wirkte fahrig. Mit einem von panischen Schrecken ergriffenen Blick starrte sie zur Bühne. Paola ließ sie nur ungern allein dort zurück, doch sie musste jetzt handeln und wollte die Signora nicht unnötig dem gleich bevorstehenden Szenario aussetzen.

Paola ging wieder zurück zu der Stuhlreihe, in der der soeben Verstorbene mit noch offenen leblosen Augen saß. Francesco stand seitlich vor dem Toten, um ihn vor neugierigen Blicken der Zuschauer abzuschirmen. Sie informierte die Questura und ordnete das Kommen des Gerichtsmediziners und der Spurensicherung an. Danach wählte sie die private Nummer ihrer Kollegin Ispettore Nero, die heute einen freien Tag hatte. Nach einer halben Stunde stand der Gerichtsmediziner über dem Leichnam und machte eine erste eingehende Untersuchung.

»Ich stimme deinem Mann zu, Paola! Der Mann ist durch eine Vergiftung gestorben. Ich tippe auf Zyankali. Es riecht nach Bittermandel. «

Francesco nickte zustimmend.

Entsetzt sagte Paola zu *Dottore* Alberto Ragazzi:

»Mitten in der Vorstellung. Unfassbar! «

»Hast du schon eine Idee, wie er es zu sich genommen hat? «

»Das kann ich dir noch nicht sagen, auch nicht, ob er es selbst zu sich genommen hat oder ob es ihm verabreicht wurde. Doch vorab schon einmal eins: Es kommt immer auf die Menge an. In seinem Fall tippe ich auf eine hohe Dosis. Der Tod trat innerhalb kürzester Zeit ein. Wenn das Gift in den Körper gelangt, verbindet es sich mit der Magensäure. Der

Körper reagiert auf den vermeintlichen Sauerstoffmangel und die Atemfrequenz erhöht sich. Akute Atemnot setzt ein und es folgt innere Erstickung. Wie das Gift verabreicht wurde kann ich dir erst nach der Obduktion sagen. Tod durch Gift hatten wir schon lange nicht mehr auf dem Tisch. Ich mache mich gleich an die Arbeit. «

Dottore Ragazzi tauschte einige Worte mit Francesco aus, bevor er sich erneut über den Leichnam beugte. Er zog eine Kamera hervor und machte Fotos. Als er damit fertig war, hantierte er mit seinen Instrumenten, untersuchte den Leichnam und trug die Ergebnisse in einer Liste ein. Danach griff er behutsam mit seiner Hand zu den Augen des Toten, die noch immer weit aufgerissen standen und schloss sie mit sanftem Druck.

Paola ging in der Zwischenzeit zur Signora zurück, die die Ehefrau des Toten zu sein schien. Die Dame schluchzte unaufhörlich und glich einer geisterhaften Gestalt.

»*Buona sera*, Signora! Ich habe mich vorhin noch nicht vorgestellt. Mein Name ist Commissario Rossi. Darf ich Ihnen ein paar Fragen stellen? «

Die Frau saß auf ihrem Stuhl wie in einer Art Traumzustand. Paola war sich nicht sicher, ob ihre Worte bis zum Bewusstsein der Frau vordrangen, doch sie musste der Dame einige Fragen stellen.

»*Scusi*, Signora! Bei dem Toten handelt es sich um Ihren Ehemann?«

Die Frau nickte stumm. Sie rang mit ihrer Fassung. Nach einem weiteren Moment gelang es ihr schließlich zu sprechen.

»Mein Name ist Santina Baldini. Mein Mann heißt Gianni Baldini.«

Weiter kam sie nicht. Scheinbar kam ihr schleichend das eben Erlebte in den Kopf und der plötzliche Tod ihres Mannes, löste einen Schock in ihr aus.

Paola legte ganz vorsichtig ihre Hand auf Signora Baldinis Schulter.

»Signora Baldini, ich möchte Ihnen mein Beileid aussprechen! «

Mit einem von Tränen verzerrten Blick schaute Signora Baldini zu Paola auf. Mit wispernder Stimme begann sie zu reden: »Ich kann es noch gar nicht glauben, Gianni ging es gut. Wir haben uns heute so auf die Oper gefreut. Er hat«, dann verbesserte sie sich, »er hatte immer so viel zu tun. Sie müssen wissen, er hat im Finanzministerium gearbeitet. Bei der *Guardia di Finanza*. Er war in der letzten Zeit ständig unterwegs. Wir wollten uns einen schönen Abend in der Oper machen …«

Signora Baldini wurde durch einen heftigen Weinkrampf geschüttelt und konnte nicht weitersprechen. Paola schaute sie mit einem mitleidsvollen Blick an und wartete erst einmal ab, ob sie ihre Fassung wiedererlangen würde. Nach einer Weile schaute Signora Baldini erneut zu Paola hoch und meinte: »Ich verstehe nicht, was eben passiert ist! Mein Mann nahm einen Schluck aus seiner Wasserflasche. Dann drückte er meine Hand und sagte, wie sehr er sich freue mit mir hier in der Arena zu sein. Auf einmal griff er zu seiner Krawatte und versuchte sie zu lösen. Im ersten Moment habe ich mir nichts dabei gedacht, doch dann atmete er hektisch. Er rang nach Luft und keuchte. Ich habe mich zu ihm hinüber gebeugt und gefragt, was ihm fehlt. Er sagte nichts mehr …«

Erneut rang Signora Baldini mit ihren Gefühlen, als sie versuchte, Commissario Rossi die letzten Minuten im Leben ihres Mannes, zu schildern.

Fast flüsternd sagte sie:

»Dann glitt sein Kopf zur Seite. Er atmete nicht mehr. Ich habe ihn angesprochen, aber er …«

Commissario Paola Rossi nahm ihre Hand.

»Signora Baldini, nur noch eine Frage«, sie zeigte auf die Wasserflasche, an der sich Signora Baldini klammerte.

»Ist das die Flasche, aus der ihr Mann gerade eben etwas getrunken hat? «

»*Sì!* Commissario, aus dieser Flasche hat er getrunken, wieso fragen Sie? «

Commissario Paola Rossi hatte den Verdacht, dass sich in dieser Flasche eine Substanz befand, die den plötzlichen Tod von Signor Baldini auslöste. Da sie aber sah, wie mitgenommen seine Frau vor ihr saß, wählte sie ihre Worte sorgsam aus.

»Signora Baldini, darf ich diese Flasche mitnehmen? Ich weiß, dass Sie sie behalten möchten, aber ich würde sie gerne in unser Labor bringen und sie untersuchen lassen. «

Signora Baldini wirkte noch immer abwesend, als sie Paola die Wasserflasche übergab.

»Signora Baldini kann ich jemanden verständigen, der sie abholen kann? Wie ich sehe, geht es Ihnen nicht gut! Es wäre besser, wenn Sie jetzt nicht allein nach Hause gehen.«

Signora Baldini schaute Paola gedankenverloren an, als hätte sie die Frage nicht verstanden. Dann nickte sie zaghaft und murmelte: »Wenn Sie meinen Sohn verständigen könnten. Warten Sie …«

Mit letzter Kraft griff sie in ihre Tasche und holte ein kleines, mit Blumen verziertes Büchlein hervor, blätterte es auf und zeigte auf einen Eintrag: Angelo Baldini.

Im nächsten Moment sackte Signora Baldini in sich zusammen. Der plötzliche Tod ihres Mannes zerrte an ihren Nerven und forderte seinen Tribut. Paola winkte ihren Mann Francesco zu sich heran und besprach sich mit ihm. Ihr Mann ging daraufhin zu *Dottore* Alberto Ragazzi. Nach einigen Minuten kam Francesco mit einem Rettungssanitäter zurück. Er trat an Signora Baldini heran, sprach mit ihr ein paar Worte. Dann verabreichte er ihr ein Beruhigungsmittel. Die Wirkung des Medikaments setzte nicht sofort ein. Doch allmählich sah man, wie der Wirkstoff sich im Körper entfaltete. Signora Baldini atmete ruhiger, ihr Gesamterscheinungsbild wirkte entspannter. Der akute Schockzustand wandelte sich. Paola nahm es mit großer Erleichterung zur Kenntnis. Nach weiteren zehn Minuten, war Signora Baldini soweit stabil, dass Paola alle notwendigen Vorkehrungen treffen konnte, um sie von ihrem Sohn abholen zu lassen. Francesco blieb bei Signora Baldini sitzen und wartete gemeinsam mit ihr auf die Ankunft des Sohnes.

In der Zwischenzeit waren Ispettore Maria Nero und Assistente Carlo Mazzola am Tatort eingetroffen. Auch Salvatore Torri von der Spurensicherung war emsig beschäftigt. Er hantierte an dem Sitz, an dem das Opfer zuvor gesessen hatte. Paola gab ihm sofort die Wasserflasche von Signor Baldini.

»Salvatore, prüfe bitte sofort den Inhalt der Flasche. Es kann möglich sein, dass sich eine giftige Substanz darin befindet. Sei vorsichtig mit der Flasche! Ach so, noch etwas. Außer unserem Opfer hat auch seine Frau die Flasche berührt. Vielleicht gibt es weitere Fingerabdrücke … «

»Das mache ich, Paola! «

Dann schaute er seine Kollegin musternd an.

»Was ist?«, fragte Paola ganz durcheinandergebracht. Sie befürchtete einen Fleck oder Ähnliches auf ihrer Kleidung. Das naheliegende fiel ihr dabei überhaupt nicht ein.

»Paola, hast du dich einmal angeschaut! «

Jetzt wurde Paola ganz unsicher, zupfte mechanisch an ihrem Kleid.

»Du siehst umwerfend aus! Das ist aber nicht die aktuelle Uniform, die du künftig bei Einsätzen trägst, oder?«

Paola fiel ein Stein vom Herzen, dann schaute sie ihn mit einem belustigten Gesichtsausdruck an und konterte: »Mein lieber Salvatore, natürlich ist das meine Dienstkleidung. Dieses Kleid hat der Vice-Questore persönlich für seine Polizistinnen anfertigen lassen. Heute ist der erste Testlauf! «

Befangen schaute er Paola an. Man sah ihm förmlich an, wie er in seinem Kopf das eben Gesagte versuchte einzuordnen. Doch Paola ließ sich nichts anmerken.

»Das ist doch ein Scherz. Jetzt willst du mich auf den Arm nehmen. «

Paola konnte nicht länger an sich halten und ein Lächeln huschte über ihre Lippen.

»Ich wollte heute mit Francesco in die Oper. Dass dieser Abend solch einen Verlauf nimmt, damit habe ich nicht gerechnet.«

Salvatore schluckte nervös.

»Aber danke, für dieses zauberhafte Kompliment. Übrigens, du bist der Einzige, der mich darauf angesprochen hat. Du bist und bleibst ein Charmeur.«

Etwas unbeholfen versuchte Salvatore Torri mit einem Lächeln die Situation zu retten. Es war ihm sehr peinlich und er versuchte sich schnell wieder dem Dienstlichen zu widmen. Als Paola gerade zur Seite schaute, sah sie ihre Kollegin Ispettore Nero auf sich zukommen.

»*Ciao*, Paola! *Ciao*, Salvatore!«

Ispettore Maria Nero begrüßte ihre Kollegen, dann fragte sie Paola: »Was haben wir?«

Obwohl sie sich an einem Tatort befanden, musste Ispettore Nero schmunzeln, »das ist normalerweise ja deine Frage, aber du bist ja diesmal schon vor dem Verbrechen vor Ort …«

»Hör bloß auf. Ich wollte mir mit Francesco einen

schönen entspannten kinderfreien Abend machen und dann passiert so etwas. «

»Du bist eben immer im Einsatz! «

»Spaß beiseite! Das Opfer heißt Gianni Baldini. Er ist 58 Jahre alt und hat bei der *Guardia di Finanza* gearbeitet. Er ist mit seiner Frau Santina Baldini zur Oper gegangen. Sie sitzt dort drüben.«

Mit der Hand zeigte sie auf die gegenüberliegende Stuhlreihe.

»Laut ihren Angaben hat er am Anfang des zweiten Aktes aus seiner Wasserflasche getrunken. Die Flasche habe ich übrigens bereits an Salvatore übergeben. Nachdem er aus der Flasche getrunken hat, ging es ihm innerhalb kürzester Zeit schlecht. Er griff an seine Krawatte und rang nach Luft. Bevor seine Ehefrau den Ernst der Lage erkennen konnte, war Signor Baldini schon tot.«

»Ach du meine Güte! «, entfuhr es Ispettore Nero:

»Hört sich so an, als sei er vergiftet worden? «

»Ja, das ist auch unsere Vermutung. Francesco rannte zu Signor Baldini, als sich plötzlich ein Tumult auftat und eine Frauenstimme um Hilfe rief. Francesco beugte sich über ihn, doch er konnte nur noch seinen Tod feststellen. Dabei bemerkte er einen merkwürdigen Geruch, der vom Toten austrat. Als dann *Dottore* Ragazzi kam und eine erste Untersuchung des Leichnams vornahm, bestätigte er die Vermutung von Francesco. «

»Glaubst du an ein Tötungsdelikt oder sieht es wie ein Suizid für dich aus? «

»Mein Gefühl sagt mir, dass wir es mit einem

Verbrechen zu tun haben, aber vielleicht sollten wir erst einmal die Obduktion abwarten. Von Signora Baldini konnte ich nicht sehr viel erfahren. Sie stand dermaßen unter Schock, dass sie erst einmal ein Beruhigungsmittel bekommen hat. Wir müssen sie Montag befragen, hoffentlich geht es ihr dann schon etwas besser. «

»Verstehe! Wie sieht es mit Zeugen aus? «

»Die *Arena* war voll. Doch mit Einsetzen des Tumultes sind viele zu den Ausgängen. Ziemlich schnell war klar, dass die Vorstellung nicht weiter fortgeführt wird. Ich habe versucht, mit den Sicherheitsleuten zu sprechen, ob sie uns Nachweise über die Besucher geben können. Das wird eine Sisyphus Aufgabe. Bei den Onlinebestellungen gibt es zumindest einen Karteninhaber, trotzdem wird die Zuordnung der tatsächlichen Besucher schwierig. Bei den Karten, die man hier vor Ort kauft, gibt es keine Namenszugehörigkeit, außer, die Eintrittskarten wurden ebenfalls mit einer Karte bezahlt. Aber mir stellt sich eine ganz andere Frage. Hat Signor Baldini das Wasser hier gekauft oder es mitgebracht? Das wird uns hoffentlich seine Frau am Montag beantworten können. Dann sehen wir weiter. «

Paola sprach danach noch mit einem Mitarbeiter der *Arena di Verona*, übergab ihm ihre Karte und bestellte ihn für Montag zu einer Befragung in die Questura. Dann verabschiedete sich Salvatore Torri, noch immer leicht nervös wirkend, von Paola. Seine Arbeit war getan. Er hatte Tatortfotos gemacht, den Sitz auf Spuren untersucht und wollte schnellstmöglich die Wasserflasche im Labor untersuchen. Mittlerweile war es fast Mitternacht.

Francesco unterhielt sich mit *Dottore* Ragazzi, der sich nunmehr auch langsam auf den Weg machen wollte. Der Leichnam war bereits abtransportiert und auf dem Weg zur Gerichtsmedizin. Paola ging zu beiden.

»Na Paola, jetzt bist du mittlerweile schon die Erste am Tatort. So hast du dir deinen Abend bestimmt nicht vorgestellt. «

Paola machte eine wegwerfende Bewegung.

»Bestimmt nicht, Alberto! Wir hatten uns auf einen schönen Abend in der Oper eingestellt. Aber kommen wir wieder zum Fall, wann kann ich mit den ersten Untersuchungsergebnissen rechnen?«

»Montag! Im Laufe des Tages. Ich weiß, dass es dringend ist. Ich beneide dich nicht um diese Ermittlungen.«

Paola schaute ihn irritiert an.

»Wie meinst du das, weil er vermutlich vergiftet wurde oder weißt du mehr als ich? «

»Nein, nein, ich weiß nicht mehr, aber wenn du alle vorladen willst, die heute hier waren. Da hast du viel vor. Sehr ambitioniert! «

»Verstehe. Möglicherweise gibt es doch auch ein paar Spuren, die nichts mit der heutigen Veranstaltung zu tun haben. Das Opfer hat bei der *Guardia di Finanza* gearbeitet. Ich muss erst einmal herausfinden in welcher Abteilung er tätig war. Eventuell ergibt sich durch seine Arbeit ein Motiv. Aber weißt du was, ich finde, wir sollten jetzt

Feierabend machen. Was sagt ihr dazu? «

Paola schaute ihren Kollegen, den Gerichtsmediziner *Dottore* Ragazzi und ihren Mann Francesco an. Sie nickten ihr beide mit einem müden Blick zu. Paola schaute nach Ispettore Nero und winkte sie zu sich heran. Nach einigen Minuten setzte sich der Tross in Bewegung und vor der *Arena di Verona* verabschiedeten sich Paola und Francesco von den Anderen.

Als sie endlich ihren Wagen vor ihrem Haus parkten, schlug die Kirchturmuhr von *Desenzano del Garda* bereits ein Uhr morgens.

Paola und Francesco öffneten die Haustür. Beim Eintreten in den Flur vernahmen sie leises Stimmengemurmel aus der oberen Etage. Francesco ging die Treppe hinauf und begrüßte die Kinder. Sie saßen zu viert in Lucas Zimmer und spielten ganz vergnügt ein Kartenspiel. Als Francesco wieder nach unten kam, stand die Terrassentür offen. Er lugte hinaus und sah seine Frau Paola mit einem Glas Wein sitzen.

»Na, *Bella,* unser Abend ist ziemlich aus dem Ruder gelaufen! «

Schnaufend sagte Paola: »Leider! Komm, setz dich zu mir«, sie klopfte mit ihrer Hand auf dem Platz neben sich.

Francesco goss sich ein Glas Wein ein, setzte sich auf die Bank neben seine Frau und legte seinen Arm um sie. Sie schauten beide versonnen in den

Abendhimmel und betrachteten die Sterne am Firmament.

3

Als Paola am nächsten Morgen aufwachte, blitzte die Sonne durch das Fenster. Sie drehte sich um, doch der Platz neben ihr war leer. Francesco schien schon auf zu sein. Sie schaute auf die Uhr. Schon halb zehn! Sie streckte sich und überlegte, ob sie heute kurz in der Questura vorbeischauen sollte. Es war Sonntag. Sie würde keine neuen Informationen über den gestrigen Fall einholen können. Sie verwarf den Gedanken und überlegte, ob sie stattdessen Maria Nero anrufen sollte. Vielleicht könnte Maria am Nachmittag auf einen Kaffee bei ihnen vorbeikommen. Sie zog sich einen Bademantel über und wollte nach ihrer Familie schauen. Als sie unten an der Treppe ankam, sah sie ihre Kinder samt Freunde und ihren Mann am Tisch sitzen. Sie frühstückten.

»*Buongiorno!* Ausgeschlafen? «

Francesco stand vom Stuhl auf, lief ihr entgegen und drückte ihr einen Kuss auf den Mund.

»Seid ihr schon lange wach? Ich habe gar nichts mitbekommen. «

Paola wirkte noch etwas schlaftrunken. Sie drückte und küsste ihre Kinder, danach begrüßte sie Valeria, die Freundin ihrer Tochter, dann Lucas Freund Enrico. Paola trank erst einmal einen großen Schluck *caffè*, ihre Lebensgeister erwachten langsam.

Enrico richtete das Wort an Paola:

»Ihr Mann hat erzählt, dass sie gestern unfreiwillig arbeiten mussten! «

Paola biss gerade von ihrem *cornetto* ab und nickte ihm zu.

»Ja, stimmt. Ein schöner Abend in der Oper sieht anders aus. «

»Was ist denn passiert?«, fragte Enrico nach.

Paolas Blick wurde ernst. Sie musste an gestern denken.

»Ein Mann ist plötzlich im Zuschauerraum zusammengebrochen und verstorben. Für ihn kam jede Hilfe zu spät. «

Man sah Enrico an, dass seine Sensationslust aktiviert war.

»Ist er ermordet worden? «

Paola wog ihre Antwort gründlich ab. Zum einen wollte sie die bislang fröhliche Frühstückrunde nicht durch derartige Themen belasten, zum anderen durfte sie über laufende Ermittlungen keine Auskunft geben.

»Das wissen wir noch nicht, wir stehen ganz am Anfang der Ermittlungen. Dazu kann ich dir nichts sagen. Lass uns lieber von etwas anderem sprechen. Wir sitzen alle so gemütlich beisammen, da sollte man nicht von möglichen Verbrechen sprechen. «

Paola sagte es zwar freundlich, dennoch sehr bestimmt und Enrico beschloss es auf sich beruhen zu lassen. Er sah Signora Rossis ernsthaftem Gesichtsausdruck an, dass für sie damit das Thema beendet war und sie ihm nichts zu ihrem aktuellen Fall sagen würde.

Sie saßen noch eine Weile am Frühstückstisch beisammen. Francesco fragte in die Runde, wie denn die Kinder den gestrigen Abend verbracht hatten.

Luca erzählte, dass sie erst einmal viel Spaß im Pool hatten, danach machten sie sich über das leckere Essen her. Als es dunkel wurde, beschlossen sie ein lustiges Kartenspiel zu spielen. Die Kinder schienen Spaß gehabt zu haben, denn es gab immer wieder einige Zwischenrufe und die Kinder fingen erneut zu lachen an.

Gegen Mittag wollten die Kinder gemeinsam zu einer Badestelle laufen, um schwimmen zu gehen. Das Wetter war fantastisch. Ein richtig schöner, warmer Sommertag. Francesco stellte für die vier einen Picknickkorb zusammen. Derweil suchte Giulia verzweifelt nach einer Picknickdecke. Luca und Enrico spielten ein Computerspiel, nur Valeria stand etwas verloren herum. Als Paola das sah, ging sie zu ihr hin und sprach sie an.

»Na Valeria, wie geht es dir? Genießt du die ›Greco‹ freie Zeit? «

Sie sagte es mit einem gewissen Schmunzeln, denn das Thema Signora Greco hatte in der Vergangenheit bereits zu einigen emotionalen Ausbrüchen bei ihrer Tochter Giulia geführt. Signora Greco war eine sehr ungerechte Lehrerin, so empfand es Paola nach den Erzählungen ihrer Tochter. Paola wollte so gerne mit der Lehrerin sprechen, doch Giulia winkte jedes Mal ab, weil sie befürchtete nach dem Gespräch nur noch Spießrutenlaufen zu müssen.

Vielleicht konnte Paola durch Valeria etwas Neues zu diesem Thema erfahren.

»Ich genieße die Sommerferien sehr und auch die ›Greco‹ freie Zeit«, sie lächelte, als sie dies sagte.

»Sie ist schon ein echter Drache, aber ich habe mir angewöhnt, sie nicht mehr ernst zu nehmen. Sie ist zu uns allen ungerecht! Es liegt also nicht am Einzelnen, sie ist eine unzufriedene Frau. Mein Geheimrezept ist: Einfach alles in ihrem Fach auswendig lernen, auch wenn es mir manches Mal suspekt vorkommt. So habe ich die Chance, sie möglichst nicht aufzuregen. Und wenn sie mich trotzdem versucht vor der Klasse bloßzustellen, dann versuche ich es nicht so nah an mich herankommen zu lassen. Giulia kann das nicht. Ihr Gerechtigkeitssinn ist einfach zu ausgeprägt. Sie geht dann gleich auf hundert Sachen!«

Prompt sagte Paola: »Wie wahr, so ist Giulia! Ich verstehe sie aber in dieser Beziehung. So wie ich es verstanden habe, ist Signora Greco nicht eine strenge Lehrerin, sondern eine ungerechte. Das ist schon ein großer Unterschied.«

Valeria schaute nachdenklich.

»Ich verstehe, was Sie meinen. Natürlich wünsche ich mir manches Mal auch, dass die Greco einfach mal eins auf den Deckel bekommt. In gewisser Weise ist das schon Mobbing, was sie da macht. Aber … «

Paola schaute sie fragend an: »Aber? «

»Vielleicht hat sich das Thema ›Greco‹ im nächsten Schuljahr erledigt. Wir sollen neue Lehrer bekommen.«

»Das hat Giulia noch gar nicht erwähnt! «

Paola sah verwundert aus.

»Giulia wartet ab. Sie meinte, sie freut sich erst in dem Moment, wenn die ›Greco‹ nicht mehr auf unserer Lehrerliste steht. Selbstschutz?«

Valeria zuckte mit den Achseln.

»Verstehe, da kommt Giulia! Hast du die Picknickdecke noch gefunden? Schatz!«

Ihre Tochter hatte die Decke unter ihrem Arm geklemmt und darüber hinaus auch noch eine Luftmatratze in der Hand. Ihrem frostigen Gesichtsausdruck entnahm Paola, dass ihre Tochter durch die langwierige Suche entnervt war.

»Hättest du mir nicht sagen können, dass die Decke in der Plastikbox auf der Terrasse liegt. Ich habe jetzt stundenlang suchen müssen! «

Giulias Stimme und ihre Gestik wirkten sehr eisig.

Paola verdrehte die Augen.

»Das hätte ich dir gerne gesagt, aber ich hatte die Decke dort nicht hingelegt. Wer weiß, wie sie dort hingekommen ist? «

Paola versuchte die Situation mit einem Lächeln zu retten, doch Giulia war bereits voll in ihrem Element. Paola entschied, nichts weiter dazu zu sagen, um die Situation nicht unnötig eskalieren zu lassen.

Sie kannte ihre Tochter gut genug, um zu wissen, dass Giulia spätestens nach dem Ausflug auf sie zukommen würde. Mit weit geöffneten Augen würde sie ihre Mutter anschauen, danach in den Arm nehmen, fest an sich drücken und sagen: ›Ich bin halt eine große Zicke, aber ich habe dich voll lieb, Mamma!‹ Sicherlich gehörte dieses Verhalten zur Pubertät und war wichtig, doch manches Mal fiel Paola es schwer, ruhig zu bleiben. Mitten in ihre Gedanken hörte sie wie Luca und Enrico die Treppe heruntergerannt kamen.

»Wir sind so weit! Können wir dann los? «

Giulia schenkte ihrem Bruder einen giftigen Blick.

Paola musste an sich halten, um nicht loszulachen. Stattdessen ging sie zu ihrem Mann und half ihm beim Einpacken des Picknickkorbs.

»Hat unsere Prinzessin schlechte Laune …? Wir können auch ohne dich los …«, sagte nun sichtlich gereizt Luca.

Wie immer, war es Francesco, der die Situation rettete.

»So, alles fertig. Ich wünsche euch einen schönen Badeausflug. Passt auf euch auf und seid bitte vor Einbruch der Dunkelheit wieder zurück. Nehmt, einen Schlüssel mit. Ich entführe eure *Mamma* nachher zum Essen. Viel Spaß.«

Er drückte Giulia fest an sich, flüsterte ihr etwas ins Ohr und keine fünf Minuten später war auch Giulias Stimmung wieder prächtig und die Vier liefen los.

Die Haustür fiel zu und Paola atmete erst einmal tief durch.

»Kannst du mir bitte einmal sagen, wie du es schaffst, dass unsere kleine Zicke bei dir immer so lammfromm reagiert? «

»Erpressung!«

»Häăh?«

»Ganz einfach. Ich habe ihr gesagt, dass ich mitkomme, außer … mehr, muss ich in der Regel nicht sagen, sie versteht mich dann schon. «

»Du bist schlau. «

»Hey, das wusstest du noch nicht? «

Mit einem schelmischen Blick kam er auf sie zu und nahm sie in den Arm.

»Ich hätte da eine Idee, was wir zwei jetzt machen können…«

4

Signora Santina Baldini hatte eine unruhige Nacht durchlebt. Immer wieder schreckte sie hoch, drehte sich herum und starrte auf das menschenleere Kissen, neben sich. Sie konnte es noch immer nicht glauben, dass ihr Mann nie mehr mit ihr sprechen und sie nie wieder seine Nähe spüren würde.

Er war nicht mehr da.

Nie mehr.

Für immer aus dem Leben gerissen.

Ausgelöscht!

Sie ging immer und immer wieder den letzten Abend in ihrem Kopf durch. Die letzten Minuten seines Lebens, den Moment, als sein Körper leblos zur Seite fiel und sie gar nicht erfasste, dass er einen Todeskampf durchlebte. Sie zitterte am ganzen Leib.

Ihr kam Commissario Rossi in den Kopf!

Was meinte sie damit, als sie die Wasserflasche von ihr haben wollte? Was hatte die Wasserflasche mit seinem plötzlichen Tod zu tun?

Den Gedanken, dass ihr Mann womöglich vergiftet worden war, versuchte sie weiterhin vehement zu verdrängen. Doch die Realität klopfte unaufhörlich bei ihr an. Je stärker dieses Gefühl in ihr Bewusstsein vordrang, umso mehr überkam sie blanke Angst.

Sie setzte sich aufrecht in ihr Bett.

Der Gedanke schoss ihr mit solch einer Kraft in den Kopf und löste eine Welle von Ohnmacht, Erkennen und plötzlicher Klarheit aus. Ihre Atmung stockte. Ihr Puls raste hoch und sie riss ihre Augen weit auf. Das bisher von ihr Verdrängte wich der unausweichlichen Gewissheit! Ihr Körper bäumte sich auf und sie schrie schrill:

»Er wurde umgebracht! «

Ihr Sohn stürzte durch den lauten Schrei erschreckt in das Schlafzimmer seiner Mutter. Ihre irritiert blickenden Augen ließen ihn einen Schritt zurückweichen. Der geisterhafte Ausdruck ihres Gesichtes ließ ihn erschrecken.

Er lief zu ihr und wollte sie trösten, obwohl er selbst mit den Ereignissen des gestrigen Abends an seine emotionalen Grenzen stieß. Er hatte kaum geschlafen. Das Ganze war ein Albtraum.

Was, wenn sein Vater Opfer eines Verbrechens geworden war? Er sah noch die nachdenklichen Blicke der Polizei. Das verhaltene Sprechen von Commissario Rossi. Doch wer sollte seinen Vater umbringen wollen? In was war sein Vater hineingeraten? Hatte es etwas mit seinem Beruf zu tun?

Es ratterte unaufhörlich in seinem Kopf. Er hatte das Gefühl sein Kopf würde gleich platzen, weil so viele unterschiedliche Gedanken und Fragen in ihm aufstiegen. Immer wieder versuchte er das Gedankenkarussell auszuschalten, doch es gelang ihm nicht.

»*Mamma*! Ich bin bei dir! «

Er umschloss ihre Hand, zog seine Mutter an sich heran und drückte sie ganz fest.
Seine Mutter fing leise zu schluchzen an. Ihr Körper vibrierte erst ganz zaghaft, doch von Minute zu Minute schaukelte sich ihre Trauer immer höher und ihr Körper reagierte mit heftigen Zuckungen.
Angelo hatte Mühe, seine eigenen Empfindungen zurückzuhalten. Auch er kämpfte mit den Tränen. Ein dicker Kloß machte sich in seinem Hals breit. Er konnte es nicht länger unterdrücken und weinte, seine Mutter fest umklammernd, los.

Hätte Gianni Baldini sehen können, wie beide litten, hätte es ihm das Herz zerrissen.

Beide wogen sich in ihrer Trauer und es dauerte eine gefühlte Ewigkeit, bis sie imstande waren miteinander zu sprechen.

Angelo sah seiner Mutter tief in die Augen und versprach ihr:

»*Mamma*, wir stehen das gemeinsam durch. Das verspreche ich dir! Ich werde dich in allen Belangen unterstützen und dir zur Seite stehen. Papa würde wollen, dass wir uns gegenseitig auffangen und füreinander da sind. Er hat immer alles für uns getan.«

Seine Stimme zitterte. »Ich kann es immer noch nicht glauben, dass er …«, er konnte es nicht aussprechen. So tief saß der Schock. Unbewusst vermied er dieses Wort, denn er wollte diese Endgültigkeit nicht akzeptieren.

Seine Mutter strich ihm über den Kopf und

streichelte dabei seine Wange. Ihre Augen trugen einen Schleier aus Tränen, tiefe Furchen zeichneten sich auf ihrem Gesicht ab. Die durchwachte Nacht und das fürchterliche Erlebnis hinterließen Spuren und hatten seine Mutter über Nacht altern lassen.

Er schaute sie besorgt an.

Doch dann bündelte er seine verbliebene Energie, um die Kraft aufzubringen, seiner Mutter den nötigen Trost und Halt zu spenden, die diese Situation abverlangte. Schlagartig wurde ihm bewusst, wie zerbrechlich und kraftlos seine Mutter nun vor ihm saß. Er wollte sie beschützen! Und … er wollte sie nicht auch noch verlieren.

Er liebte sie.

So wie er seinen Vater geliebt hatte.

Er hatte seinen Eltern alles zu verdanken. Sie gaben ihm ein stabiles Elternhaus. Sie unternahmen alles erdenklich Mögliche, um ihm einen guten Start ins Leben zu ermöglichen. Ob als kleiner Junge oder als erwachsener Mann, sie gaben ihm immer das Gefühl stolz auf ihn zu sein.

Sie liebten ihn bedingungslos. Seine Kindheit war von tiefer Liebe, Vertrauen und friedvollem Miteinander geprägt. Und bei Gott, das war für ihn nicht selbstverständlich! Als er in den Kindergarten, später dann in die Schule kam, hatte er das ein ums andere Mal Kinder kennengelernt, die keine so behütete Kindheit erleben durften.

Während seine Mutter stumm über seinen Kopf strich, ihre Atemzüge sich ausgeglichen einpendelten, erinnerte er sich zurück.

Zurück an die Familie seines Vaters.

Sein Vater wuchs als jüngster Sohn mit seinen beiden älteren Geschwistern auf. Seine Eltern, Angelos Großeltern Giuseppina und Maurizio hatten einen Bauernhof in der Region Emilia-Romagna. Sein *Nonno*, ein Kettenraucher, brach eines Tages tot auf dem Feld zusammen. Angelo hatte ihn nie kennengelernt. *Nonno* Maurizio wurde lediglich zweiundvierzig Jahre alt und starb an den Folgen eines Lungenkarzinoms.

Angelos Vater war zu diesem Zeitpunkt gerade erst sieben Jahre alt. Die Mutter seines Vaters *Nonna* Giuseppina stand schlagartig nicht nur allein mit drei Kindern, sondern auch noch vor dem absoluten Nichts. Ein harter Schicksalsschlag! Die Geschwister seines Vaters waren zwar älter, doch traf es sie unvermittelt genauso hart. Der ältere Bruder seines Vaters, Onkel Massimo, war zwölf, die ältere Schwester, Tante Sandra, bereits siebzehn.

Angelos *Nonna* bekam Hilfe durch ihren Schwager. Er stand ihnen zur Seite und half, wo er nur konnte. Da *Nonna* Giuseppina nicht wusste, wie es weitergehen sollte, nahm sie dessen Hilfe dankend an. Er gab ihr Geld, um das Haus, in dem sie wohnten, zu bezahlen. Die Familie konnte etwas aufatmen. Seine *Nonna* nahm eine Stelle als Köchin an und konnte mit diesem zwar bescheidenen Einkommen, ihre kleine Familie über Wasser halten. Die Zeit verging. Seine Schwester Sandra zog mit neunzehn aus und heiratete. Gianni und sein Bruder Massimo verstanden sich nicht sehr gut. Gianni, der am liebsten seine Nase in Bücher steckte und Massimo, der ihn dafür nur belächelte. Grundverschiedener hätten die Brüder nicht sein können.

Gianni litt sehr darunter, dass seine Schwester bereits aus dem Haus war, denn jetzt war nur noch Massimo im Haus. Die Einstellung seines Bruders stand konträr zu seiner und Massimo machte keinen Hehl daraus. Nach dem achten Schuljahr verließ Massimo die Schule und nahm Aushilfsjobs an. Sicherlich unterstützte sein Bruder dadurch die Familie, doch er hatte nicht den Ehrgeiz, mehr aus seinem Leben zu machen. Er interessierte sich für die schönen Seiten des Lebens. Mädchen, Wein und Spaß! Massimo nahm eine Stelle am Strand an und wurde Bademeister. Er kostete ›*La Dolce Vita*‹ aus. Mit dreiundzwanzig flirtete er mit einer deutschen Touristin und bekam einen Monat später einen Brief aus Deutschland.

Der Flirt hatte Folgen!

Massimo überlegte, was er tun sollte, denn er war noch jung. Es gab viele junge hübsche Touristinnen, die er noch erobern wollte. Doch als *Nonna* Giuseppina davon erfuhr, stellte sie ihren ältesten Sohn zur Rede und machte ihm klar, dass er sich der Verantwortung stellen müsse.

Sie packte seine Habseligkeiten zusammen und Massimo fuhr nach Deutschland. Dort lebte er nun bereits seit über vier Jahrzehnten.

Das war alles schon so lange her.

Sein Vater war damals neunzehn, als sein Bruder für

immer nach Deutschland ging. Er kümmerte sich liebevoll um seine Mutter und legte gleichzeitig ein hervorragendes Abitur hin. Die Universität von Bologna wurde auf ihn aufmerksam und er bekam ein Stipendium. Er begann Rechtswissenschaften zu studieren. *Nonna* Giuseppina war sehr stolz auf ihn. In jeder freien Minute besuchte Gianni seine *Mamma* und in den Semesterferien ging er arbeiten. Das spärliche Geld, was er hatte, teilte er sich gut ein und gab auch noch einen Teil seiner *Mamma,* die ihm ermöglichte seine Talente zu entfalten. Er war ihr so dankbar für alles.

Angelo empfand große Bewunderung für seinen Vater.

Er war ein guter Mensch! Ehrgeizig und ehrlich. Von ganz unten hatte er sich mit Fleiß und Ausdauer nach oben gearbeitet, war sich für nichts zu schade und blieb sich immer treu.

Als Angelo über die Geschichte seines Vaters nachdachte, musste er wieder daran denken, wie gut er es hatte. Er konnte sich in aller Ruhe auf seine Schule konzentrieren. Nach seinem Abitur suchte er sich eine Universität heraus und seine Eltern griffen ihm finanziell unter die Arme. Sein Vater Gianni sagte dann immer zu ihm: »Angelo, mein lieber Sohn, wir sind so stolz auf dich. Konzentriere dich vollkommen auf dein Studium. Wir helfen dir. Genieße deine Jugend, deine Studienzeit. Das Leben wirft dir später noch genügend Stolpersteine in den Weg. «

Ach, Papa, ich habe dir und Mamma so viel zu verdanken. Wer dir das auch immer angetan hat, ich werde ihn finden. Das verspreche ich dir!

»Angelo, Junge, wo bist du mit deinen Gedanken?«, hörte er die Stimme seiner *Mamma* sagen. Angelo war dermaßen in seinen Gedanken versunken, dass er Raum und Zeit vergaß und sich erst einmal ordnen musste. Noch immer saß er am Bettrand seiner Mutter, die ihn mit einem sorgenvollen Blick ansah.

»*Scusa! Mamma!* Ich bin mit meinen Gedanken abgeschweift. Sag, weißt du, mit welchen Fällen Papa beschäftigt war. Hat er dir etwas erzählt? «

»Angelo, du weißt, wie dein Papa … «, sie schluckte, » …war! Er hat immer zu mir gesagt, dass er mich nicht mit seiner Arbeit belasten will und außerdem sei es besser, wenn ich nichts davon wüsste. Er hat es zwar nie näher benannt, was er damit meinte, aber ich glaube, er wollte die private Zeit genießen. «

Angelo nickte: »In welcher Abteilung hatte er denn zuletzt zu tun gehabt, hat er das einmal erwähnt? Die *Guardia di Finanza* teilt sich in viele Abteilungen auf. Hat er nicht zwischenzeitlich Verwaltungsaufgaben übernommen? Ich kann mich erinnern, dass er als Berater im Vertragswesen zu tun hatte. Das war sicherlich eine interessante Aufgabe, aber doch bestimmt nicht sonderlich spektakulär oder gefährlich?«

Seine *Mamma* Santina sah ihn mit einem unwissenden Blick an.

»Ich glaube schon. Mir ist nur aufgefallen, dass dein Papa in der letzten Zeit häufiger als sonst in seinem Arbeitszimmer saß.«

»Darf ich an seinem Schreibtisch nachschauen? Es macht mich einfach verrückt, nicht zu wissen, was los ist. Ich kann doch nicht einfach nur still herumsitzen und nichts tun. Verstehst du das? «

»Ach Angelo, du meinst sein plötzlicher …«, sie stockte.

»Du meinst seine Arbeit hat etwas damit zu tun? «

»Ich weiß es nicht, aber vielleicht finde ich einen Anhaltspunkt. «

Er schaute seine Mutter mit einem ernsten Blick an und schluckte. »Papa war doch kerngesund. Er hat mir erst vor zwei Wochen von seinem Arztbesuch erzählt. Sein Check-up sei hervorragend verlaufen. Der Arzt war höchst zufrieden, alle seine Werte waren ohne Befund. Sein Herz schlug kräftig, sein Kreislauf war stabil. Alles im grünen Bereich. Und dann …«

Er geriet ins Stottern.

»Und dann kippt er einfach so um. *Mamma*! Da stimmt etwas nicht! «

Seine Mutter bekam einen starren Blick.

Ihre Atmung beschleunigte sich erneut, ein leichtes Zittern ihres Körpers setzte ein.

»Dein Vater war der liebste Mensch, den ich kannte. Er tat keiner Fliege etwas zuleide, er war allseits beliebt. Junge, ich kann es mir doch auch nicht vorstellen, aber …«

Eine Träne kullerte aus ihrem Auge und lief über ihre Wange. Sofort drückte Angelo die Hand seiner

Mutter. Sie sprach flüsternd aus, was beide tief im Inneren wussten.

»Sie haben ihn umgebracht. Ich spüre es. *Oh mio dio!*«

Angelo hatte die nächste halbe Stunde damit zu tun, seine Mutter zu beruhigen. Er rief schließlich den Hausarzt an. Als dieser zur Tür hereinkam, sah er sofort, wie aufgewühlt Signora Baldini war und gab ihr eine Beruhigungsspritze.

Die Signora war in einem akuten traumatischen Zustand. Der Arzt blieb, bis sie zur Ruhe kam und einschlief. Dann besprach er sich mit Angelo und bat ihn dafür Sorge zu tragen, dass seine Mutter zur Ruhe käme und legte ihm ans Herz, die nächsten Tage bei ihr zu bleiben.

Angelo Baldini nickte stumm.

Als der Arzt ging, machte Angelo vorsichtig die Tür zum Schlafzimmer auf. Seine Mutter schlief. Leise zog er die Tür zu.

Als er an der Tür des Arbeitszimmers vorbeikam, blieb er stehen. Sollte er hereingehen? Würde er etwas finden? Seine Neugier übermannte ihn und er betrat den Raum. Er ging um den Schreibtisch herum und schob vorsichtig den Stuhl hervor, um sich zu setzen. Vor kurzem hatte sein Vater hier gesessen, in Akten geschaut, Überweisungen getätigt, Briefe formuliert und nun gehörte das alles der Vergangenheit an. Er stützte seinen Kopf in seine Hände und fing leise an zu weinen. Vorsichtig öffnete er die große Schublade unter dem Tisch, zog sie bis zur Mitte heraus und schaute hinein. Dort lagen Notizzettel, Trennblätter für Ordner und andere Büroartikel ordentlich und akkurat in Reih und Glied. Seine Aufmerksamkeit wurde auf eine kleine Schatulle gelenkt. Er holte sie hervor, stellte sie auf den Tisch und hob den Deckel hoch. In der Schatulle waren die unterschiedlichsten Dinge. Er nahm alles heraus und schaute sich jedes Teil genau an. Ein kleines Satinsäckchen nahm er als Erstes in die Hand, es enthielt Milchzähne. Angelo schaute ganz versonnen auf die kleinen Zähnchen und musste daran denken, wie er eines Tages weinend zu seinem Vater lief, weil ihm ein Zahn herausgefallen war. Sein Vater tröstete ihn, nahm den Zahn und wickelte ihn in ein Stück Papier. Er wollte es dem ›*Topolino*‹ zum Tausch geben.

Dem Zahnmäuschen.

Angelo musste unwillkürlich lächeln, lange hatte er tatsächlich daran geglaubt, dass das Geschenk am nächsten Morgen von einem Mäuschen kam. Er packte die Zähne wieder sorgsam in das Beutelchen zurück. Als Nächstes nahm er eine Murmel heraus. Mit der hatte er früher immer gespielt, sein Vater hatte sie aufgehoben. Dann sah er ein Stück Angelsehne, auch dazu fiel ihm eine Geschichte seiner Kindheit ein. Sein Vater nahm ihn eines Tages zum Angeln mit und Angelo sollte ganz still auf seinem Stühlchen sitzen. Doch stattdessen erzählte Angelo ganz munter drauflos und als endlich ein Fisch anbeißen wollte, schrie Angelo so laut auf, dass sein Vater vor Schreck die Angel fallen ließ. Er packte alles wieder zusammen. Schließlich saß er nicht hier, um in Erinnerungen zu schwelgen, sondern weil er herausfinden wollte, ob sein Vater an etwas gearbeitet hatte, weshalb er nun sterben musste. Er öffnete nach und nach die anderen Schubladen. Alle persönlichen Dokumente legte er erst einmal wieder hinein. Als er die letzte Schublade geöffnet hatte, doch nichts Ungewöhnliches fand, griff er wieder zu der Schatulle und nahm die Murmel hinaus. Er rollte sie hin und her. Die Murmel rutschte von der Schreibtischkante und fiel herunter. Angelo musste vom Stuhl aufstehen und bückte sich unter dem Tisch, um nach der Murmel zu greifen. Dabei stieß er mit seinem Kopf an etwas Metallenes. Instinktiv griff er an seinen Kopf, seine Hand strich über die Unterseite des Schreibtisches. Was war das? Er nahm sein *telefonino* zur Hand, drückte auf die Taschenlampenfunktion und leuchtete unter dem Schreibtisch. Da war ein Schlüssel! Festgeklebt an der Rückseite der großen Schublade. Er löste ihn vorsichtig ab und schaute sich im Zimmer um. Ihm fiel nichts auf, wozu der Schlüssel passen könnte. Angelo überlegte, was es mit dem Schlüssel auf sich hatte.

Er ging ins Wohnzimmer, suchte im Bücherregal nach etwas zum Lesen und setzte sich mit einem Buch auf die Couch. Doch er konnte sich nicht konzentrieren und starrte ins Leere.

Da fiel ihm etwas ein. Hastig stand er auf und lief zurück ins Arbeitszimmer. Nochmals untersuchte er den Schreibtisch. Er zog die einzelnen Schubladen auf, nichts! Er wollte gerade aufstehen, da fiel sein

Blick auf die Anreihung und die Höhe der Schubladen. Er stellte den Stuhl beiseite und ging in die Hocke, dabei schaute er sich die Außenseiten des Schreibtisches an. Dort waren kleine metallene Ornamente angebracht. Mit den Fingern tastete er über die Beschläge. Als er auf der linken Seite des Schreibtisches über ein Ornament strich, bewegte es sich. Mit dem Finger rückte er es zur Seite und sah ein Schlüsselloch. Sofort nahm er den gefundenen Schlüssel aus dem Portemonnaie und steckte ihn hinein.

Er passte!

Dann probierte er den Schlüssel zu drehen, auch das war möglich. Im Sockel des Schreibtisches war eine geheime Schublade so versteckt eingelassen, dass man sie auf den ersten Blick nicht sah. Ihm wurde heiß! Schweiß trat auf seine Stirn. Mit dem Schlüssel zog er sacht an der Schublade und sie kam langsam heraus. In der Schublade lag ein großer, brauner Umschlag. Er nahm ihn heraus, legte ihn auf den Tisch und setzte sich auf den Stuhl. Mit zitternden Händen öffnete er den Umschlag und ein blauer Papphefter kam zum Vorschein.

5

Francesco stand in der Küche und machte zwei *caffè*, während Paola sich oben im Bad fertig machte. Er hantierte in der Küche, als Paola nach unten kam.

»Ich habe uns einen *caffè* gemacht.«

Francesco reichte ihr die Tasse.

»Wie lieb von dir. Übrigens, wann entführst du mich zum Essen? Ich würde mich gerne vorher mit Maria treffen. Ist das okay für dich? «

»Ich dachte, wir machen uns so gegen acht auf den Weg. Ich habe bei Mario Angelo einen Tisch bestellt.«

Freudig antwortete Paola: »Das ist ja eine schöne Überraschung. Ich freue mich, ihn wiederzusehen. Dann kann ich ihn gleich einmal fragen, wie es seiner Tochter Clarissa geht. «

Paolas Gedanken kreisten augenblicklich zurück zu dem schrecklichen Überfall, der Clarissa Angelo fast das Leben gekostet hätte. Anfangs gab es damals keine Spur und keinen Hinweis zum möglichen Täter.

Schlagartig kroch Unbehagen in Paola auf und sie fing zu frösteln an. Die Bilder von damals traten vor ihrem geistigen Auge auf, gepaart mit dem unangenehmen Gefühl, welches sie damals begleitete. Dieser Fall hatte ihr eine Menge abverlangt. Sie lenkte gezielt ihre Gedanken auf die Tatsache, dass der Täter damals überführt wurde und nie mehr einem Menschen Schaden zufügen würde können. Als der Täter aus der U-Haft verlegt werden sollte, versuchte er zu fliehen. Sein Plan scheiterte! Bei dem Versuch, den begleitenden Beamten anzugreifen, reagierte der Polizist blitzschnell und wehrte gekonnt den Angriff ab. Der Täter fiel zu Boden, dabei knallte er auf ein Stück Metall und zog sich eine Gehirnblutung zu. Er verstarb kurze Zeit danach.

Paola holte tief Luft. Langsam wich der eiskalte Schauer auf ihrer Haut. Niemand hatte mehr etwas zu befürchten.

Ihr Blick ging hinüber zu Francesco.

Er schaute sie mit einem besorgten Blick an. Nach und nach kam sie wieder im ›hier und jetzt‹ an.

»*Mia cara!* Was ist los mit dir? Du schaust, als hättest du einen Geist gesehen! «

»Ich musste an diesen verrückten Psychiater denken, der damals Clarissa überfallen hat …« Francesco warf ein: »und der dich angeschossen hat!«

Sofort kam Francesco auf sie zu und nahm sie in seinen Arm. Sie standen für einen kurzen Moment ganz still beieinander. Als sie sich aus der Umarmung lösten, schaute Paola noch immer gedankenverloren durch die offene Terrassentür auf den Garten, als ihr *telefonino* klingelte. Die Nummer kannte sie nicht. Sie nahm das Gespräch an. Es war Angelo Baldini. Seine Stimme hörte sich nervös und hektisch an.

»*Scusi!* Ich weiß, es ist Sonntag, aber hätten Sie kurz Zeit für mich. «

»Natürlich. Wie kann ich Ihnen helfen? «

»Ich bin gerade etwas durcheinander …«, Angelo Baldinis Stimme wirkte fahrig.

»Signor Baldini, bleiben Sie bitte ganz ruhig. Geht es Ihrer Mutter schlecht? «

Das war Paolas erster Impuls, als sie die nervöse Stimme am Telefon hörte.

»Nein! Es geht nicht um meine Mutter. Momentan schläft sie. Dottore Albertini, unser Hausarzt, war vorhin da und hat ihr eine Beruhigungsspritze gegeben. Etwas anderes. Ich habe…«, seine Stimme stockte. Paola warte geduldig darauf, dass er weitersprach.

»Ich habe in einem Geheimversteck, im Schreibtisch meines Vaters, eine Akte gefunden. Commissario! Ich verstehe nicht, warum mein Vater ein Geheimversteck hatte? Womit hat er sich befasst? Ich verstehe es nicht …«, diesen Satz wiederholte er mehrmals.

Paola überlegte!

»Können wir uns treffen? Ich würde mir gerne die Akte anschauen. «

Während Paola dies aussprach, überlegte sie bereits, wo sie sich mit ihm treffen könnte. Zudem wollte sie ihre Kollegin Ispettore Nero an ihrer Seite haben.

Letztlich schlug Signor Baldini vor, aufgrund des desolaten Gesundheitszustandes seiner Mutter, sich am besten in ihrer Wohnung zu treffen. Sie vereinbarten, dass Paola sich gleich noch einmal bei ihm telefonisch zurückmelden solle, damit sie ihre Kollegin informieren könnte. Paola beendete das Telefonat mit Signor Baldini und wählte sofort im Anschluss daran, die Nummer ihrer Kollegin. Nach dem dritten Klingeln nahm Maria Nero ab.

»*Ciao*, Paola! «

»*Ciao,* Maria. Ich rufe an, weil sich gerade Angelo Baldini gemeldet hat! «

Paola bemerkte, dass Maria überlegte.

»Der Sohn unseres aktuellen Opfers. «

»*Scusa!* «

»Kein Problem.«

Paola umriss das soeben geführte Telefonat mit Signor Baldini und nach ein paar Minuten einigten sie sich darauf, dass sie sich in zwei Stunden vor der Wohnung von Signora Baldini treffen wollten. Paola legte auf und rief bei Angelo Baldini wie besprochen zurück.

Da ihr Mann noch eine Akte in der Klinik bearbeiten wollte, bot es sich an, dass sie gemeinsam nach Verona fuhren. Paola wollte sich nach dem Gespräch mit Signor Baldini noch auf einen *caffè* in eine Bar mit Maria Nero setzen, um dort die ersten Erkenntnisse des aktuellen Falles zu besprechen. Da Francesco erst zu acht einen Tisch im Restaurant bestellt hatte, passte zeitlich alles gut zusammen. Ihr Mann könnte sie dann von der Bar abholen, um mit ihr in das Restaurant zu fahren.

Als Francesco in der Via del Mutilati einbog, stand Maria Nero bereits wartend vor dem Haus der Baldinis. Paola verabschiedete sich von ihrem Mann und ging zu ihrer Kollegin. Nach der Begrüßung zückte Paola ihr *telefonino* und rief wie besprochen Signor Angelo Baldini an. Kurze Zeit später ertönte der Summer an der Haustür und die beiden Polizistinnen traten ein. Zweifelsohne gehörten die

Baldinis zur besserverdienenden Schicht.

Im Hausflur entdeckte Paola einen wunderschönen großen Kronleuchter, der an die Wände ein Muster wie kleine funkelnde Diamanten warf. Der Fußboden aus Marmor vervollständigte das imposante Bild. Die beiden Frauen nahmen die ersten Stufen nach oben. Sie hörten Schritte. Als sie im ersten Stock ankamen, stand Signor Angelo schon wartend vor ihnen.

»Commissario, danke, dass Sie es einrichten konnten zu kommen. Meine Mutter schläft noch, deshalb komme ich Ihnen entgegen. Ich möchte sie nicht aufwecken. Es geht ihr gar nicht gut! «

Angelo Baldini ging vor und im zweiten Stock öffnete er ganz leise die Wohnungstür seiner Eltern. Paola und Maria Nero folgten ihm. Nachdem er eine weitere Tür geöffnet hatte, standen die drei im Wohnzimmer. Er schloss die Tür und bat die beiden Polizistinnen Platz zu nehmen. Auf dem Tisch hatte er bereits *caffè* und Gebäck angerichtet. Mit zittriger Hand goss Angelo Baldini den *caffè* ein. Nach einer Weile eröffnete Paola das Gespräch.

»Signor Baldini, Sie baten um unser Kommen. Darf ich Ihnen meine Kollegin Ispettore Nero vorstellen! «

Angelo Baldini beugte sich zu Ispettore Nero:

»*Piacere!* «

Nach der Begrüßung fing er stockend an zu erzählen.

»Wie ich Ihnen bereits am Telefon sagte, kann ich mir gar nicht erklären, was das alles zu bedeuten hat.«

Zustimmend nickte Paola ihm zu.

»Mein Vater hatte, so viel ich weiß mit Vertragsrecht zu tun. Allerdings hatte ich nicht das Gefühl, dass er einer besonderen Geheimhaltung unterlag. Deswegen bin ich so verunsichert, dass er in einem Geheimversteck eine Akte zu liegen hatte. «

»Verstehe«, sagte Paola nickend und auch ihre Kollegin schaute ihn verständnisvoll an.

Er sprach weiter:

»Ich kann auf den ersten Blick nichts Ungewöhnliches an der Akte entdecken, aber …«, sein Blick senkte sich.

»Nach allem, was jetzt…«, er brauchte einen Moment um sich zu sammeln.

Paola und Maria schauten ihn besorgt an.

Angelo Baldini versuchte seine Empfindungen zu unterdrücken, hantierte mit der Akte und schlug sie auf.

»Schauen Sie selbst! «

Die Akte betraf ein Kinderheim. Paola überflog die Seiten. Die Akte enthielt Auswertungen, Namenslisten von Kindern und Rechnungen diverser Betriebsausgaben. Allerdings, das sah Paola sofort, handelte es sich hierbei nicht um eine komplette Akte, sondern um willkürlich zusammengetragene Papiere. Was ihr als Erstes auffiel, waren die handschriftlichen Anmerkungen, die als Randnotiz an den Seiten standen.

»Ist das die Handschrift Ihres Vaters? «, Paola zeigte auf die handschriftlichen Notizen und schaute fragend Angelo Baldini an.

»*Si!* Aber ich verstehe die Anmerkungen nicht. Ich kann mir keinen Reim darauf machen. Vielleicht können Sie etwas erkennen? «

»Auf den ersten Blick nicht. Ich würde die Akte gerne mitnehmen und in Ruhe alles durchgehen«, antwortete Paola.

»Natürlich, ich wollte sie Ihnen sowieso mitgeben. Mein Gefühl sagt mir, dass mein Vater eine Spur verfolgt hat. Allerdings hatte er rein gar nichts mit Rechnungswesen zu tun. Wie ich Ihnen bereits sagte, wurde er als Berater im Vertragswesen hinzugezogen. Ich verstehe das alles nicht! «

Seine Stimme hörte sich jetzt verzweifelt an.

»Sie meinen … «, fragte Paola, »er hatte keinen Einblick in wirtschaftliche Aspekte, sondern überprüfte lediglich Verträge? «

»Ja! In diesen staatlichen Ministerien ist alles in unterschiedlichen Ressorts aufgeteilt. Vielleicht irre ich mich, und er hatte plötzlich auch mit den wirtschaftlichen Belangen zu tun; aber das glaube ich nicht«, sagte er energisch. Paolas Blick wirkte erschrocken, als er seine Stimme so abrupt veränderte.

Sofort sagte er: »*Scusi!* Ich wollte Sie nicht erschrecken, doch die Angelegenheit verwirrt mich sehr! Mein Vater hatte nie Geheimnisse vor uns. Natürlich hat er nicht im Einzelnen über seine Arbeit mit uns gesprochen, aber wenn er plötzlich auch für wirtschaftliche Angelegenheiten zuständig gewesen wäre …«, er machte eine Pause, fuhr sich mit seiner Hand durch die Haare. » Das hätte er uns doch gesagt! Warum auch nicht? Das ergibt alles keinen Sinn! «

Ratlosigkeit trat in sein Gesicht.

»Wir waren doch seine Familie. Er hat uns vertraut. Im Übrigen, was für ein Geheimnis wäre daran gewesen, wenn er auch betriebliche Auswertungen überprüft hätte? Dass er uns das nicht gesagt hat, legt für mich den Schluss nahe, dass es rein gar nichts mit seiner eigentlichen Arbeit zu tun hatte. Verstehen Sie, was ich meine? «

Das leuchtete Paola ein!

Es machte tatsächlichen keinen Sinn, außer, diese Papiere enthielten brisante Informationen. Warum packte er diese Papiere in ein Geheimversteck? In Paolas Kopf ratterte es. Welche Informationen enthielten diese Papiere, sodass jemand bereit wäre, dafür zu töten? Spätestens nach der heutigen Unterhaltung mit Angelo Baldini bekräftigte sich ihre Vermutung, dass es sich um ein Tötungsdelikt handelte.

Paola packte die Akte sorgfältig zusammen und steckte sie in ihre Aktentasche. Ispettore Nero klappte ihren Notizblock auf und fragte: »Signor Angelo, hatten Sie das Gefühl, dass ihr Vater in der letzten Zeit anders als sonst war? Wirkte er ängstlich oder nervös? «

»Ich muss gestehen, mir ist nichts aufgefallen! Allerdings hatte ich in den letzten drei Wochen viel zu tun und war oft unterwegs. Mein aktuelles Mandat wird in Rom verhandelt, sodass ich nicht durchgängig in Verona war und bis auf zwei kurze Telefonate mit ihm keinen Kontakt zu meinen Eltern hatte. Er wollte sich mit mir diese Woche zum Essen treffen. Jetzt, wo Sie fragen, vielleicht wollte er mit mir darüber sprechen? Warum hat er mir nichts erzählt? Vielleicht würde er dann noch leben!«

Signor Angelos Blick wurde traurig.

Paola schaute ihn mitfühlend an.

»Signor Angelo, machen Sie sich keine Vorwürfe. Wir wissen noch nicht, um was es sich hierbei konkret handelt. Bislang ist dies eine rein hypothetische Vermutung. Ob diese Unterlagen mit seinem Tod zu tun haben, müssen wir erst einmal überprüfen. Wir stehen momentan noch ganz am Anfang unserer Ermittlungen. Natürlich mutet es merkwürdig an, dass er diese Akte in einem Geheimversteck zu liegen hatte, aber vielleicht gibt es auch eine ganz andere Erklärung dafür, die wir einfach nur noch nicht kennen. «

Aufgewühlt sagte er: » Trotzdem!«

»Sie konnten doch nicht ahnen, dass es Ihrem Vater nicht gut ging«, sagte Paola beschwichtigend zu ihm.

»Warum habe ich nur nichts mitbekommen? «

Ispettore Nero warf ein: »Möglicherweise erkannte er die Zusammenhänge zu spät. Wir wissen bislang noch nicht, wann er diese Notizen vermerkt hat. Insofern …«

Signor Baldini hob seine Hand.

Ispettore Nero hörte augenblicklich zu sprechen auf.

»Natürlich verstehe ich, was Sie mir damit sagen

wollen. Aber … wir sprechen hier von meinem Vater! Er war der ehrlichste Mensch, den ich kannte. Selbst wenn er flunkerte, habe ich es sofort mitbekommen. Es war ihm nicht möglich zu lügen oder etwas zu verbergen, ohne dass man es bemerkt hätte. Offensichtlich war ich nicht aufmerksam genug und habe nicht gespürt, dass etwas in ihm vorging. Genau das ist es, was mich so fertig macht! Ich war so mit meinem Mandat beschäftigt, dass ich ihm nicht richtig zugehört habe. Bitte unternehmen Sie alles, um den Mord an meinem Vater aufzuklären«, dabei wandte er sich mit seinem Blick an beide Polizistinnen.

Prompt antworte Paola: »Das verspreche ich Ihnen.«

Ispettore Nero suchte seinen Blick und fuhr mit ruhiger Stimme fort: »Darf ich Ihnen noch weitere Fragen stellen?«

»Natürlich, fragen Sie! «

»Sie beschreiben Ihren Vater als absolut ehrlichen Menschen.«

Zustimmend nickte er.

»Hat er aufgrund seiner Art damit jemandem auf die Füße getreten? «

»Nein, im Gegenteil. Ob beruflich oder privat, er war allseits beliebt und gerade aufgrund seiner ehrlichen Art schätzten seine Freunde und seine Kollegen ihn sehr. Ich kann mich nicht erinnern jemals etwas anderes mitbekommen zu haben. «

»Wie würden Sie das Verhältnis zwischen Ihren Eltern beschreiben? «

»Sie haben sich sehr geliebt und gingen immer

respektvoll und freundlich miteinander um, begegneten sich auf Augenhöhe. Ich glaube, das trifft es am ehesten. Zank und Streit gab es zwischen ihnen nicht. Mitunter waren sie mal nicht einer Meinung, aber dann haben sie sich hingesetzt und es ausdiskutiert. Mal machte der Eine einen Kompromiss, mal der Andere. Schlechte Stimmung zwischen den beiden kenne ich nicht. Ich habe sie dafür immer bewundert. Sie haben eine glückliche Ehe miteinander geführt. «

Ispettore Nero notierte alles auf ihrem Block.

»Gab es Zwistigkeiten in der Familie Ihres Vaters?«

»Nein. Mit meiner *Nonna* hat er sich sehr gut verstanden. Sie hatten eine tiefe Bindung. Sie müssen wissen, mein Vater kommt aus relativ einfachen Familienverhältnissen und hat sich alles selbst hart erarbeitet. Meine *Nonna* hat ihn immer unterstützt und war so stolz auf ihn. «

Augenblicklich veränderte sich sein eben noch gefasster und ruhiger Ton, weil er folgendes begriff:

»Ich muss *Nonna* noch anrufen. «

Tränen stiegen in seinen Augen auf.

»*Madonna!* Hoffentlich verkraftet sie die Nachricht.«

Seine Augen wanderten hinüber zum Fenster. Für einen Moment sah es aus, als würde er gar nicht mehr bei ihnen sitzen. Doch dann sprach er mit trauriger Stimme weiter:

»Mein Vater hat noch zwei Geschwister. Eine Schwester und einen Bruder. Ich muss sie auch noch informieren. Mit seiner Schwester hat er sich sehr gut verstanden, mit seinem Bruder ging es so. Sie hatten nicht so viel Kontakt. Sein Bruder Massimo wohnt seit fast vier Jahrzehnten in Deutschland. Die beiden haben sich meistens nur einmal im Jahr gesehen, wenn Onkel Massimo für drei Wochen in Italien im Urlaub war. Er wohnte dann immer bei *Nonna.* Sie hingen nicht permanent zusammen und haben auch nicht oft telefoniert, aber sie hatten keinen Streit oder so. Sie sind einfach zu unterschiedlich. «

»Mmh…«, entfuhr es Ispettore Nero und fragte weiter:

»War er in seinem Beruf glücklich? «

»Ja. Ich hatte das Gefühl, dass er zufrieden war. In der letzten Zeit habe ich allerdings bemerkt, dass er überarbeitet wirkte. Ich habe ihn darauf angesprochen, er meinte, er wollte langsam kürzertreten und schauen, dass er nicht mehr so oft beruflich unterwegs sein musste. Konkretisiert hatte er es aber nicht. Ich weiß nur, dass meine Eltern eine Weltreise planten. Er sagte spaßeshalber einmal, langsam wird es Zeit … schließlich sei er jetzt schon 58 Jahre… Ich habe ihn damit noch aufgezogen, denn ich fand, er war mit 58 Jahren ein so fitter und junggebliebener Mann. Daher meinte ich zu ihm, sie hätten noch genügend Zeit…«, seine Stimme wurde brüchig. Er rang nach Luft.

»Jetzt ist er tot! «

Ispettore Nero klappte ihren Notizblock zu.

Paola fragte: »Wie geht es Ihrer Mutter? «

Es fiel ihm sichtlich schwer zu antworten, sie bereute schon gefragt zu haben.

»Ich mache mir große Sorgen um meine Mutter. Es geht ihr schlecht. Hoffentlich kommt sie mit der Zeit über den Tod meines Vaters hinweg. Ich möchte sie nicht auch noch verlieren. «

Ispettore Nero schaute zu Paola. An Marias Blick erkannte sie, dass es besser sei, langsam die Unterhaltung aufzulösen. Angelo Baldini rang indes mit seinen Emotionen.

»Signor Baldini, ich danke Ihnen für Ihren Anruf. Wir werden uns die Unterlagen genau anschauen und überprüfen. Im Zuge der Ermittlungen müssten wir allerdings auch noch einmal mit Ihrer Mutter sprechen, sobald sie sich dazu imstande sieht. «

»Das mache ich. Ich bin nur froh, dass sie jetzt schläft, ich möchte sie nur ungern wecken. «

»Das wollen wir auch nicht. Melden Sie sich bitte und dann machen wir einen Termin aus. «

Commissario Rossi und Ispettore Nero verabschiedeten sich von ihm und gingen leise aus der Wohnung. Erst als die Haustür unten hinter ihnen ins Schloss fiel, fing Paola zu sprechen an.

»Was sagst du? «

»Mmh …, wenn Signor Baldini zufällig etwas aufgedeckt hat … und wir dann beim Ministerium ermitteln müssen … tja … da ist Fingerspitzengefühl gefragt.«

Maria Nero bestätigte das, was Paola insgeheim dachte. Sollte es einen Zusammenhang zwischen den versteckten Unterlagen und dem plötzlichen Tod von Signor Baldini geben, würden die Ermittlungen sehr diffizil werden.

Die beiden schauten sich in der Straße nach einem Café um, beschlossen dann aber zum Platz vor der *Arena di Verona* zu laufen. Nach einem kurzen Fußweg hielten sie bei einer Bar an und setzten sich.

Sie gingen noch einmal die Fakten durch und teilten sich die morgigen Aufgaben der Ermittlungen auf.

»Francesco und du gehen gleich essen? «

»Ja. Und weißt du, wohin wir gehen? «

Maria schüttelte den Kopf.

»Francesco hat einen Tisch bei Mario Angelo im Restaurant bestellt. «

»Das ist aber eine schöne Überraschung«, auf Marias Gesicht zeichnete sich ein Lächeln ab.

»Bestell Signor Angelo ganz liebe Grüße von mir. Natürlich auch an seine Frau und Clarissa. «

Die beiden unterhielten sich noch eine Weile. Nach einer guten Stunde holte Francesco seine Frau ab, während Maria noch dortblieb, um auf ihren Freund, Assistente Carlo Mazzola zu warten. Die beiden hatten sich während der Ermittlungen im Fall Clarissa Angelos ineinander verliebt. Carlo Mazzola tat Maria Nero sichtlich gut. Paola war sehr glücklich, dass ihre Kollegin und Freundin endlich einen lieben Mann gefunden hatte. Paolas Anfangsbedenken, dass diese Beziehung kompliziert werden könnte, bestätigten sich glücklicherweise nicht. Maria und Carlo arbeiteten professionell in der Questura zusammen und bekamen den Spagat zwischen dem Beruflichen und Privatem gut hin. Mit diesem positiven Gefühl brach Paola mit Francesco zum

Überraschungsessen auf.

6

Tausend Gedanken schossen ihr durch den Kopf! Ob jemand sich an sie erinnern würde?
Den Gedanken, die Wasserflasche von Gianni Baldini in der *Arena di Verona* auszutauschen, fand sie noch immer genial.

Es war aber auch zu einfach. Als Signor Baldini in der Schlange anstand, um seine Garderobe abzugeben, tauschte sie unbemerkt die Flaschen aus. Sie hatte an alles gedacht, auch daran sich so hinzustellen, dass die Überwachungskameras sie nicht frontal erfassen konnten. Ihre langen blonden Haare hatte sie unter einer dunkelhaarigen Perücke versteckt. Unter der Sonnenbrille konnte sie ihre Augen verbergen. Die Vorstellung war so gut besucht, wer würde eine Frau verdächtig finden, die ebenfalls in der Schlange zur Garderobe anstand?

Ihre Eintrittskarte hatte sie Tage zuvor, direkt an der Abendkasse gekauft, natürlich in bar! Niemand würde auf sie kommen.

Die Polizei könnte so viel ermitteln, wie sie wollten, aber sie stand in keinem direkten Zusammenhang zu Gianni Baldini. Nicht einmal Gianni Baldini kannte sie, in dem Sinne, persönlich. Woher sollte er wissen, dass sie es für ihren geliebten Rocco tat? Und Rocco …? Ihm gegenüber hatte sie bislang ihre wahren Gefühle unterdrückt. Sie wollte Rocco Zeit geben. Doch der Hauptgrund war, dass sie ihn beschützen wollte.

Und das mit den Kindern …

Das würde sie ihm dann schon auf sanfte Art und Weise austreiben.

Er würde schon noch sehen, was für eine großartige Frau sie ist. Wie wertvoll! Und bereit, alles für ihn zu tun…!

Dann würde er ihr zutiefst dankbar sein und sie nie wieder loslassen.

Ein Lächeln überflog ihre Lippen. Sie glitt in einen Tagtraum und sah Rocco im Geiste vor sich. Wie sich seine Lippen auf ihren trafen und er ihr danach tief in die Augen schaute und seine Liebe gestand.

Wie sie ihn liebte!

7

Paola und Francesco steuerten sofort an den Tresen des Restaurants. Nach einem kurzen Moment des Wartens kam Mario Angelo aus der Küche heraus und begrüßte die Rossis. Die Freude auf seinem Gesicht war unverkennbar. Er drückte und begrüßte erst Paola, dann Francesco.

»Ich freue mich sehr, euch zu sehen. Als Francesco bei mir anrief, um einen Tisch zu bestellen, habe ich mir gleich etwas Besonderes für euch überlegt. «

»Mario, wie lieb von dir«, sagte Paola mit euphorischer Stimme. Sie konnte sich bereits in der Vergangenheit immer wieder von seinen exzellenten Kochkünsten überzeugen. Ganz egal, was er kochte, es war ein Gedicht!

»Langsam muss ich aufpassen, Mario«, sagte Francesco lachend: »Liebe geht ja bekanntlich durch den Magen. Bisher konnte ich Paola durch meine Kochkünste verzaubern. Komm mir bloß nicht in die Quere! «

Mario Angelo lachte und legte seine Hand auf Francescos Schulter. »Mach dir mal keine Sorgen. Ich sehe doch, wie sehr Paola dich liebt. Da habe ich keine Chance.«

Paola schenkte Mario ein zustimmendes Lächeln.

Dann gingen sie zu ihrem reservierten Tisch und nahmen Platz. Als sie beim Dessert angekommen waren, überbrachte Mario Angelo persönlich *caffè* und *Grappa.* Er hatte drei Gläser auf dem Tablett. Dann setzte er sich zu ihnen und sie unterhielten sich über alles Mögliche. Natürlich auch über seine Tochter Clarissa.

Paola fragte ihn: »Weißt du, wie es Andrea Marini geht?«

Mario Angelo strahlte über beide Wangen.

»Dem geht es gut! Clarissa und er sind beide so verliebt. Die Blicke, die sie austauschen, sprechen Bände. Meine Clarissa ist sehr glücklich mit ihm und Andrea ebenfalls.«

Seine Stimme nahm etwas Ernstes an, als er sagte:

»Ich hatte anfangs Bedenken, wie ihr wisst. Jetzt bin ich dem Schicksal dankbar. Sie tun sich gut. Clarissa habe ich nie zuvor so glücklich gesehen wie jetzt mit Andrea. «

Paola griff nach seiner Hand:

»Ich freue mich so sehr für euch. Für dich, deine Frau, Clarissa und Andrea. So ein schöner Ausgang nach diesem fürchterlichen Überfall auf deine Tochter. Sie hat nicht nur ein zweites Leben geschenkt bekommen, sondern die große Liebe gefunden. Zu schön! «

Mario Angelo erhob sein Glas: » Lasst uns auf das Leben und die Liebe anstoßen. *Salute!*«

Ein kurzes Klingen ertönte, als die Gläser sich berührten.

»Paola, ich habe heute von dem Toten in der *Arena di Verona* gelesen. Betreust du den Fall? «

»*Si!* Ich war gestern mit Francesco mitten in der Vorstellung, als es passierte. «

»Dann bist du ja nicht nur Ermittlerin, sondern auch Zeugin. «

»Darauf hätte ich gerne verzichtet. Wir wollten uns einen schönen Abend machen und zum Schluss stand ich über einer Leiche.«

»*Oh mio Dio*! Wie kannst du nur mit all dem Leid umgehen? Mörder, Leichen, Verrückte …«, fragte Mario sie nachdenklich.

»Das ist mein Beruf. Aber ich verstehe natürlich deine Frage. Ich habe einen großartigen Mann und liebe Kinder. Sie sind mein Anker und meine Energiequelle. Ohne sie könnte ich das nicht. Sie geben mir die nötige Kraft für diesen Beruf! «

Paola legte ihre Hand in die ihres Mannes und zwinkerte ihm verliebt zu.

»Ich verstehe! «

»Und mein lieber Francesco war unbeabsichtigt gestern auch im Einsatz. «

Mario Angelo hob seine Augenbrauen an, während Francesco mit der Hand abwiegelte.

»Als Francesco den Hilferuf hörte, rannte er sofort los und kümmerte sich um Signor Baldini. Doch leider kam jede Hilfe zu spät. «

»*Scusi*! Sagtest du eben Signor Baldini? «

»Habe ich das, es ist mir so herausgerutscht, das sollte mir eigentlich nicht passieren. Ich war vor dem Essen bei seinem Sohn und habe mich mit ihm unterhalten, wahrscheinlich war mir deshalb der Name noch so präsent. Aber wieso fragst du? «

Entsetzen machte sich im Gesicht von Mario Angelo breit, mit kleinlauter Stimme fragte er:

»Gianni Baldini? Sein Sohn heißt Angelo? «

Jetzt wich Paola sämtliche Farbe aus dem Gesicht

und auch Francesco schaute ganz verwirrt zu Mario Angelo.

»Kennst du ihn? «, fragte Paola ganz beklommen.

»Allerdings! «

Mario Angelo schlug die Hände vor sein Gesicht, dann hörte man ein lautes Schnaufen aus seinem Handrücken heraus. Es dauerte eine Weile, bis er zu sprechen anfing.

»Entschuldigt! «

Mario ging hinter den Tresen und kam mit einer Flasche *Grappa* in der Hand zum Tisch zurück. Er goss die drei Gläser nochmals voll.

»Auf Gianni! Möge seine Seele in Frieden ruhen! « Er hob sein Glas, verzichtete aber auf das Anstoßen der Gläser. Sein Blick war voll Schmerz und Trauer.

»Ich kenne Gianni schon sehr lange. Es müssen jetzt …«

Man sah ihm an, dass er überlegte. »Bestimmt fünfzehn Jahre kenne ich ihn. Und auch seine Frau und Angelo.«

Völlig perplex sagte Paola: »Was? «

Mario Angelo war immer noch am Schnaufen und schüttelte immer wieder seinen Kopf.

»Das kann doch nicht wahr sein. Paola, er saß am vorletzten Donnerstag da …«, er zeigte auf Paolas Platz: »Wo du jetzt sitzt. «

Sofort erwachte in Paola die Polizistin.

»Was kannst du mir von ihm sagen, wie war er so? Was hattest du für einen Eindruck von ihm? «

»Gianni war grundehrlich! Ein toller Zuhörer, ein guter Ehemann und ein liebevoller Vater. Obwohl er in seiner Position und als Jurist mit vielen wichtigen Leuten zu tun hatte, behandelte er jeden Menschen mit Respekt und Anstand. Er war weder überheblich noch arrogant. Gianni war ein feiner Mensch. Man konnte sich glücklich schätzen, ihn, als Freund zu haben. Vielleicht lag es daran, dass er nicht mit einem goldenen Löffel auf die Welt kam. Er hatte sich alles hart erarbeitet. Er wird mir fehlen! Wir haben oft noch weit nach Mitternacht, das Restaurant war schon geschlossen, zusammengesessen und uns unterhalten. Auch seine Frau Santina war oft mit dabei. Es wird ihr das Herz brechen. Und Angelo, er hat ihn immer so bewundert. Sie hatten ein gutes ›Vater Sohn Verhältnis‹. Wenn Angelo Kummer hatte oder Ärger in der Schule, später, während des Studiums und auch jetzt in der Kanzlei, Gianni stand immer vollkommen zu ihm und hat ihm geholfen. Mit Rat und Tat. Ich kann es noch immer nicht fassen!«

Er wischte sich eine Träne aus seinem Auge, sichtlich ergriffen, meinte er: »Warum werden immer die guten Menschen so früh aus dem Leben gerissen? Könnt ihr mir das erklären? «

Weder Paola noch Francesco konnten ihm darauf eine Antwort geben. Er erzählte ihnen noch einiges an diesem Abend. So sprach er über Giannis Kindheit, seine Mutter, seine Geschwister und seinen Werdegang.

»Hattest du das Gefühl, dass Gianni in der letzten Zeit bedrückt war? «

»Mmh … bedrückt? Am Donnerstag wirkte er ruhiger als sonst. Gesagt hatte er mir nichts. Er meinte nur, er wolle beruflich kürzertreten. Die ewige Pendelei hatte er satt. In der letzten Zeit war er häufiger als sonst unterwegs. Warte ...«

Paola rutschte nervös auf ihrem Stuhl hin und her.

»Etwas war ... da hast du recht. Er wollte aber nichts Näheres sagen. Er meinte, dass er von etwas zufällig erfahren hätte. Ich habe natürlich nachgefragt, doch er antwortete mir, er müsse es erst einmal genau prüfen, bevor er es mir anvertrauen könne. «

Francesco schaute nachdenklich Paola an.

»Glaubst du, es hatte etwas mit seiner Arbeit zu tun oder war es etwas Privates? «

»Er hat es nicht gesagt, Paola, aber ich tippe auf etwas Berufliches. Aber nagele mich nicht fest, es ist nur so ein Gefühl. Wir hatten über seine vielen Fahrten gesprochen und über die viele Arbeit, die er hatte. Er erwähnte, dass er in der letzten Zeit immer öfter in seinem Arbeitszimmer Akten wälze und Santina schon große Augen machte, weil er so spät ins Bett ging. Mehr weiß ich wirklich nicht ...«, er drehte sich zu Francesco um und meinte entschuldigend:

»Francesco, ich hoffe, wir langweilen dich nicht. Jetzt spreche ich nur mit deiner Frau. «

Francesco räusperte sich: » Mach dir keinen Kopf. Ich bin auch ein guter Zuhörer. Es tut mir sehr leid, dass du deinen Freund verloren hast. Aber wenn jemand ein Verbrechen lösen kann, dann ist das meine Paola. Schenk mir noch einen *Grappa* ein und könnte ich noch einen *caffè* haben? «

»Natürlich! «

Mario Angelo stand vom Tisch auf, ging hinter

den Tresen, hantierte mit dem Kaffeeautomaten und kam kurze Zeit danach mit einem köstlich duftenden *caffè* zurück.

»Darf ich dich noch etwas fragen? «

»Schieß los, Paola! «

»Ich hatte heute ein Gespräch mit Angelo Baldini. Er bat mich vorbeizukommen, weil er …«

Paola druckste herum.

»Herrje, ich kann dir keine detaillierten Einzelheiten nennen, aber so viel vorab. Angelo hat zufällig ein Geheimversteck im Schreibtisch seines Vaters entdeckt. Als er die Schublade öffnete, befand sich darin ein Umschlag. «

Mario Angelo runzelte die Stirn.

»Jedenfalls, er packte den Inhalt aus und darin befanden sich wahllos zusammengetragene Papiere. Er rief mich an, weil er sich das alles nicht erklären kann. Ich habe die Unterlagen mitgenommen und will sie morgen in der Questura auswerten. Verstehst du mein Dilemma. Die Unterlagen betreffen allerdings nicht seine angebliche Tätigkeit. Ich kann mir keinen Reim darauf machen. «

»Er hatte mit Verträgen zu tun! Hilft dir das weiter? «

»Ja, das hat mir sein Sohn auch schon gesagt. Die Papiere betreffen aber keine Vertragsunterlagen. Es sind Auswertungen, Rechnungen und Namenslisten. Er hat handschriftliche Notizen auf den Blättern gemacht. Wenn du mir auch bestätigst, dass er mit so einer Arbeit nichts zu tun hatte, tja, dann frage ich mich, warum er diese Papiere in einem

Geheimversteck hatte? So, wie du ihn mir beschrieben hast und deine Bemerkung von vorhin … wie war es gleich … er hätte zufällig etwas erfahren, legt den Schluss nahe, dass diese Papiere etwas mit seinem Tod zu tun haben. «

Mario ließ alles erst einmal sacken und schaute sie mit großen Augen an.

»Ich glaube, jetzt verstehe ich dein Problem. Wenn du etwas gefunden hast, was vielleicht das Ministerium betrifft …«, er stockte.

»Ganz genau! Wenn er durch Zufall etwas entdeckt hat und es betrifft einen Mitarbeiter des Ministeriums, dann zieht es große Kreise. Nur ganz ehrlich, diese Unterlagen, die mir vorliegen, sehen jetzt nicht wirklich brisant aus, aber nach all dem, was ich von Signor Baldini gehört habe, kann ich mir nicht vorstellen, dass er aus Spaß Papiere in ein Geheimversteck legt! «

»Eins sage ich dir mit Sicherheit. Wenn Gianni Papiere versteckt hat, dann hat das etwas zu bedeuten. Fragt sich nur, wie er auf diese Papiere gestoßen ist, wenn er ansonsten damit nichts zu tun hatte. So ehrlich wie er war, muss er durch Zufall darüber gestolpert sein und dann hat er etwas gesehen, was ihn stutzig gemacht hat. «

Paola schaute in die Runde und sagte dann: »Er hat diverse Unterlagen eines Kinderheims zusammengetragen! «

Mario Angelo wurde blass und schnappte nach Luft.

»Von einem Kinderheim? «

»*Sì!* Du siehst so aufgewühlt und durcheinander aus. Fällt dir etwas dazu ein? «

»Ich traue es mich fast nicht zu sagen. Wir hatten vor vielleicht drei Wochen ein Gespräch. Wir kamen vom Hundertstel ins Tausendstel, auf was ich hinaus will … er erzählte mir, dass er letztens einen Artikel gelesen hatte. Es ging um einen groß angelegten Kinderporno Ring. «

Francesco entwich ein Seufzer:

»Um Gottes willen! «

In Paola stieg ein übler Verdacht auf. Mit vielem hatte sie gerechnet, aber nicht damit.

»Hattest du das Gefühl, dass er damals schon von den Unterlagen wusste oder hatte der Artikel ihn vielleicht erst auf diese Fährte gebracht? «

»Gianni war damals sehr aufgebracht, als er mir von dem Artikel erzählt hat. Ich hatte damals aber nicht das Gefühl, dass er mir durch die Blume etwas sagen wollte. Aber jetzt …vielleicht hatte er die Unterlagen bereits und schon mit Suchen angefangen.«

Paola überlegte.

Falls Signor Baldini zu dem Zeitpunkt schon eine gewisse Ahnung hatte, vielleicht fing er an zu recherchieren.

Und wer weiß, ob die IT-Techniker noch eine Spur in seinem Computer finden können. Vielleicht ist es möglich sogar gelöschte Verläufe im Computer wiederherzustellen? Das musste sie dringend morgen mit Salvatore abklären.

»Paola, Gianni hätte so etwas nie gutgeheißen.

Wenn er auf solch eine Schweinerei gestoßen wäre, er hätte alles unternommen, die Verantwortlichen zur Strecke zu bringen. Das kannst du mir glauben! Selbst wenn es ihn seinen Job gekostet hätte! Er verabscheute alles, was mit Gewalt, seelischem Schmerz und Kindesmissbrauch zu tun hatte. Da wäre er konsequent gewesen. In diesen Fällen kannte er keine Gnade. Rigoros hätte er dafür gesorgt, dass die Dinge ans Tageslicht kommen. «

Paola nickte ihm zu: »Das habe ich mir gedacht. Wenn ein Mensch so ehrlich ist, dann ist er natürlich für Menschen, die in einer Grauzone fischen, eine Gefahr. «

»Wenn er tatsächlich Kindesmissbrauch auf der Spur war, dann verstehe ich, warum er die Papiere versteckt hat. In diesem Zusammenhang macht auch die Weltreise einen Sinn und das ›Kürzertreten‹ im Beruf. Vielleicht wollte er sich und Santina in Sicherheit bringen. Wenn so etwas an die Öffentlichkeit kommt, dann musst du schwer auf der Hut sein. «

»Schenkst du mir bitte noch einen *Grappa* ein?«, fragte Paola.

»Auf den Schreck mir bitte auch einen! «, warf Francesco hinterher.

Mario Angelo schenkte die Gläser noch einmal voll. Alle drei saßen aufgewühlt und schauten erschüttert drein. Die Wende, die dieser Abend genommen hatte, war für alle Anwesenden eine Herausforderung. Mario Angelo war tief bestürzt, weil sein Freund viel zu früh aus dem Leben gerissen wurde. Francesco sah kleine Kinder vor seinem geistigen Auge, die misshandelt werden; und Paola begriff mit einem Mal die große Dimension, die dieser Fall mit sich bringen könnte. Wenn dieser Fall tatsächlich mit Kinderpornografie, Kinderhandel oder gar Prostitution zu tun hatte, dann barg es auch für sie als ermittelnde Beamtin ein großes Risiko. Sie trank den *Grappa* in einem Zug. Nach zwanzig Minuten verließen Francesco und sie das Restaurant. Im Auto fuhren sie schweigend nach Hause. Sie gingen leise ins Haus, nahmen die Treppe nach oben und schlossen die Tür vom Schlafzimmer.

Francesco beugte sich über Paola:

»*Mia cara!* Versprich mir eins: Wenn du aufgrund deiner Ermittlungen auf organisierte Kriminalität stößt«, seine Stimme veränderte sich schlagartig und wurde energisch, gleichzeitig sah sie seinen sorgenvollen Blick: »Gibst du den Fall bitte ab!«

Paola atmete tief ein und aus. » Ich verspreche es dir! «

Wortlos gingen sie zu Bett. Paola legte sich in den Arm ihres Mannes und kuschelte sich ganz dicht an ihn heran. Sie lag in dieser Nacht lange wach.

8

Als Paola am nächsten Morgen durch das Klingeln des Weckers aufwachte, reckte und streckte sie sich erst einmal kräftig. Sie schaute gedankenverloren durch das Fenster nach draußen. Langsam begann ihr Kopf, sich mit dem gestrigen Abend zu beschäftigen.

Viele Informationen waren so plötzlich auf sie eingestürzt. Manches von dem löste Ängste in ihr aus. Sie überlegte ihr weiteres Vorgehen. Punkt für Punkt ging sie alles in ihrem Kopf durch. Sobald sie in der Questura ankam, wollte sie sich ihre Kollegin Ispettore Nero schnappen und ihr von den neuen Erkenntnissen berichten.

Danach wollte sie Salvatore Torri fragen, ob ihre Idee, die IT-Techniker an den Computer Signor Baldinis zu schicken, überhaupt eine machbare Möglichkeit wäre. Sofern die Techniker bestätigten, dass auch bereits gelöschte Suchverläufe wiederhergestellt werden könnten, gäbe es vielleicht eine Spur, die sie verfolgen könnte.

Bislang hatte sie lediglich Vermutungen gesammelt. Sie hatte sich weder die Unterlagen, die ihr Baldinis Sohn ausgehändigt hatte, überprüft, noch gab es stichhaltige Beweise für die Theorie, dass Signor Baldini einem groß angelegten Verbrechen auf die Spur gekommen ist. All dies musste erst einmal bearbeitet, ermittelt und ausgewertet werden.

Nachdem Paola analytisch jede einzelne Information in ihrem Kopf eingeordnet hatte, kam das bis dahin große Chaos in ihrem Kopf zum

Erliegen und eine Struktur zeichnete sich ab. Sie würde sich nicht verrückt machen, stattdessen sukzessive sämtliche zugetragenen Informationen auf Richtigkeit überprüfen und erst dann über das weitere Vorgehen entscheiden.

Mit dieser neuen Ordnung in ihrem Kopf ging sie ins Bad und machte sich für ihren bevorstehenden Arbeitstag fertig. Bevor sie aus dem Haus ging, schaute sie noch einmal in die Zimmer ihrer Kinder, die noch friedlich schliefen. Francesco stand unterdessen in der Küche und machte ein kleines Frühstück, als er seine Frau die Treppe herunterkommen sah, strahlte er sie liebevoll an.

»Hast du gut geschlafen? «

»Ich konnte erst nicht einschlafen, mir ging noch einiges im Kopf umher. So gegen zwei muss ich dann aber eingeschlafen sein.«

»Wie fühlst du dich? «

»Erstaunlicherweise recht gut. Ich werde nachher in der Questura anfangen, alles Stück für Stück zu bearbeiten, und dann schaue ich weiter. «

»Bleibt es dabei? «

Paola schaute ihn im ersten Moment etwas irritiert an, doch dann begriff sie seine Frage.

»Ja. Auf jeden Fall. Ich werde mich nicht bewusst in ein großes Risiko stürzen. Das verspreche ich dir! Doch jetzt will ich erst einmal die ganzen Informationen auf Richtigkeit prüfen, bevor ich mich unnötig verrückt mache. Vielleicht sind die ganzen Vermutungen gar nicht richtig und das Motiv ein ganz anderes. Verstehst du? Francesco! «

»*Bella*, was…? «

»Ich liebe dich und ich möchte noch ganz lange viel Zeit mit dir und den Kindern erleben. Ich muss aber trotzdem zumindest das Motiv aufdecken. «

Francesco drückte sie fest an sich und begann leise zu sprechen:

»Du weißt, dass ich dich nie bevormunden würde. Ich bin sehr stolz auf dich und das, was du als Commissario schon alles aufgedeckt hast. Nur…«, Paola legte einen Finger auf seinen Mund:

»Ich mache mir auch große Sorgen! Wer weiß, wo ich da reingeraten bin. Aber ich möchte nicht aus einer imaginären Angst agieren, dann mache ich meine Arbeit nicht ordentlich. Ich will mich bestimmt nicht in Gefahr bringen. Da sei dir sicher! Ich überprüfe erst einmal die Akte mit den merkwürdigen Papieren. Dann spreche ich mit Dottore Ragazzi, ob er schon mit der Obduktion angefangen hat? Danach bringe ich in Erfahrung, ob ich einen IT-Techniker zu den Baldinis schicken kann, um den Computer auszulesen. Und erst dann habe ich vielleicht ein Indiz oder kann ein Motiv erkennen. Vielleicht hat Signor Baldini festgestellt, dass zu viele Betten im Kinderheim abgerechnet wurden, verstehst du, was ich meine? Wir haben nur Vermutungen von zwei Zeugen, die ihn zwar gut kannten, doch nur glauben, etwas zu wissen... «

»Du bist eine kluge Frau, Paola! Ich liebe dich sehr. Bitte pass auf dich auf! «

Paola drückte ihn und gab ihm einen Kuss.

»Bevor ich es vergesse, es wird bei mir heute spät.

Ich habe zwei zeitintensive Operationen vor mir und kann dir noch nicht sagen, wann ich wieder zu Hause bin. «

Prompt fragte Paola: » Und die Kinder? «

»Die gehen nachher zu meiner *Mamma*. Das habe ich vorhin noch schnell geregelt. Ich dachte mir, wer weiß, wann du heute wieder da bist. «

»Du denkst wirklich immer an alles. Danke. Du bist mein größter Schatz!«

»Und du meiner ...«, mit einem breiten Grinsen auf dem Mund schlang Francesco seine Arme um Paola.

Paola aß noch rasch ein *Panini* und trank einen *caffè*, bevor sie sich auf den Weg zur Questura machte.

Kurz vor neun kam sie an und steuerte erst einmal zum Schreibtisch ihrer Kollegin.

»*Buongiorno*, Maria! «

»Ach, Paola, schön, dass du kommst.«

»Werde ich schon erwartet? «

»Na, komm erst einmal an. Dottore Ragazzi hat sich gemeldet und will dich sprechen. Offenbar hat er gestern schon mit der Obduktion angefangen und Salvatore hat auch eine Frage. «

»Gut, ich will sowieso mit beiden sprechen. Haben sie etwas ausgerichtet? «

»Ich soll dir von Dottore Ragazzi bestellen, die Vermutung von Francesco hat sich bestätigt. Wenn du weitere Fragen hast, möchtest du ihn erst ab Mittag kontaktieren, da er jetzt außer Haus ist. Salvatore meldet sich später noch einmal. «

»Dann würde ich dich gerne erst einmal auf Stand bringen. «

Verdutzt schaute Maria sie an.

»Ich habe gestern noch etwas erfahren. Ich sag dir gleich, es wird dir nicht gefallen! «

»Was ist denn los? «

»Lass uns in mein Büro gehen. «

Maria kannte diese Vorgehensweise von Paola nicht, derart in Rätseln zu sprechen. Wer weiß, um was es ging? Sie nahm ihren Stift und ihren Notizblock zur Hand und ging zusammen mit Paola in ihr Büro. Kaum, dass Paola die Tür hinter sich schloss, fragte Maria erneut:

»Jetzt sag schon, was ist los? Du warst doch gestern bei Mario Angelo …«, plötzlich erschrak Maria innerlich und sagte fragend: »Ist etwas mit Clarissa. Hat Andrea Marini etwas gemacht? «

Paola schüttelte entschieden ihren Kopf.

»Nein, Clarissa und Andrea geht es gut. Bei denen ist alles in Ordnung. Es geht um unseren aktuellen Fall.«

»Warst du noch einmal bei den Baldinis?«

»Wir …«, Paola stockte.

»Wir waren gestern bei Mario Angelo und als wir uns unterhielten, rutschte mir im Zusammenhang der laufenden Ermittlung der Name Baldini heraus. «

Maria schaute sie mit großen Augen an. Was hatte das zu bedeuten?

»Ich versuche, es kurz zu machen. Mario Angelo war ein guter Freund von Gianni Baldini. Sie kannten sich seit ungefähr fünfzehn Jahren. Er hat mir im

Laufe des Abends einiges über Gianni Baldini erzählt, und dann …«

»Paola, was ist denn nur passiert? So kenne ich dich gar nicht!«

»Maria, was ich dir jetzt sage, bleibt erst einmal unter uns, bevor wir nicht wirklich eine tatsächliche Spur haben …«, dann begann Paola zu erzählen. Maria hörte aufmerksam zu, doch als Paola beim Thema Kinderheim ankam und dann darüber berichtete, was Mario Angelo dazu zu sagen hatte, da wich Ispettore Nero sämtliche Farbe aus ihrem Gesicht. Ein Seufzer entglitt ihr und sie schlug die Hände vor das Gesicht.

»*Madonna!* Das ist allerdings eine schwer verdauliche Information. Sollten sich die bisherigen Vermutungen verdichten und es stellt sich heraus, dass es sich um Kindesmissbrauch im großen Stil handelt, dann stechen wir in ein Wespennest! Dafür sind wir beide gar nicht ausgebildet.«

»Du sagst es! Mir war klar, dass die Ermittlungen nicht einfach werden, weil Signor Baldini ein Mitarbeiter der *Guardia di Finanza* ist. Doch sollten sich die Vermutungen bestätigen, dann müssen wir aufpassen, dass wir nicht mit hereingezogen werden und …«, sie hörte abrupt zu sprechen auf.

»Wie willst du vorgehen? «

Paola ging die einzelnen Schritte, die sie bislang nur in ihrem Kopf durchdacht hatte, mit Maria durch. Ispettore Nero machte sich Notizen und sie beratschlagten, wer welche Aufgaben übernimmt.

»Soll ich Carlo ins Bild setzen? Einen Vorteil hätte

es … er ist wirklich gründlich, wenn es ums ›Wühlen‹ geht! «

Ein kurzes Lächeln huschte über Paolas Gesicht, doch dann wurde sie erneut ernst.

»Ich fühle mich schon nicht gut dabei, dich ins Boot zu holen, aber … ich kann ja nicht auf eigene Faust ermitteln und benötige deine Unterstützung. Was sagst du dazu? Sollen wir Carlo einweihen? «

»Ich verstehe natürlich deine Bedenken, aber Carlo ist ein guter Polizist und er könnte uns wirklich sehr nützlich sein. Er ist absolut loyal! Wir hätten nicht zu befürchten, dass sich ein Leck in der Questura auftut. Dafür lege ich meine Hand ins Feuer. «

Paola wägte ab, nickte, gab aber auch zu bedenken:

»Es ist gefährlich! Wir müssen sehr sorgfältig bei den Ermittlungen vorgehen und achtsam bleiben. Sollten sich die Vermutungen bestätigen und es geht um organisierte Kriminalität, dann schalten wir die *Servizio Centrale di Investigazione sulla Criminalità Organizzata* ein. «

»Die Spezialeinheit unterliegt doch auch der *Guardia di Finanza?* «

»Si! Die Spezialeinheit *›Scico‹* ist für solche Fälle die richtige Adresse. Die kennen sich aus, sind militärisch organisiert und haben Erfahrung mit organisierter Kriminalität und auch mit Drogenhandel. «

Man sah Ispettore Nero an, dass ihr dieses Gespräch schwer im Magen lag.

»Paola, wenn du wirklich meinen Rat hören willst zu Carlo? «

Sie nickte ihr zu: »*Si!* «

»Ich hätte ihn gerne an unserer Seite. Da kommt eine Heidenarbeit auf uns zu! Wie willst du es vor den anderen verstecken? Was sagst du Salvatore? «

»Offiziell haben wir ein Tötungsdelikt. Nach all dem, was wir gehört haben, gehe ich mal nicht davon aus, dass Signor Gianni Baldini sich Gift in sein Wasser gemischt hat; und sich zum Sterben ausgerechnet, die *Arena di Verona* ausgesucht hat. Selbst dieser Gesichtspunkt, dass wir von einem Tötungsdelikt sprechen, basiert bislang nur auf Zeugenbefragungen. Ich halte es tatsächlich für absurd, dass er einen Suizid begangen hat. Eventuelle Motive stehen gar nicht fest, also haben wir auch noch keinen möglichen Täter oder einen Kreis von Verdächtigen! Was spricht dagegen, den Computer von Signor Baldini in das Labor zu bringen und untersuchen zu lassen. Falls die IT-Techniker etwas finden, dann können wir immer noch den Fall abzugeben. Wie gesagt, Maria, momentan sind das alles nur vage Vermutungen. Wir haben nichts in der Hand. Ich schaue mir gleich in Ruhe die Papiere an, die uns Angelo Baldini gegeben hat. Möglicherweise entpuppt sich etwas ganz anderes dahinter. Wir machen jetzt solide Polizeiarbeit: Es gibt ein Opfer, wir suchen nach möglichen Spuren, nach einem Motiv, um dann einen Täter finden zu können. Die Informationen, die wir haben, teilen wir nur noch mit Carlo, ansonsten weiß niemand Bescheid. Was sagst du? «

Ispettore Nero hob die Augenbrauen und sagte:

»Du hast recht! Wir fangen mit unseren

Ermittlungen an und dann können wir immer noch die ›*Scico*‹ einschalten. Ich halte die Vorgehensweise auch für vernünftig. Soll ich Carlo ins Büro holen? «

Paola nickte ihr zu.

Ispettore Nero kam mit Assistente Mazzola keine zwei Minuten später zur Tür herein. Maria schloss die Tür des Büros. Dann fing Paola zu sprechen an und setzte Assistente Carlo Mazzola ins Bild. Nachdem er sich alles angehört hatte, sagte er:

»Commissario Rossi, ich möchte mich bei Ihnen für das mir entgegengebrachte Vertrauen bedanken! Ich verspreche Ihnen, Sie werden es nicht bereuen. Ich werde mit niemandem darüber sprechen, denn ich will uns nicht in Gefahr bringen. Wie kann ich Ihnen helfen? Sie sagten, sie würden gerne den Computer von Signor Baldini überprüfen? Ich möchte behaupten, gute Kenntnisse im IT-Bereich zu haben. Ich habe mich zwei Semester lang damit beschäftigt, insofern …«

»Das wäre tatsächlich eine große Hilfe. Sie könnten mit Maria zu den Baldinis gehen und sich vor Ort den Computer ansehen, vielleicht finden Sie etwas auf Anhieb?«

»Sehr gerne! Übrigens, es gibt eine Möglichkeit, gelöschte Suchverläufe wiederherzustellen. Das würde ich machen und außerdem nach versteckten Dateien schauen.«

Paolas Gesicht hellte sich auf.

»Das können Sie? «

»Das ist nicht so ein Problem. Ich schätze, Signor Baldini gehört nicht zu einem Kreis von

Computernerds, der seinen Computer wie Fort Knox abgesichert hat. «

»Nach dem, was ich von unseren Zeugen gehört habe, gehe ich auch nicht davon aus. «

»Das ist machbar. Damit fange ich an, dann brauchen Sie noch nicht Salvatore Torri zu behelligen.«

Paola war sichtlich froh, Carlo Mazzola mit in ihrem kleinen Geheimteam zu haben. Er wirkte fit, konnte gut mit dem Computer umgehen und erkannte das eventuelle Risiko. Besser ging es nicht. Ispettore Nero und Assistente Mazzola machten sich an die Arbeit und verließen Paolas Büro. Paola holte die Akte mit den zusammengetragenen Papieren aus ihrer Aktentasche und legte sie auf ihren Schreibtisch, dann begann sie in den Papieren nach einem Hinweis zu suchen.

9

Angelo Baldini saß am Bettrand bei seiner Mutter. Sie wirkte zwar noch immer sehr schockiert, doch ihr Gesicht hatte heute ein wenig mehr Farbe als gestern.

»*Mamma,* hast du heute besser geschlafen? «, fragte er seine Mutter in einem besorgten Ton.

»Habe ich! Bestimmt werde ich noch etliche schlaflose Nächte vor mir haben. Durch die Spritze gestern Abend konnte ich bis eben durchschlafen.«

Er streichelte über ihre Hand.

»Und du? Wie geht es dir? Für dich ist es doch genauso schlimm, oder? «

»Ich bin mehrmals in der Nacht aufgeschreckt. Es fällt mir so schwer, mich damit abzufinden. «

Seine Augen waren rot umrandet.

»Es hilft nichts, *Mamma,* wir müssen es akzeptieren. «

Dann drehte er sich zur Seite, denn so zu tun, als wäre man stark, obwohl man tief verzweifelt war, das fiel ihm schwerer, als er dachte. Er wollte nicht, dass seine Mutter bei seinem Anblick auch zu weinen anfing. Er räusperte sich und stand ziemlich abrupt auf.

»Ich mache uns ein kleines Frühstück«, er schaffte es bis zur Küche, dann liefen ihm die Tränen über die Wange. Einen Moment hielt er inne, dann schaute er in den einzelnen Schränken, um den Frühstückstisch decken zu können. Er war gerade dabei, Eier zu kochen, als er die Schritte seiner Mutter im Flur hörte.

»Ich bin noch nicht fertig«, rief er in den Flur hinein.

Seine Mutter kam zur Küche gelaufen, sie hatte einen Morgenmantel übergeworfen und setzte sich auf ihren Platz.

»Hat dein Vater uns etwas verheimlicht? «

Irritiert schaute er seiner Mutter ins Gesicht. Sollte er ihr von der gefundenen Akte erzählen? Von dem Geheimversteck? Würde sie dadurch nicht erneut in sich zusammensacken? Sie sollte erst einmal stabiler werden, entschied er in seinem Zwiegespräch.

»Was meinst du, *Mamma*? «

»Man wird doch nicht einfach so vergiftet, mein Schatz. Du musst mich auch nicht schonen. Es wäre mir lieb, wenn du mir sagst, was du weißt! «

»*Mamma*, ich … «, er fing zu stottern an, » ich weiß nicht, was du meinst? «

»Angelo, du bist der Sohn deines Vaters und ich sehe dir an der Nasenspitze an, dass dich, außer dem Tod deines Vaters, noch etwas anderes bedrückt. «

Abrupt drehte er sich mit seinem Rücken zur Mutter hin, hob seinen Kopf und atmete schwer. In die Stille brach seine Stimme auf einmal hindurch:

»Bitte versprich mir, dass du dich nicht aufregst …«, dann drehte er sich zu ihr hin und schaute sie an: »Ich habe gestern an Vaters Schreibtisch gesessen. Dann fiel eine Murmel herunter und …«, die Mutter fragte erschrocken:

»Hast du etwas im Schreibtisch gefunden? «

Er haderte mit sich, doch schließlich brachte er es nicht fertig, seine Mutter anzulügen:

»*Si*, etwas Merkwürdiges. Als die Murmel herunterfiel, habe ich durch Zufall entdeckt, dass es ein Geheimversteck gibt. Ich habe es geöffnet und einen Umschlag hervorgezogen. Die Papiere enthielten diverse Unterlagen eines Kinderheims. Am Rand hatte Vater einige handschriftliche Bemerkungen hinzugefügt. Ich weiß nicht, was ich davon halten soll. Gestern habe ich Commissario Rossi angerufen und gebeten zu kommen. Du hast geschlafen. Sie kam mit ihrer Kollegin und dann habe ich ihr die Papiere übergeben. Es tut mir leid, *Mamma*, ich hätte dich fragen sollen … «, seine Mutter schaute mitgenommen, doch meinte:

»Du hast richtig entschieden! Ich hätte die Papiere auch an die Polizei übergeben. So haben wir zumindest Hoffnung, dass der Täter gefasst wird. «

»Wirklich? «, man hörte, wie ein Stein von seinem Herzen fiel.

»Wirklich! «

Beide hielten für einen Moment inne. In diesem Moment ertönte ein Klingeln. Angelo drehte sich um und sah, dass sein *telefonino* läutete.

»*Pronto!* Baldini am Apparat!«, seine Mutter schaute neugierig zu ihm.

»*Si!* Verstehe. Warten Sie kurz! Ich frage meine Mutter!«

»Es ist die Polizei. Ispettore Nero fragt, ob sie mit einem Kollegen zu uns kommen darf. Sie würden sich Vaters Computer anschauen wollen. Wäre das für dich in Ordnung?«

»Natürlich«, sagte sie nickend.

»Ispettore Nero! Sie können kommen … Das passt...! Dann bis gleich. *Addio*! «

Mutter und Sohn aßen schnell etwas zusammen. Dann ging Signora Baldini ins Bad. Fünf Minuten, bevor es an der Wohnungstür läutete, stand sie fertig angezogen im Flur.

Ispettore Nero und Assistente Carlo Mazzola begrüßten die Baldinis. Nachdem sich Ispettore Nero nach Signora Baldinis Befinden erkundigt hatte, zeigte Angelo Baldini den Polizisten den Weg zum Arbeitszimmer.

»Dort entlang bitte!«

Assistente Mazzola ging vor und steuerte auf den Schreibtisch zu. Er blieb vor dem Schreibtisch stehen und fragte:

»Darf ich? «

Signor Baldini nickte ihm zu. Carlo griff zu seinem Aktenkoffer, öffnete ihn und zog sich ein Paar Handschuhe an um keine Spuren zu hinterlassen, falls er etwas finden würde und Commissario Rossi den Fall zur ›*Scico*‹ übergeben müsste. Dann setzte er sich und startete den Computer. Signor Baldini hatte kein Password hinterlegt. Carlo fing an, im Browser Verlauf zu schauen. Die Suchergebnisse der letzten Sitzungen waren noch im Verlauf zu sehen. Er scrollte erst einmal einige Wochen zurück. Dann packte er seinen eigenen Laptop aus und schaltete ihn ein. Er wollte die Daten nicht einfach nur von einem zum anderen Computer schieben, ebenfalls als

Vorsichtsmaßnahme, falls doch die IT-Techniker hinzugezogen werden mussten. Er aktivierte die Kamera seines Laptops und nahm die Suchverläufe wie bei einem Screenshot auf. So konnte er später ganz in Ruhe die einzelnen Seiten ungestört öffnen und sich alles anschauen. Als er die letzten Einträge abfotografiert hatte, schaute er sich in den Dokumenten von Signor Baldini um. Auf den ersten Blick konnte er nichts Ungewöhnliches feststellen.

»Hast du schon etwas gefunden? «, fragte Maria.

»Die Suchverläufe habe ich erst einmal. Ich schaue jetzt mal in seinen Mail-Account. «

»Gute Idee! Ich gehe mal zu Angelo Baldini und frage ihn, ob er noch weitere Unterlagen gefunden hat. Ich komme gleich zurück. «

»Mach das! «

Carlo schaute sich im Posteingang um, doch die Mails, die darin enthalten waren, hatten keinen Bezug zu einem Kinderheim. Vielleicht hatte er einen eigenen Ordner angelegt und diese dort abgelegt. Er klickte im Menü Band die einzelnen Ordner an.

Assistente Mazzola klickte mit der Maus auf den Ordner des Posteingangs von Signor Baldini mit dem Namen: *›Bambini‹*.

Er öffnete die erste Mail und fand eine Anfrage gerichtet an eine Immobilienfirma, die für eine verfallene Lagerhalle im Gewerbegebiet zuständig war. Signor Baldini stellte diese unter einem anderen Namen und fragte, ob er die Lagerhalle anmieten kann. Assistente Mazzola war verwirrt, warum unter falschen Namen und wieso wollte er eine Lagerhalle anmieten? Er klickte sich durch die anderen Mails und zu seiner Überraschung fand er weitere seltsam anmutende Anfragen, die Signor Baldini unter anderem an einen Stromanbieter, eine Catering-Firma und an eine Möbelfirma stellte. Carlo Mazzola konnte sich keinen Reim darauf machen, doch er notierte sich alle Angaben, um sie dann später mit Commissario Rossi besprechen zu können. Die letzte Mail, die er öffnete, war die Antwort der Immobilienfirma, die Signor Baldini mitteilte, dass die Lagerhalle und das Grundstück seit Längerem nicht mehr in ihrem Besitz waren. Er solle sich an den neuen Besitzer wenden, der aber ihres Erachtens eigene Pläne mit dem Grundstück hatte. Ein gewisser Signor Emilio Castellani.

Carlo Mazzola scrollte sich danach durch die anderen Ordner des Posteingangs, doch fand nichts weiter von Bedeutung.

10

Fatmire lag in sich gekrümmt auf einer Pritsche. Sie zitterte und hatte große Angst. Die Luft roch beißend nach Exkrementen, es war dunkel, kalt und das Wimmern der anderen Kinder drang an ihr Ohr. Sie hatte ihre kleinen Hände gefaltet und betete inständig, dass ein Wunder sie erlösen würde. Immer und immer wieder. Fatmires Statur war viel zu schmächtig für ein siebenjähriges Mädchen, doch das war dem Mangel der letzten Monate geschuldet. Das Mädchen war eine Vollwaise, der plötzliche Verlust ihrer Eltern setzte ihr mächtig zu, zusätzlich die Tatsache, dass sie an einem Ort gefangen lebte, nicht wissend, wo sie war, noch was auf sie zukommen würde. Sie durchlebte den größten und schlimmsten Albtraum ihres Lebens. Eine Träne füllte ihr rechtes Auge, sie wischte sie zaghaft weg und faltete erneut ihre zitternden kleinen Hände. Bald würde sie wieder abgeholt werden und sie müsste dieses bittere Getränk trinken, wonach ihr jedes Mal so schlecht wurde. Allein der Gedanke daran löste in ihr Magenkrämpfe aus. Fatmire zwang sich ruhig zu bleiben und lenkte ihre Gedanken an früher zurück, wo noch alles schön und glücklich war.

Sie kam aus einem kleinen Dorf in Albanien. Der Ort hieß Karicë und lag ca. 95 km von der Stadt Tirana entfernt. Sie lebte dort auf einem kleinen Hof, den ihre Eltern bewirtschafteten. Sie hatten zwar wenig Geld, doch dafür besaßen ihre Eltern ein Herz aus Gold und liebten ihre kleine Tochter Fatmire über alles.

Doch dann schlug das Schicksal zu.

Ihre Eltern mussten für zwei Tage weg und Fatmire wurde zu ihrer Tante gebracht. Sie mochte ihre Tante überhaupt nicht, denn sie war streng und kaltherzig, doch sie konnte die Eltern nicht begleiten und daher fügte sie sich ihrem Schicksal. Sie spielte vor dem Haus ihrer Tante mit ihren Cousins und Cousinen, als ein Auto vorfuhr. Es war ein Polizeiwagen. Ein Mann stieg aus und fragte die Kinder nach deren Eltern. Die Kinder zeigten zur Eingangstür, der Polizist klopfte und trat ein. Nach einer guten Viertelstunde kam er wieder aus dem Haus und die Tante von Fatmire zog die Kleine in das Haus hinein. Fatmire gehorchte und dann sagte die Tante mit energischer Stimme, sie müsse sofort ihre Sachen zusammenpacken. Ihre Eltern hatten einen Verkehrsunfall und können sich nicht um Fatmire kümmern. Die Tante wurde barsch und meinte, sie könne sie nun nicht für Wochen oder Monate ernähren, sie hatte selbst sieben Kinder und das Geld sei knapp. Fatmire würde gleich abgeholt werden und dann in ein Kinderheim gebracht. Ihre Eltern können sich nicht um sie kümmern, solange müsste Fatmire in diesem Heim leben. Die Kleine schaute sie mit einem sorgenvollen Blick an, dann rollten Tränen über ihr Gesicht. Ihr wurde kalt und sie begann zu zittern, wollte fragen, wo ihre Eltern denn nun sind, doch die Tante zischte sie an, sie solle still sein und ihre Sachen packen, denn sie wüsste auch nicht mehr.

Fatmire lief weinend in ein kleines Zimmer und packte schluchzend ihre Sachen zusammen. Ihre bis dahin glückliche Kindheit brach in sich zusammen. Sie hatte Angst und hoffte, es handelte sich um ein Missverständnis und im nächsten Moment würden ihre Eltern sie in den Arm nehmen und alles wäre nur ein böser Traum gewesen. Doch so sehr wie Fatmire es sich auch wünschte, es kam niemand und sie setzte sich auf das Bett und wartete allein und verlassen auf die Dinge, die kommen sollten.

Eine gute Stunde später fuhr ein Wagen vor. Zwei Männer kamen und holten Fatmire ab. Fatmire waren sie unheimlich und als zu ihrer Tante schaute, sah sie, dass einer der Männer ihr einen Umschlag zusteckte. In diesem Moment trafen sich die Blicke von Fatmire und der Tante und Fatmire wurde übel. Bevor sie darüber nachdenken konnte, ging alles blitzschnell. Die beiden Männer zogen sie förmlich aus dem Haus der Tante, schoben sie wortlos in das Auto und fuhren mit ihr los. Fatmire weinte auf der Rückbank des Wagens leise vor sich hin, ab und zu schaute der Beifahrer nach hinten zu ihr und sie sah in seine dunklen Augen.

Ein kalter Schauer erfasste sie und Angst, große Angst!

Nach etwa drei Stunden schlief sie ein. Als sie wieder wach wurde, reichte ihr der Männer eine Wasserflasche. Als sie ihren Kopf schüttelte, schrie der Mann sie an:

»Trink!«

Widerwillig nahm sie einen Schluck aus der Flasche, der Mann schaute sie an und befahl ihr, die Flasche leerzutrinken. Fatmire begann zu trinken und keine fünf Minuten später wurde ihr ganz schwarz vor Augen und sie schlief ein.

Als sie viele Stunden später wieder zu sich kam, lag sie gefesselt auf einer Pritsche. Die Versuche, ihre Arme aus den Schlingen zu befreien, missglückten. Panik machte sich in ihr breit, sie weinte und schrie vor Verzweiflung. Nach einer Weile kam ein Mann auf sie zu. Er redete auf sie ein, als sie sich nicht beruhigte, schlug er ihr ins Gesicht. Augenblicklich hörte sie zu weinen auf, lediglich ein leises Wimmern drang aus ihrem Mund. Ein Zittern erfasste ihren Körper und sie schloss instinktiv ihre Augen. Sie wollte weder in das Gesicht des Mannes schauen, noch traute sie sich, sich im Zimmer umzusehen. Ihr Kiefer schmerzte nach dem brutalen Schlag und so beschloss sie einfach so zu tun, als würde sie schlafen. Der Mann ließ von ihr ab und ging wieder aus dem Verschlag. Nach etlichen Minuten öffnete Fatmire ihre Augen und schaute sich um. Sie lag in einem winzig kleinen Raum, es gab kaum Tageslicht. An der gegenüberliegenden Wand, waren an einem Fenster Holzbalken angebracht, ein Balken war lose und es entstand ein kleiner Spalt aus dem etwas Tageslicht in den Raum drang. Dieses Gefängnis wurde in den nächsten zwei Wochen ihr Zuhause.

Fatmire fügte sich und gehorchte den Männern, die dann und wann in diesen Raum kamen, sie brachten ihr etwas zu essen und zu trinken. Nach zwei Tagen wurde sie von den Fesseln befreit. Mittlerweile war sie schwach und so voll Angst, dass sie keine Anstalten mehr machte zu fliehen, denn der Raum war verschlossen. Panisch hatte sie es in den ersten zwei Tagen versucht, doch so sehr sie auch an der Tür zu diesem Raum rüttelte, die Tür ließ sich nicht öffnen. Fatmire ergab sich ihrem Schicksal. Etliche Fragen schossen in ihren Kopf.

Warum kamen ihre Eltern nicht?

Wo war sie?

Lebten ihre Eltern noch?

Was war in dem Umschlag, den ihre Tante bekam?

Würde sie jemals wieder frei sein?

Warum wurde sie gefangen gehalten?

Warum sie?

Nach zwei Wochen wurde sie aus dem Raum geholt. Ihr wurden die Augen verbunden und sie wurde in ein Auto gesetzt. Nach einer Stunde Autofahrt stieg sie aus dem Wagen, nach zwanzig Schritten hörte sie eine knarrende Tür, die sich öffnete. Dann wurde sie hochgehoben und jemand lief mit ihr eine Treppe hoch. Nach einem kurzen Moment wurde sie auf einen Stuhl gesetzt, die Augenbinde entfernt. Erst einmal musste sie sich an das Tageslicht, was auf ihre Augen fiel, gewöhnen. Ihr Blick huschte unsicher umher. In diesem Raum waren kleine Nischen mit Plakaten angeordnet. In einer Ecke sah sie ein

Metallbett, in der anderen einen roten Sessel. Sie konnte sich keinen Reim darauf machen, wo sie war. Vor den einzelnen Nischen standen Kameras. In einer Ecke, weiter hinten, befanden sich mehrere Kleiderständer voll mit den unterschiedlichsten Kleidungsstücken. Völlig verwirrt schaute sie sich diesen großen Raum an. Es sah fast so aus, als wären kleine winzige Zimmer in einem großen Raum untergebracht.

Woher sollte Fatmire wissen, dass dies ein Fotostudio war? Dort, wo sie herkam, war der gesamte Hof der Familie gerade so groß wie der Raum, in dem sie sich befand.

Einer der Männer sprach sie an, sie solle ihre Kleider ausziehen. Mittlerweile widersprach sie nicht mehr, sie hatte zu große Angst erneut geschlagen zu werden.

Also tat sie, was er sagte.

Voller Scham presste sie ihre kleinen Schultern so gut sie es konnte zusammen, da sie nicht wollte, dass die Männer ihren nackten Körper anschauten. Doch das half ihr leider gar nichts. Sie musste aufstehen und sich drehen, danach wurde sie zu dem Metallbett gebracht und sie sah, wie ein weiterer Mann Bilder von ihr machte. Dann wurde ihr ein Glas Wasser gereicht und kurze Zeit danach wurde sie ganz benommen und sah alles wie durch einen Nebel.

Als sie erwachte, lag sie auf einer Pritsche. Sie schaute sich um, doch es war nicht der Raum, den sie bereits kannte. Es roch ganz schrecklich, ihr Magen rebellierte und sie hatte das Gefühl, sich gleich übergeben zu müssen. Alles zog sich in ihr zusammen, der Geruch lähmte sie. Außerdem war es kalt und alles wirkte so modrig.
Erneut fing sie an zu beten, um dieses schreckliche aufkeimende Gefühl in ihrem Inneren zu verdrängen. Es war nicht nur der neue Raum, der ihr zu schaffen machte, sondern tief in ihrer Seele schien etwas zerbrochen zu sein, sie konnte sich nur noch bruchstückhaft daran erinnern, dass sie vorhin auf einem Bett lag und etwas zu trinken bekam, was dann passierte, wusste sie nicht, aber sie fühlte sich hilflos und ausgeliefert. In dem Moment spürte sie einen stechenden Schmerz, der weit unter ihrem Bauch zu spüren war.

Fatmire versuchte sich zu erinnern, doch umso mehr sie versuchte das Puzzle in ihrem Kopf zusammenzusetzen, desto schlechter ging es ihr. In ihrem Kopf wirbelte es nur so herum, sodass sie beschloss nicht weiter darüber nachzudenken. Mit einem Mal erfasste sie den Raum und erkannte, dass sie in einem großen Schlafsaal mit Hochbetten lag. Sie schaute sich um, dort lagen überall Kinder. Manche noch jünger als sie, einige älter. Um sich abzulenken, begann sie die Betten zu zählen, doch es waren zu viele, als dass sie sie zählen konnte.

Eine heftige Weinattacke nahm sie gefangen und erneut wunderte sie sich, warum sie so große Schmerzen unter ihrem Bauch hatte?

Was hatte das alles zu bedeuten?
Wo war sie nur?

Sie glaubte nicht mehr daran, dass dies ein Kinderheim war, so viel stand für sie fest…

Mittlerweile lebte sie nun schon seit über einem Jahr in dem Haus.

Da kam eines Tages einer der Männer auf sie zu und meinte, ihre Eltern seien gestorben und dies sei ihr neues Zuhause. Sie weinte sich in dieser Nacht in den Schlaf und wünschte, sie wäre auch tot und müsse nicht länger in diesem stinkenden, kalten und ekelhaften Schlafsaal leben. Mit der kleinen Antonia hatte sie sich angefreundet, sie lag unter ihr auf einer Pritsche. Die Mädchen konnten sich nicht miteinander unterhalten, denn das Mädchen sprach eine Sprache, die sie nicht kannte. Doch sie trösteten sich gegenseitig, wenn sie wieder einmal Schlimmes erlebt hatten. Dann nahmen sie sich in den Arm und kuschelten miteinander, wenn keiner der bösen Männer durch den Saal patrouillierte.

Einmal in der Woche wurden sie gewaschen und hübsch gemacht, danach wurden sie geschminkt und in merkwürdige Kleider gesteckt. In diesen

Momenten fing Fatmire wie eine Besessene zu beten an, denn sie wusste, dass sie wieder dieses widerliche Getränk zu trinken bekam und danach wurde etwas mit ihr gemacht, woran sie sich zwar nicht mehr erinnern konnte, doch jedes Mal hatte sie danach Schmerzen und weinte aus tiefster Seele. Die Männer gingen zu den Kindern, die alle gehorsam auf ihren Betten sitzen mussten und jedem einzelnen wurden dann die Augen verbunden. Danach ging es hinaus aus dem Saal und die Kinder wurden in Kleintransporter verfrachtet. Die Fahrt endete jedes Mal nach einer Stunde. Sie kannte den Weg schon auswendig. Dreiundzwanzig Schritte bis zu einer Treppe, dann musste sie nach links laufen. Dann folgten dreizehn Stufen und dann noch einmal fünf Schritte bis zu einer Tür. Dort musste sie warten, bis jemand die Tür öffnete. Im Zimmer wurde ihr die Augenbinde abgenommen und sie bekam eine bittere, sprudelnde Flüssigkeit in einem Glas gereicht. Wie sie es hasste!

Diesen Geschmack würde sie nie vergessen, er löste jedes Mal aufs Neue blanken Ekel in ihr aus. Umso öfter sie vor dieser Situation stand, desto schlimmer wurde es für sie und sie sprach innerlich ein Gebet, dass dies doch bitte das letzte Getränk sei, was sie trinken musste. Dann setzte sie das Glas an und musste es in einen Schluck leeren. Kurze Zeit später lag sie auf einem Bett, was dann passierte, wusste sie nicht, da sie völlig benommen kaum ihre Augen offenhalten konnte. Es fühlte sich schlecht an und wenn sie dann wieder erwachte, lag sie in einem alten löchrigen Schlafanzug auf der Pritsche ihres Hochbetts.

Ihre Eltern hatten ihr liebevoll gesagt, dass ihr Name eine besondere Bedeutung habe.

Fatmire heißt: Gutes Schicksal!

11

Paolas Telefon klingelte. Sie war gerade erst in der Questura angekommen und damit beschäftigt ihren Computer hochzufahren.

»*Pronto*! Commissario Rossi am Apparat. «

»*Ciao*, Paola, hier spricht Alberto.«

»*Buongiorno*, Alberto, hast du mit der Obduktion Signor Baldinis bereits begonnen?«

»*No*!«

Paola war überrascht, räusperte sich und wollte etwas fragen, doch Dottore Alberto Ragazzi, fiel ihr, bevor sie sprechen konnte, ins Wort.

»Ich bin so gut wie fertig, ich habe gestern meinen freien Sonntag geopfert. Bei uns in der Gerichtsmedizin stapelt sich die Arbeit.«

»Oh…!«, entwich es Paola: »Habe ich noch mehr zu tun, ich weiß von keinen weiteren Opfern.«

Ihre Stimme klang nervös, als sie dies sagte.

Beschwichtigend meinte Alberto:» Nein, keine Sorge, wir hatten hier eine Umstellung unseres Computersystems und müssen noch einige Akten eingeben.«

Die Erleichterung war in Paolas Stimme zu hören, als sie sagte: » Du hast mir einen großen Schrecken eingejagt. Was kannst du mir denn zu unserem Opfer sagen? Hat sich der Verdacht bestätigt, dass er das Gift über den Inhalt der Wasserflasche, die wir am Tatort gefunden haben, zu sich genommen hat?«

»Das hat sich bestätigt. Es befand sich eine hohe Konzentration des Giftes in der Flasche, wie ich bereits am Tatort sagte, trat der Tod innerhalb kürzester Zeit ein. Ich habe die Flasche auf Fingerabdrücke untersucht. Neben den Abdrücken von Signor Baldini befinden sich noch fünf weitere darauf. Ich habe bereits einen Mitarbeiter gebeten, nachher zur *Arena di Verona* zu gehen, um dort nachzufragen, ob diese Marke des Mineralwassers bei ihnen verkauft wird und zum Spurenabgleich der Fingerabdrücke.«

»Sollte sich dies bestätigen…«, warf Paola hinein, »kann es sich auch um eine willkürliche Tat handeln, die mit Signor Baldini gar nichts zu tun hat. Ich bin gespannt, was ihr herausbekommt. Kannst du mir noch etwas zum Allgemeinzustand des Opfers sagen?«

»*Sì*, aber etwas Wichtiges zur Flasche muss ich dir noch sagen…«

»Okay…was hast du für mich?«

»Wir konnten eine Einstichstelle an der Flasche feststellen, sofern deutet aus meiner Sicht alles auf Mord. Wer begeht einen Suizid und macht sich solch eine Mühe, nun ja, nichts, was wir nicht schon im Laufe der Zeit erlebt hätten, aber ich deute es als Mord; außerdem spricht der Ort des Verbrechens meines Erachtens auch nicht für einen Suizid. Zu deiner Frage nach dem gesundheitlichen Allgemeinzustand des Opfers. Bis auf die Tatsache, dass das Gift innerhalb kürzester Zeit zum Tod geführt hat, erfreute sich Signor Baldini allerbester Gesundheit. Er war kerngesund und es gab keine Anzeichen von gesundheitlichen Einschränkungen, dieses Gift hat ihn um viele gesunde Lebensjahre gebracht.«

»Wie wir vermutet haben!«, antwortete Paola, »der Sohn des Opfers hat uns gestern informiert, dass er Unterlagen in einem Geheimversteck gefunden hat. Wir sind sofort zu ihm hin und Assistente Mazzola und Maria sind gerade jetzt vor Ort in der Wohnung der Baldinis, um eventuelle Hinweise für ein Motiv zu finden. Momentan stehen wir vor einem Rätsel…«, sagte Paola ratlos.

»Vielleicht hilft uns die Wasserflasche weiter, ich gebe dir sofort Bescheid, wenn ich näheres dazu weiß.«

»Kannst du rein hypothetisch eine Einschätzung…«

Weiter kam Paola nicht, denn Dottore Ragazzi begann schon zu sprechen.

»Wie ich dir schon am Tatort sagte… Tod durch Gift, hatten wir schon lange nicht mehr als Ursache eines Tötungsdelikts. In den meisten Fällen handelt es sich hierbei um einen weiblichen Täter und wir haben zwar die Substanz in der Flasche analysieren können, doch weitere Spuren haben wir nicht. «

»Um was für ein Gift handelt es sich?«, fragte Paola den Gerichtsmediziner.

»Wie vermutet handelte es sich um Kaliumcyanid, es löst sich gut in Wasser auf und genetisch bedingt können nur 20 bis 40 % der Menschen, den Bittermandelgeruch wahrnehmen. «

Paola fragte: »Aber das bekommt man doch nicht so einfach im Laden…«

Alberto musste unwillkürlich lachen.

»Nein, natürlich nicht, aber Revolver bekommt man bekanntermaßen auch nicht beim Supermarkt. Ich verstehe, auf was du hinauswillst. Kaliumcyanid unterliegt der Chemikalienverbotsverordnung. Ich habe schon die Kollegen drangesetzt.«

»Sehr gut! Ja, ich erhoffe mir jetzt auch nicht, dass wir in einer Apotheke nachfragen und wir bekommen den Täter auf einem Silbertablett serviert, aber immerhin haben wir einen Ansatz. Besteht die Möglichkeit Kaliumcyanid selbst herzustellen oder wäre die Beschaffung dafür auch schwierig?«

»Nun ja, wer sich in Chemie auskennt, der bekommt das hin.«

Paola stöhnte auf:» Na prima! Hätte auch mal einfach laufen können!«

»Paola, ich bin mir sicher, du findest den oder die Täterin.«

Paola musste grinsen: »Keine Vorschusslorbeeren, unser Opfer scheint ein allseits beliebter Mensch gewesen zu sein. Ehrlich, aufrichtig und weit und breit gibt es kein Motiv, bis auf die Tatsache, dass er in seinem Schreibtisch in einem Geheimversteck zusammengetragene Blätter zu liegen hatte. Das ist tatsächlich die einzige Spur, die wir verfolgen können.«

Alberto hakte nach und fragte: »Was ist mit der Ehefrau?«

Entschieden meinte Paola: »Nein, das schließe ich aus.«

Der Gerichtsmediziner antworte darauf ganz trocken:

»Na, einen Feind muss er gehabt haben, sonst läge er nicht bei mir!«

Paola und Alberto Ragazzi verabschiedeten sich am Telefon. Sie konnte Alberto nichts von ihrem Verdacht für ein mögliches Motiv sagen, denn sie wollte erst einmal auf die Ankunft von Assistente Mazzola und Maria Nero warten, ob und was sie womöglich im Computer des Opfers gefunden hatten.

Sollte es sich tatsächlich um organisierte Kriminalität handeln, würde sie den Fall sofort abgeben.

Jetzt begann sie erst einmal bei der *Guardia di Finanza* anzufragen, in welcher Abteilung Signor Baldini tätig war. Nachdem sie etliche Male verbunden wurde, bestätigte sich die Aussage des Sohnes und der Ehefrau, dass das Opfer für das Vertragswesen zuständig war. Paola machte einen Termin aus, um mit einem Kollegen von Signor Baldini zu sprechen. Sie notierte sich die Abteilung und die Adresse auf ihrem Block und wartete jetzt gespannt auf die Ankunft ihrer Kollegen, dann würde sie entscheiden, wie sie weiter vorgehen wollte.

Sie stand von ihrem Schreibtisch auf, griff nach ihrer Handtasche und lief zur Bar an der Ecke, dort gönnte sie sich einen *caffè* und vergaß für einen Moment den aktuellen Fall. Kurz bevor sie gehen wollte, klingelte ihr *telefonino,* der Blick auf ihr Diplay verriet ihr, dass ihr Mann Francesco am Telefon war.

»*Ciao*, Francesco, ich mache gerade Pause, schön, dass du anrufst.«
Verschmitzt fragte er: »Bist du in der kleinen Bar an der Ecke?«

»*Sì!* Kannst du hellsehen?«, fragte sie lachend.

»Drehe dich einmal um…«, hörte sie Francesco durch das Telefon sagen. Sie drehte sich zum Eingang des Cafés und sah im nächsten Moment ihren Mann auf sie zukommen.

»Was für eine schöne Überraschung«, sagte Paola und küsste ihn verliebt. Sie bestellten sich zwei weitere *caffè* und unterhielten sich. Nach weiteren zwanzig Minuten machten sich beide wieder auf den Weg. In der Zwischenzeit hatte sich bereits *Assistente* Mazzola telefonisch bei ihr gemeldet, um ihr mitzuteilen, dass er sich auf den Weg zur *Questura* machte, im Gepäck die Erkenntnisse seiner Recherche aus dem Computer von Signor Baldini. Paola war gespannt, was Carlo zu berichten hatte.

12

Leonora und Tarik saßen vor ihrem kleinen Bauernhof und fingen zum wiederholten Male an, über die Ereignisse des letzten Jahres zu sprechen. Leonora zitterte, als ihr Mann Tarik zu ihr sagte:

»Mein Engel, wir müssen nach vorne schauen. Fatmire ist nicht mehr am Leben.«

Leonora bäumte sich auf und sagte mit kräftiger Stimme zu ihrem Mann:

»Nein, niemals. Fatmire lebt! Wir müssen sie suchen. Sie braucht uns!«

Leonora schaute ihren Mann Hilfe suchend an, nahm seine Hand und drückte sie fest:

»Tarik, sie braucht Hilfe, wir müssen sie finden. Ich glaube nicht daran, dass sie tot ist. Deine Schwester hat uns Lügen erzählt, glaube mir!«

»Mein Engel, wir waren an ihrem Grab, erinnerst du dich?«

»Schon, aber sie lebt. Glaube es mir.«

Tarik schaute sie betroffen an.

Was war auf einmal los mit seiner Frau? Wieso konnte seine Frau mit dem Tod der Tochter nicht abschließen? Er wünschte sich doch auch, dass seine Tochter noch lebt, doch als er an ihrem Grab stand, da schwand all seine Hoffnung. Seine Frau schien seine Gedanken zu lesen und meinte:

»Tarik, ich weiß nicht, wer dort im Grab liegt, aber Fatmire ist es auf keinen Fall. Glaube es mir. Sie lebt!«

Sein Blick wurde melancholisch.

»Warum sagst du das? Meinst du, es fällt mir leicht, über den Tod unseres geliebten Kindes hinwegzukommen? Mein Herz ist doch schon so schwer. «

Leonora nahm all ihren Mut zusammen und sagte mit energischer Stimme:

»Vertraust du mir?«

»Natürlich, vertraue ich dir! Wieso fragst du?«

»Ich habe etwas erfahren, doch du darfst mit niemandem darüber sprechen.«

Tarik riss seine Augen auf:

»Was weißt du? Sag es mir.«

»Schwöre, dass du mit niemandem darüber sprichst.«

»Leonora, was ist los mit dir?«

Dann begann sie zu erzählen.

»Erinnere dich zurück. Deine Schwester war diejenige, die den Kontakt zu diesem Großhändler arrangierte. «

Tarik fiel ihr ins Wort:

»Was hat das mit Fatmire zu tun?«

»Warte ab.«

Tarik versuchte ruhig zu bleiben und nickte ihr zu.

»Ich habe mich über den angeblichen Großhändler informiert.«

»Angeblichen?«

»Er ist kein Großhändler, er ist ein Dieb und Tagelöhner. Er sollte uns von zu Hause weglocken, damit wir Fatmire zu deiner Schwester bringen.«

Die Stimme von Tarik wurde schrill, als er erwiderte:

»Ich weiß, dass du ein Problem mit meiner Schwester hast, schließlich war sie einkaufen, als Fatmire angefahren wurde. Du gibst ihr die Schuld an dem Unfall. Warum sollte sie so etwas machen? Das ist doch völlig aus der Luft gegriffen! Hana ist für dich die Schuldige und jetzt erfindest du eine Geschichte.«

Jetzt musste Leonora schlucken und kämpfte mit ihren Tränen, doch es ging um ihr Kind. Sie unterdrückte die aufkommenden Tränen und antwortete:

»Ich habe ein Gespräch belauscht.«

Verwirrt schaute Tarik seine Frau an.

Dann erzählte sie ihm, was sie wusste.

»Weißt du noch, wir waren doch vor einem Monat bei deiner Schwester Hana zu Besuch. Ich wollte zum Bäcker, als ich unterwegs war, habe ich ein Gespräch zwischen zwei Männern mitbekommen. Gerade als ich meinen Weg fortsetzen wollte, fiel der Name Hana. Abrupt blieb ich hinter einer Hecke stehen und traute meinen Ohren nicht, als ich hörte, worüber die Männer sich unterhielten.«

Tarik konnte es kaum auf seinem Stuhl halten.

»Sag schon, um was ging es?«

Sie fing an zu sprechen und berichtete von dem Gespräch der Männer:

»Der plötzliche Geldsegen bei dieser alten Hexe Hana kommt doch nicht von ungefähr?«

»Hat sie wieder ein krummes Ding gedreht?«, fragte der andere.

»Kannst du dich noch an das kleine Mädchen erinnern...?«

»Ja, die wurde doch abgeholt? Hat sie die verschachert?«

»Woher weißt du das?«

»Na ja, ich habe da so einiges gehört. Sie hat Kontakt zu einem Bullen, der gerne einmal wegsieht und die Hand aufhält.«

»Erzähl!«

Leonora fuhr sich über das Gesicht und wisperte mit weinender Stimme:

»Ich musste mich zwingen, nicht laut loszuschreien, während ich die Männer belauschte. Der eine Mann konnte gar nicht aufhören zu sprechen und mit jedem Detail seiner Erzählung, wurde seine Stimme euphorischer.«

Der Blick ihres Mannes wirkte fassungslos, doch er bat sie weiterzusprechen.

Leonora sprach weiter…

»Die haben die Kleine mitgenommen und jetzt schafft sie in Italien an. Hana hat sich das ordentlich bezahlen lassen. Ihrem Bruder hat sie die Geschichte vom Unfall des Kindes erzählt.«

»Aber… «, der andere stotterte, »es gab doch eine Beerdigung?«

»Alles Lüge!«

»Tarik, als ich das gehört habe, musste ich an mich halten, um nicht loszubrüllen. Die Stimmen der Männer drangen zwar noch an mein Ohr, aber ich hatte das Gefühl ohnmächtig zu werden. Ich stand einige Minuten regungslos da, als ich wieder zu mir kam, fragte ich mich:

›Was habe ich da eben gehört? Meine Schwägerin hat mein Kind verkauft? Wie sollte ich dir das sagen?‹

Du würdest es mir nicht glauben. Also beschloss ich, heimlich, weiterzuforschen, dann wollte ich dich damit konfrontieren und wir würden uns endlich auf die Suche nach unserem geliebten Engel machen.«

Als Tarik das alles hörte, verfinsterten sich seine Augen, er wollte etwas zu seiner Frau sagen, doch sie winkte ab und sprach weiter.

»Tarik, die goldene Kette meiner Mutter mit dem Anhänger habe ich nicht verloren. Ich habe sie gegen Informationen eingetauscht. Ich weiß es jetzt genau, unser Kind lebt gefangen in Italien und wird an reiche Männer verkauft. Wir müssen nach Italien und sie suchen ...«

Dann schilderte Leonora ihrem Mann, was sie alles unternommen und mit wem sie gesprochen hatte. Sie sagte alles, was sie wusste...

Tarik konnte gar nicht aufhören, nachzufragen.

Er kannte seine Schwester gut, doch das hätte er ihr nicht zugetraut. Er wusste noch, wie aufgebracht er war, als sie zu Hana kamen nach dem unnötigen Besuch beim Großhändler. Doch bevor er mit ihr darüber sprechen konnte, teilte sie ihm unter Tränen mit, dass Fatmire einen tödlichen Unfall hatte. Tarik wollte sofort zu seinem Kind, doch die Beamten sagten, das würde nicht gehen. Er konnte sich nicht einmal von ihr verabschieden. Die Ereignisse überschlugen sich und ehe er sich versah, stand er am Grab seiner Tochter. Seine Frau brach damals zusammen und so beschloss er die nötige Kraft und Stärke für beide aufzubringen. Jetzt erfuhr er, dass seine Schwester ein hinterhältiges Spiel trieb, seine Tochter verkauft hatte, um sich mit dem Geld ein sorgenfreies Leben zu gestalten. Wie furchtbar musste es für seine Frau gewesen sein, dieses Wissen in den letzten Wochen nicht mit ihm teilen zu können, weil Hana schließlich Familie war.

Er glaubte seiner Frau.

Mit einem Mal bekamen die Gespräche mit seiner Schwester eine andere Bedeutung. Einige Fragen, die er ihr gestellt hatte, beantwortete sie zögerlich und als er nachhakte, wurde sie wütend. Damals hatte er das Gefühl, dass seine Schwester unter Schock stand, jetzt bekam alles einen Sinn. Er bekam mit, dass Hana plötzlich eine neue Couch hatte und andere Dinge, er sprach sie darauf an. Sie antwortete prompt:

»Ich habe einen reichen Freund, der sehr großzügig ist!«

Er bohrte nicht weiter nach. Hätte er nur!

Tarik schlang seine Arme um Leonora und flüsterte ihr zu:

»Wir machen uns auf den Weg nach Italien. Ich werde unseren Hof verkaufen, damit wir Geld für diese Reise haben. Verzeih mir, was ich vorhin zu dir

gesagt habe. Natürlich glaube ich dir. Hätte ich doch damals nur auf meine innere Stimme gehört! «
Leonora schaute ihren Mann ungläubig an.

»Was meinst du? Hast du etwas geahnt?«

»Nein, aber ich war so wütend auf die Beamten, als sie mir verboten haben, unsere Tochter noch einmal anzuschauen. Ich weiß noch, dass ich dachte: Was soll das denn? Doch sie meinten, sie wollen mir den Anblick ersparen und Hana hätte das Kind sowieso schon identifiziert. Ich habe zwar nachgefragt und inständig darum gebeten, doch sie meinten, es gebe Bestimmungen und daher würde es nicht gehen. Ich war so unter Schock und habe denen alles geglaubt. Es war die schlimmste Zeit meines Lebens. Der plötzliche Tod unseres Kindes hat mich an meine Grenzen gebracht. Du bist regelrecht zerbrochen und ich hatte Angst, dich auch noch zu verlieren. Warum war ich nur so blind? Ich wollte stark sein. Wie konnte meine Schwester so etwas nur machen, ich hasse sie. Wir werden Fatmire finden und dann wird Hana dafür zur Rechenschaft gezogen werden. Sie ist nicht mehr meine Schwester. «

Leonora standen Tränen in den Augen.

»Alles wird gut, mein Engel, ich verspreche es dir. Wir machen uns auf die Suche. Es ist bereits zu viel Zeit vergangen.«

Leonora konnte nichts sagen, sie schmiegte sich an ihren Mann und betete inständig, dass sie ihre kleine Tochter finden würden.

Die nächsten Tage war ihr Mann damit beschäftigt, einen Käufer für den kleinen Bauernhof zu finden, jedoch gestaltete sich das als schwierig.

Weitere kostbare Tage vergingen.

Doch dann, an einem sonnigen Morgen, klingelte es plötzlich an der Tür. Tarik öffnete die Tür und ein freundliches Gesicht lächelte ihn an. Es handelte sich um einen Bauern, der im Nachbarort einen Bauernhof hatte. Er hatte davon gehört, dass Tarik den Bauernhof verkaufen wollte.

Tarik nickte.

Dann begann der Mann ihm einen Vorschlag zu unterbreiten, Tarik holte seine Frau dazu. Nach kurzer Überlegung wurden sie sich einig. Am Abend begann Leonora bereits die Koffer zu packen, damit sie am nächsten Tag in der Früh, nach Italien starten könnten.

Es war eine Reise mit einem noch unbekannten Endziel. Italien war groß und sie hatten kaum Anhaltspunkte über einen möglichen Aufenthaltsort. Sie waren fest entschlossen ihre Tochter – wo sie auch immer war – herauszuholen, die Energie, die beide nun hatten, war voller Tatendrang.

Sie würden sie finden, auf jeden Fall.

13

Assistente Carlo Mazzola klopfte an die Tür von Commissario Paola Rossi.

»Herein!«

»*Buongiorno* Commissario, haben Sie einen Moment Zeit?«

»Natürlich, haben Sie etwas gefunden?«

»*Sì,* es könnte eine Spur sein.«

»Dann zeigen Sie einmal.«

»Schauen Sie!«

Assistente Mazzola legte die Ausdrucke der Mails, aus dem Computer von Signor Baldini, auf den Schreibtisch von Paola. Sie schaute sich die Papiere an und stutzte.

»Genau so, ging es mir auch«, warf er ein, »warum stellt er alle diese Anfragen unter einem falschen Namen? Welcher Spur ist er nachgegangen? Bislang kann ich mir keinen Reim darauf machen, was er glaubte gefunden zu haben, aber seltsam finde ich es allemal. Laut Aussagen der Ehefrau und seines Sohnes, war er doch ein grundehrlicher Mensch. «

Paola schaute noch immer auf die einzelnen Mails und sagte dann:

»Schauen wir uns doch erst einmal die Lagerhalle von außen an? Offenbar hat es etwas mit der Lagerhalle zu tun, vielleicht ergibt sich dort ein Hinweis, dem wir nachgehen können.«

»Wollen wir gleich los?«, fragte Carlo Paola.

»Ich muss noch etwas heraussuchen, aber in einer halben Stunde können wir fahren. Ich informiere Maria, ich hätte sie gerne dabei.«

»Ich sage ihr Bescheid.«

»Danke, Carlo.«

Er ging aus ihrem Büro und nach einer guten halben Stunde fuhren sie zur Adresse der Lagerhalle.

Sie parkten den Wagen etwas weiter weg.

Der erste Eindruck, der sich ihnen bot, war eine verfallene Fabrikhalle inmitten eines völlig verwilderten Grundstücks. Es deutete nichts darauf hin, dass es dort geschäftliche Aktivitäten in der letzten Zeit gab. Sie stiegen dennoch aus dem Fahrzeug und liefen zur Halle. Als sie vor dem Gebäude standen, liefen sie einmal ringsherum. An den Fenstern konnte man nicht hereinschauen, doch was war das?

Maria griff in ihre Tasche und zog sich einen Handschuh an, dann bückte sie sich und hob etwas auf.

»Paola, schau, was ich gefunden habe?«

»Was ist das?«

»Sieht aus, wie der Arm eines Teddybären. Warte. Siehst du die Flecken darauf? Könnte Blut sein?«

»Nun ja«, meinte Paola, »wir nehmen es mit und bringen es ins Labor. Inwieweit es mit unserem Fall zu tun hat, sehen wir dann.«

Nach einer weiteren halben Stunde erfolglosen Suchens brachen sie die Aktion an der Lagerhalle ab, liefen zum Wagen und fuhren zur Questura.

Als Paola wieder in ihrem Büro ankam, rief sie erst einmal Salvatore Torri von der Spurensicherung an.

»*Ciao*, Salvatore, gleich kommt Assistente Mazzola zu dir. Wir haben einen möglichen Hinweis im Computer unseres Opfers gefunden, und sind daraufhin zu einer verlassenen Lagerhalle gefahren. Dort haben wir den abgerissenen Arm eines Teddybären gefunden …«, Salvatore fiel ihr ins Wort,

»Er ist gerade angekommen. Warte kurz…«

Paola wartete geduldig am Telefon, schnappte sich in der Wartezeit ihr *telefonino* und schrieb ihrem Mann, dass sie demnächst nach Hause fahren würde. Prompt kam eine Antwort.

»Ich mache auch gleich Feierabend. Ich freue mich. *Bacio*.«

Sie lauschte in den Hörer und hörte gedämpfte Stimmen am Ende der Leitung, nach einem kurzen Moment hörte sie die Stimme von Salvatore:

»*Allora*, bist du noch am Telefon.«

»*Sì!*«

»Es hat einen Moment länger gedauert. Ich werde mich gleich damit beschäftigen. Sobald ich damit fertig bin, melde ich mich. Sag einmal, unter uns … was hat denn ein Kuscheltier mit dem Giftmord zu tun?«

Paola überlegte sich blitzschnell eine passende Antwort, um nicht über ihren möglichen Verdacht sprechen zu müssen.

»Nun ja, reine Routine.«

Glücklicherweise hakte Salvatore Torri nicht weiter nach. Paola fuhr kurze Zeit danach ihren Rechner runter und machte sich dann auf den Weg zu ihren Liebsten. Als sie zur Auffahrt ihres Hauses fuhr, machte ihr Mann Francesco bereits die Haustür auf. Sie fielen sich in die Arme und schlenderten dann gemeinsam hinein. Die Kinder deckten den Tisch und Francesco eilte zu den Töpfen auf dem Herd. Er hatte ihr Lieblingsessen für sie gekocht. *Scaloppina al Limone.* Sie aßen, sprachen, lachten und hatten einen wunderschönen Abend mit den Kindern. Als die Kinder bereits in ihren Zimmern waren, gönnten sich Francesco und Paola noch einen guten Wein auf der Terrasse.

»Bist du im Fall Baldini weitergekommen?«, fragte Francesco seine Frau.

»Ich bin mir noch nicht sicher …«, dann erzählte sie ihm von dem Fund an der Lagerhalle. Francesco hob die Brauen, als sie davon berichtete.

»*Mio caro*, sollte es tatsächlich um organisiertes Verbrechen gehen, werde ich mich ausklinken. Das verspreche ich dir!«

Sie schauten noch einen Moment in den Abendhimmel und nach kurzer Zeit rückte der Fall Baldini in den Hintergrund.

Francesco legte seinen Arm um Paola und sie kuschelten sich aneinander. Es gab nur noch sie beide. Sie genossen ihre Zweisamkeit und den warmen Sommerabend.

14

Als am nächsten Morgen der Wecker klingelte, stand Paola voller Elan aus dem Bett auf.
Sie hatte hervorragend geschlafen und fühlte sich wie neugeboren.
Ihr Mann Francesco war bereits unten in der Küche mit dem Frühstück beschäftigt. Schnell sprang sie unter die Dusche und keine zehn Minuten später war sie bereits fertig angezogen und lief die Treppe nach unten. Dort empfing Francesco sie bereits mit einem wohlduftenden *caffè*.

»Grazie!«, sagte Paola verführerisch, Francesco quittierte ihren Blick mit einem Kuss.

Während Paola ihren Morgenkaffee genoss, rannten Giulia und Lucca kreuz und quer durch das Haus. Lucca suchte seine Badehose, während Giulia sich schon zum wiederholten Male umgezogen hatte. Immer wieder fragte sie kokett, ob sie nun dieses oder jenes Kleid anziehen solle. Paola verdrehte langsam die Augen. Nach einer Weile war Giulia zufrieden und sie konnten alle noch für einen Moment am Tisch zusammensitzen. Die Großeltern hatten sich etwas Besonderes überlegt, sie hatten Eintrittskarten für einen naheliegenden Freizeitpark gekauft mit anschließender Übernachtung im dortigen Hotel. Die Kinder freuten sich riesig, denn es gab Wasserrutschen und viele andere Attraktionen. Paola und Francesco freuten sich auch, denn sie würden einen romantischen Abend zu zweit verbringen. Der Tisch in ihrem Lieblingsrestaurant in Sirmione war schon bestellt und die Vorfreude der beiden ebenfalls groß.

»Jetzt müssen wir langsam los, habt ihr alles eingepackt?«, fragte Francesco in die Runde.

Die Kinder nickten ihm zu.

»Ich habe heute noch Spätdienst und möchte rechtzeitig bei euren Großeltern ankommen!«

»Wir sind abfahrbereit …«, kam es wie aus der Pistole geschossen.

Dann drückten sie ihre Mutter zum Abschied ganz fest und liefen fröhlich aus dem Haus.

Paola machte sich noch ein Panini, genoss die Stille im Haus und fuhr kurze Zeit später zur Questura.

Dort empfing sie ihre Kollegin Ispettore Maria Nero schon ganz sehnsüchtig.

»Paola, gut, dass du da bist!«

Paola wurde für einen kurzen Moment ganz mulmig zumute, hatte sie etwas vergessen? Doch dann meinte Maria zu ihr:

»Der Vice-Questore hat schon zweimal angerufen und nach dir gefragt.« Paola machte einen tiefen Seufzer und nickte ihr verständnisvoll zu.

»Ich rufe ihn gleich an.«

Flugs ging sie in ihr Büro und wählte die Nummer von seiner Sekretärin Silvia Ponte.

»*Ciao*, Silvia, der Vice-Questore will mich sprechen?«, fragte sie erwartungsvoll.

»Er wollte über den Stand eurer Ermittlungen im Fall Baldini mit dir sprechen, aber jetzt hat er einen Termin.«

Paola seufzte.

»Glück muss man haben. Ich kann ihm momentan noch gar nichts sagen. Die bisherigen Erkenntnisse sind noch vage. Wann kommt er zurück?«

»Erst morgen!«

»Silvia, du bist ein Engel!«

Silvia Ponte fing zu lachen an, »ich habe damit nichts zu tun, aber ich verstehe, was du meinst. Wenn du heute Erkenntnisse sammeln kannst, schreibe mir einen kurzen Bericht, dann lege ich ihn zu ihm ins Büro.«

»Das mache ich.«

Sie unterhielten sich noch für einen kurzen Moment und legten dann auf.

Erneut griff Paola zum Telefon und versuchte Salvatore Torri von der Spurensicherung zu erreichen. Nach dem dritten Klingelton hob er ab.

»*Ciao*, Paola. Ich rufe dich nachher zurück. Ich warte noch auf die Auswertung des Teddybären.«

»Entschuldige, ich wollte dich nicht stören, aber der Vice-Questore wartet auf Erkenntnisse und ich muss heute noch einen Bericht für ihn verfassen.«

»Ahh, daher deine Ungeduld. Dann werde ich mich beeilen, wir wollen doch nicht Dal Molin warten lassen.« Paola hatte schwören können, dass Salvatore beim letzten Satz zu grinsen anfing.

»Danke, bis später, Salvatore.«

Dann legte sie auf und ging zu Maria Nero in das Nebenzimmer.

»Was wollte der Vice-Questore?«, fragte Maria neugierig.

»Er wollte unseren Ermittlungsstand im Fall Baldini wissen. Blöd nur, dass bis jetzt noch nichts Konkretes vorliegt, aber wir haben etwas Zeit gewonnen, denn Dal Molin ist erst morgen wieder im Hause.«

»Willst du ihm von unserer Vermutung erzählen?«, fragte Maria.

»Noch nicht ...«, war die knappe Antwort von Paola.

Maria schaute sie fragend an.

»Bevor ich dieses heikle Thema anspreche möchte ich etwas Stichhaltiges in Händen halten. Ich habe nachher einen Termin mit einem Kollegen von Signor Baldini aus der *Guardia di Finanza*. Ich erhoffe mir neue Erkenntnisse oder zumindest eine vage Spur. Momentan gibt es zwar einige Ungereimtheiten, aber es ergibt noch alles keinen Sinn.«

Maria nickte ihr zu und meinte: »Da stimme ich dir zu. Hast du schon etwas von Salvatore gehört, gibt es zum Teddybären neue Erkenntnisse?«

Mit dem Kopf schüttelnd antwortete Paola: »Nein, bisher noch nicht, aber ich schätze spätestens in einer Stunde haben wir seinen Bericht. Weißt du, Maria, irgendetwas passt nicht zusammen, aber ich kann es noch nicht greifen. Vielleicht liegt es auch an der Todesursache. Gift?! Das passt so gar nicht zum organisierten Verbrechen, da steigen eher andere

Bilder in mir auf. Da stellt man sich eher so etwas vor, wie, das Opfer wird in eine verlassene Straße oder Gegend bestellt, brutal erschossen, erstochen, auf jeden Fall mit Gewalt, aber ohne Aufsehen, bestimmt nicht auf offener Straße oder wie in unserem Fall mitten in der Abendvorstellung einer Oper… Ja, es macht den Anschein, als wenn Signor Baldini etwas auf der Spur war, dennoch habe ich das Gefühl, dass das, was er glaubte gefunden zu haben, nicht im direkten Zusammenhang mit dem Mord an ihm steht…«

Maria schaute Paola fragend an.

»Jetzt kannst du mir überhaupt nicht mehr folgen, oder?«, fragte Paola.

Maria sah sie nachdenklich an, dann begann sie zu sprechen: »Du glaubst, wenn ich es richtig verstanden habe, Signor Baldini hatte einen Verdacht und hat angefangen zu recherchieren, aber ermordet wurde er aus anderen Gründen… Und du glaubst das, weil er vergiftet wurde und das Ganze in der Oper passierte?«

»Wenn du es so sagst, hört sich das falsch an. Maria, ich habe einfach ein merkwürdiges Bauchgefühl, ich kann es noch nicht im Einzelnen benennen, es passt nicht. Wir werden das Puzzle zusammensetzen, nur momentan fehlen zu viele Teilchen. «

»Und deswegen möchtest du dich mit deinem Verdacht gegenüber dem Vice-Questore noch bedeckt halten?«

Paola nickte, »In gewisser Weise schon. Ich möchte noch etwas mehr Hintergrundinformationen über Signor Baldinis berufliche Aufgaben und was mich brennend interessiert, wie ist er an diese Rechnungen herangekommen? War dies Zufall oder hat es mit seiner Abteilung zu tun?«

Maria hörte ihr interessiert zu und warf ein: »Wenn du mit einem Kollegen von ihm sprichst und es stellt sich heraus, dass die Unterlagen zu den Vorgängen seiner Abteilung gehören, würde es den Kreis der Verdächtigen eher auf die *Guardia di Finanza* einschränken, beziehungsweise hätten wir dann einen besseren Ermittlungsansatz. Ach, ich weiß auch nicht, ich glaube, wir werden bei seiner Abteilung nicht fündig ... Das sagt mir mein Bauchgefühl. «

Jetzt schaute Paola verwirrt aus und antwortete:

»Na, da sind wir ja ein paar großartige Ermittlerinnen, unser Bauchgefühl gibt eine andere Richtung vor ...«, dann huschte ihr ein Lächeln über das Gesicht.

»Ich warte jetzt den Anruf von Salvatore ab und danach würde ich mich auf den Weg zur *Guardia di Finanza* machen. Hast du Zeit und kannst mich begleiten?«

»Ja, ich würde sehr gerne mitkommen. Wann müssen wir los?«

Paola wollte gerade antworten, als ihr *telefonino* klingelte.

»*Pronto*!«, sagte Paola mit energischer Stimme. Dann folgte ein »Mmmh«, dann ein »Sì«. Maria vermutete, dass Salvatore der Anrufer war. Sie nickte Paola zu und machte eine Handbewegung, die aussagte, dass sie sich einen *caffè* holen wollte. Paola nickte ihr zu und ging in ihr Büro. Marias Vermutung stimmte, es war Salvatore am Telefon.

»Es handelt sich also tatsächlich um Blutflecke…«, antwortete Paola.

»*Sì*, anhand der Analyse kann ich mit an Sicherheit grenzender Wahrscheinlichkeit sagen, dass es sich bei dieser Probe um eine weibliche DNA und …«, jetzt begann er zu zögern, »um ein Kind handelt.«

Augenblicklich erfasste Paola eine Welle aus Ohnmacht, Wut und natürlich der Erkenntnis, dass sich ihre Vermutung, die sie bisher nur mit Maria und Assistente Mazzola teilte, bestätigen könnte. Es entwich ihr ein kurzes: »*Oh mio Dio*!«

Bevor Paola weitersprach, ratterte es unaufhörlich in ihrem Kopf und sie fing an, die einzelnen Informationen, die ihr bereits vorlagen, zu einem Gesamtbild zu formen.

Salvatore ahnte nicht, was seine Aussage just in diesem Moment bei Paola auslöste, so ordnete er Paolas entsetzten Ausspruch ausschließlich der Tatsache zu, dass die Probe von einem Kind stammte.

»Gibt es einen Treffer in der Datenbank?«, fragte Paola ihren Kollegen.

»Warum nimmst du mir immer alles vorweg …«

Paolas Neugierde wuchs und sie wollte gerade ihrem Kollegen ins Wort fallen.

»Wir haben eine Übereinstimmung in der Interpol DNA-Datenbank bekommen. Ich schließe mich jetzt mit den Kollegen kurz und gehe davon aus, dass wir in den nächsten Tagen mehr wissen.«

»Rein spekulativ …«, weiter kam Paola nicht.

»Rein spekulativ würde ich anhand der Analyse sagen, dass es sich um ein vermisstes Mädchen handelt.«

Paolas Blick wurde ernst, ihre Stimme veränderte sich, betroffen sagte sie zu Salvatore:

»Hoffentlich lebt die Kleine noch?«

»Noch etwas anderes, Paola. Zu unserem Fall Baldini.«

Paola horchte auf.

»Wir haben die Auswertungen der Videokameras aus dem Eingangsbereich, der Garderobe und des Tresens.«

»Ist etwas Brauchbares dabei?«

»Nachdem wir das Bild von Signor Baldini über die Gesichtserkennung mit dem Videomaterial verglichen haben, gibt es tatsächlich eine Ungereimtheit.«

»Und die wäre?«, fragte Paola neugierig.

»Ich habe es auch erst bei der zweiten Sichtung entdeckt. Signor Baldini kaufte sich eine Flasche Wasser, nahm sie und wollte sie einstecken, da fiel einer Dame, die in der Schlange stand, die Handtasche herunter. Signor Baldini beugte sich und wollte der Signora helfen, doch die winkte ab. «

Salvatore machte eine Pause. Paola überlegte, inwieweit dieser Hinweis wichtig sei und wollte gerade zu sprechen anfangen, als Salvatore weitersprach:

»Sie winkte zwar ab, die Signora, doch wenn man genau hinschaut, tauschte sie ihre Wasserflasche mit seiner aus.«

»Raffiniert!«, entfuhr es Paola. Augenblicklich erwachte Paolas Ermittlungsgespür, sie riss ihre

Augen weit auf und begann sofort etliche Fragen an Salvatore zu stellen. Das war tatsächlich eine Spur. Hatten sie womöglich die Täterin auf dem Videomaterial?

Doch Salvatore bremste Paola aus, denn er meinte:

»Die Signora muss gewusst haben, wo sich die Kameras befinden, wir haben bislang kein brauchbares Material, um es durch die Gesichtserkennung laufen lassen zu können. Wir überprüfen jetzt noch die Eingänge ab der Einlasszeit und ich hoffe sehr, dass sie einen Fehler gemacht hat und wir einen guten Schnappschuss von ihr finden werden.«

Ein wenig entmutig, doch voll in ihrem Element, quetschte Paola Salvatore mit weiteren Fragen aus. Sie beendeten das Gespräch nach einigen Minuten. Paola lief mit energischen Schritten aus ihrem Büro und steuerte zielsicher auf Maria Neros Schreibtisch zu, die jedoch in einem Telefonat vertieft war. Paola machte eine Handbewegung in ihre Richtung, Maria Nero nickte ihr zu und entgegnete ihrerseits mit zwei Fingern, dass sie gleich in ihr Büro kommen würde.

Paola ging zurück an ihren Schreibtisch, setzte sich und fing an über all die Informationen, Hinweise und Beweise der letzten Tage zu sinnieren, als es klopfte. Es war Maria Nero. Sie beschlossen in das Café an der Ecke zu gehen, in ihre Außenstelle der Questura, wie sie es mittlerweile scherzhaft nannten. Dort angekommen berichtete Paola von den neuen Erkenntnissen, die Salvatore herausgefunden hatte.

15

Fatmire beobachtete einen winzigen Sonnenstrahl, der sich aus der Ritze eines vernagelten Fensters seinen Weg in den Schlafsaal bahnte. Ihr Blick heftete sich an ihn, als er hüpfend von einer Ecke zur anderen durch die Luft flog. Für einen kurzen Moment vergaß sie alles um sich herum, den beißenden Geruch, der in der Luft lag und auch das Wimmern und leise Weinen einzelner Kinder, wie auch die Angst, die seit einem Jahr ihr ständiger Begleiter war. Es war also Tag, dachte die Kleine, die Sonne schien. In ihrer Fantasie lief sie lachend über die Felder ihres Heimatortes, danach legte sie sich auf eine Wiese und schaute in den Himmel. Sie betrachtete die einzelnen Wolken, um in ihnen Figuren zu erkennen. Auf dem Heimweg pflückte sie ein paar Blumen für ihre Mutter.

Mitten in ihrem Tagtraum hörte sie die Stimme von Antonia. Sie hielt sich an dem Bettpfosten fest und neigte ihren Kopf seitlich nach unten. Der Kleinen liefen Tränen über ihr eingefallenes schmales Gesicht, ihre Hände hielt sie gefaltet, mit letzter Kraft sprach sie ein Gebet. Die Worte schienen sich zu wiederholen, die Fatmire jedoch nicht verstand. Fatmire kletterte vorsichtig nach unten. Vorher schaute sie sich im Schlafsaal um, ob die Wärter gerade auf und abliefen. Sie sah keinen der Männer. Als sie unten bei Antonia ankam, schaute sie die Kleine aus großen tränenerfüllten Augen an. Fatmire beugte sich zu ihr und sprach ganz leise und behutsam, dabei streichelte sie über ihren Kopf. Weder Antonia noch Fatmire verstanden die Sprache des anderen, doch instinktiv schienen beide immer die richtigen Worte zu finden. Antonia nahm die Hand von Fatmire und schaute sie dankbar an. Fatmire sah die vielen blauen Flecken auf Antonias ausgemergelten Körper. Ihrer kleinen Freundin ging es in den letzten zwei Monaten sehr schlecht. Jedes Mal, wenn die Männer sie abholten, fing Antonia an zu weinen. Sie wehrte sich mit Händen und Füßen, schrie aus Leibeskräften, doch sie packten das kleine Mädchen und zogen sie aus dem Schlafsaal. Wenn Antonia dann immer noch nicht gehorchte, schlugen sie sie. Vor zwei Wochen sah Fatmire, wie einer der Männer eine brennende Zigarette auf ihrem Oberarm ausdrückte. Antonia versuchte dem Mann daraufhin in die Hand zu beißen, doch das war eine schlechte Entscheidung. Sie wurde für eine Woche weggesperrt. Seit dieser Zeit wirkte Antonia noch schwächer als vorher. Auf einmal hörte Fatmire ein lautes Schreien. Wurden sie etwa wieder abgeholt. Ein eisiger Schauer durchfuhr Fatmire. Sie löste sich schweren Herzens von Antonia und kletterte leise nach oben auf ihre Pritsche.

Zwei Männer kamen durch den Schlafsaal gelaufen, sie pickten sich einige Mädchen heraus und gingen mit ihnen weg. Fatmire stieß einen großen Seufzer aus, sie faltete ihre Hände und bedankte sich mit einem Gebet, doch sie hatte sich zu früh gefreut, die Tür ging erneut auf und die Männer gingen schnurstracks auf sie zu. Sie fühlte sich wie gelähmt. Die Prozedur kannte sie schon auswendig, Sobald sie aus dem Schlafsaal gingen, wurden ihr die Augen verbunden, damit sie nicht sah, wo der Transporter sie hinbrachte. Dort angekommen, musste sie ihre Kleider ausziehen, man gab ihr dieses bittere Getränk, wonach es ihr kurze Zeit danach ganz schwummrig wurde. Sie wollte es nicht mehr, sie wollte lieber sterben, als das noch einmal zu erleben.

Der Mann sprach sie an.

Fatmire zitterte am ganzen Körper und stieg von ihrer Pritsche auf. Dem Mann ging es nicht schnell genug, er sah sie mit einem bösen Blick an und schrie auf sie ein. Sie gehorchte, beeilte sich und blieb unten stehen. Dann beugte sich der Mann zu Antonia, sie war so schwach, dass sie nicht aufstehen konnte, der Mann zog sie aus dem Bett und die Kleine fiel zu Boden. Jetzt war der Mann erst recht gereizt, er packte sie am Arm und holte zu einem Schlag aus. Antonia knallte mit dem Kopf so hart auf den Boden, dass sie regungslos am Boden liegenblieb. Für einen Moment herrschte Stille, die Zeit schien stillzustehen. Fatmire fing zu weinen an, der Mann befahl ihr zurück auf das Bett zu klettern. Sie duckte sich, da sie Angst hatte, er würde sie auch gleich noch schlagen. Vorsichtig kletterte sie nach oben, dann faltete sie ihre Hände und betete, dass ihre kleine Freundin schnell wieder wach werden würde. Doch Antonia wurde nicht wach. Der Mann rüttelte und schüttelte an Antonia und fluchte die ganze Zeit über laut. Als

Antonia nach einer Viertelstunde noch immer bewusstlos am Boden lag, hob er sie vom Boden hoch. Er trug sie nach draußen.

Das war das letzte Mal, dass Fatmire ihre kleine Freundin sah.

16

Paola und Ispettore Maria Nero hatten gerade ihren *caffè* geleert, da schaute Paola auf ihre Armbanduhr und stellte fest, dass sie sich schleunigst auf den Weg zur Zeugenbefragung der Kollegen von Signor Baldini machen sollten.

»Ich bin gespannt, was wir bei der *Guardia di Finanza* erfahren werden …«, meinte Maria an Paola gewandt.

»Ich auch...«, war die prompte Antwort Paolas.

Keine halbe Stunde später fuhren sie bei der *Guardia di Finanza* vor und fragten bei der Information nach Signora Fanini. Nach einigen Minuten kam eine Frau, um die sechzig mit grauen Haaren auf sie zu.

»*Buongiorno*, Commissario, mein Name ist Elena Fanini, ich bin…«, dann verbesserte sie sich, »ich war die Sekretärin von Signor Baldini.« Man sah ihr die große Betroffenheit über den Tod ihres Chefs deutlich an.

»*Buongiorno*, Signora Fanini, wir sind die ermittelnden Beamten im Fall Baldini, mein Name ist Commissario Rossi und das ist meine Kollegin Ispettore Nero.« Sie zeigten ihre aufgeklappten Dienstausweise.

»Kommen Sie bitte mit, wir gehen in mein Büro, dann können wir in Ruhe sprechen.«

Signora Fanini ging vor und kurze Zeit später standen die beiden Polizistinnen in ihrem Büro. Dort standen an der einen Seite des Zimmers etliche Kartons mit Unterlagen übereinandergestapelt.

»Nehmen Sie bitte Platz!«, sagte Signora Fanini freundlich.

Bevor Paola etwas sagen konnte, ergriff die Signora das Wort.

»Commissario, ich bin so entsetzt und kann es noch gar nicht fassen. Wer macht so etwas? Signor Baldini war so ein freundlicher, aufrechter und anständiger Mensch. Er war allseits beliebt. Ich kann es immer noch nicht glauben.«

Signora Fanini wischte sich eine Träne aus dem Gesicht.

»Unser aufrichtiges Beileid, Signora Fanini. Können Sie uns sagen, welche Aufgaben Signor Baldini hatte?«

»Er war für das Vertragsrecht zuständig…«

In den kommenden Minuten beantwortete Signora Fanini alle Fragen der beiden Polizistinnen. Wie sich herausstellte gab es keine Hinweise dafür, dass Signor Baldini etwas mit den Unterlagen für das Kinderheim zu tun hatte. Commissario Rossi war gerade im Begriff aufzustehen, als ihr Blick auf die vielen Kartons fiel.

Signora Fanini nickte ihr zu und meinte:

»Wir haben erst vor einiger Zeit das Büro bezogen, weil es einen Wasserschaden in unserem alten Büro gegeben hat. Dieses Büro stand leer, da der Kollege, der hier eigentlich arbeitet einen Unfall hatte und voraussichtlich erst in einigen Monaten zurückkommen wird. «

»Verstehe!«, antwortete Paola.

Dann verabschiedeten sich die beiden Beamtinnen von Signora Fanini und nutzten die Zeit des Rückwegs zur Questura, um alle bisher gesammelten Informationen zu besprechen. Als Commissario Rossi wieder in ihrem Büro saß, fertigte sie einen Bericht für den Vice-Questore an, ging damit zu seiner Sekretärin Silvia Ponte und übergab ihn ihr.

»Geschafft!«, sagte Paola zu Silvia Ponte. Mit einem Lächeln sagte Silvia zu ihr: »Sehr gut! Damit stimmen wir ihn milde. Dann wünsche ich dir einen schönen Feierabend.«

»Den werde ich haben, ich treffe mich gleich mit Francesco. Wir haben heute einen kinderfreien Abend.«

»Oh! Das hört sich romantisch an.«

»*Sì*! Wir gehen heute in unser Lieblingsrestaurant nach Sirmione. Francesco hat einen Tisch bestellt. Nur er und ich.« Bei dem letzten Satz leuchteten Paolas Augen auf. Die beiden sprachen noch ein paar Sätze, bevor Paola sich dann auf den Heimweg machte. Zuhause angekommen empfing sie Francesco bereits an der Tür. Sie huschte schnell unter die Dusche und nach einer guten halben Stunde stand sie fertig ausgehbereit vor ihm.

»*Mia cara*, du siehst aber hinreißend aus.« Dann zog er sie an sich und küsste sie liebevoll. Paola erwiderte den Kuss und drückte sich fest an ihn.

»Jetzt müssen wir los, sonst kommen wir zu spät.«, sagte Francesco. Dann liefen sie kichernd und händchenhaltend wie verliebte Teenager zur

Anlegestelle der Fähre von Desenzano del Garda los und erreichten gerade noch rechtzeitig das *Aliscafo*, ein Tragflügelboot, nach Sirmione. Die Überfahrt verging wie im Flug. Sie verbrachten einen wunderschönen Abend im Restaurant und genossen ihre Zweisamkeit.

17

Paola wurde aus dem Schlaf gerissen. Ihr Telefon klingelte.

»*Pronto!* Commissario Rossi am Apparat. «

Ein Kollege war am Telefon.

Mit verschlafener Stimme antwortete sie: » *Sì!* Ich mache mich auf den Weg.«

Francesco wurde wach und streichelte über den Arm seiner Frau.

»Musst du los?«

»Ja, schlafe weiter. Es ist erst vier Uhr morgens. Sie haben eine Kinderleiche entdeckt. Ich rufe dich später an. *Bacio.*«

»Pass auf dich auf. Bis später. *Mio tesoro.* «

Paola ging schnurstracks ins Badezimmer, nach weiteren zwanzig Minuten, saß sie bereits in ihrem Wagen und gab die Koordinaten des Fundorts in ihr Navigationsgerät ein. Sie nahm die Schnellstraße Richtung Flughafen. Dann bog sie ab, nach einigen Minuten erreichte sie einen Feldweg und sah bereits von Weitem die Absperrung, die ihre Kollegen von der Spurensicherung errichtet hatten.

Maria Nero kam auf sie zugelaufen.

»*Buongiorno*, Paola.«

»*Ciao,* Maria. Was für eine verlassene Gegend.«

»Der perfekte Ort, um eine Leiche zu beseitigen.«

Dann klappte Ispettore Maria Nero ihr Notizbuch auf und brachte ihre Vorgesetzte auf den Stand der Ermittlungen.

»Laut Dottore Ragazzi handelt es sich um ein kleines Mädchen. Schätzungsweise 4-6 Jahre alt, der Todeszeitpunkt liegt mindestens 2 Tage zurück. Sie hat massive Stichverletzungen erlitten.«

Paola musste tief Luft holen, sie wurde blass und fragte:

»Gibt es Anzeichen von sexueller Gewalt?«

Maria nickte ihr mit einem betroffenen Gesichtsausdruck zu.

»*Madonna*«, entfuhr es Paola.

»Genaueres kann uns Alberto erst nach der Obduktion sagen. Paola?«

Sie schaute Maria mit einem fragenden Blick an.

»Der Anblick der Leiche ist …«, dann räusperte sie sich, »grauenvoll!«

»Verstehe. Allein die Ausführungen von dir lassen mich Schlimmes erahnen.«

Paola machte sich auf den Weg zu Dottore Ragazzi.

»Hallo Paola, kein schöner Anblick. Wer macht nur so etwas? Sie hatte noch ihr ganzes Leben vor sich. «

»Maria hat mich schon informiert.«

Vorsichtig hob sie das Tuch hoch. Der kleine leblose Körper war übersät mit Verletzungen. Das Kind hatte Höllisches erlebt, das sah Paola sofort. Sie musste sich zwingen, ruhig zu bleiben, wollte losschreien. Stattdessen beugte sie sich über den Leichnam und sagte mit leiser Stimme: »Ich verspreche dir, ich finde den Täter, der dir das angetan hat.« Danach deckte sie wieder vorsichtig das Tuch über den Leichnam und drehte sich zum Gerichtsmediziner um.

»Kannst du etwas zur Todesursache sagen, ist sie anhand der massiven Gewalteinwirkung gestorben?«

»Jein …«

Paola schaute ihn fragend an.

»Die Stichverletzungen wurden ihr post mortem zugefügt. Meiner Ansicht nach, ist etwas völlig aus dem Ruder gelaufen, näheres kann ich dir wie immer erst nach der Obduktion sagen. «

Der Blick von Paola wurde ernst, man sah ihr an, dass der Anblick der kleinen Leiche in ihr eine Welle von Emotionen auslöste. Fassungslosigkeit, Wut, Ohnmacht und Entsetzen spiegelten sich innerhalb von Sekunden auf ihrem Gesicht wider.

»Alberto, ich habe weiß Gott schon einiges gesehen und erlebt, aber ein wehrloses kleines Kind derart zu misshandeln, es zu quälen und diese unbändige Gewalt anzuwenden, das verschlägt mir den Atem. «

Alberto nickte ihr stumm zu. Man sah ihm an, wie er nach Worten rang.

»Dieses kleine Wesen hat eine Tortur hinter sich, ich spreche hier nicht nur von ihrem gewaltsamen Tod, der ihr dieses grauenvolle Ende beschert hat. Nein, auf den ersten Blick würde ich sagen, dass sie über Monate, wenn nicht sogar Jahre gefangen gehalten wurde. Ihr Körper weist etliche Frakturen und Verletzungen auf, teilweise sind manche davon schon verheilt, was darauf schließen lässt, dass sie über einen längeren Zeitraum misshandelt wurde. Die genaue Todesursache bekommst du von mir nach der Autopsie. «

»Oh mein Gott!«, stieß Paola aus.

»Maria sagte mir, dass sie sexuell missbraucht wurde?«

»Allerdings! Auf eine äußerst gewaltsame Art und Weise. Ich will mich nicht versündigen, wenn ich dir folgendes sage, aber …«, dann räusperte er sich, bevor er weitersprach, »Sie hat jetzt ihren Frieden. Dieses Kind wurde schier gefoltert. Die Obduktion wird länger als gewöhnlich dauern, die Anzahl der Verletzungen ist enorm. Ich will jede Verletzung, jedes Detail, sei es auch noch so klein, untersuchen, um diesem unschuldigen Wesen Gerechtigkeit zukommen zu lassen. Versprich mir, dass du den Fall nicht eher zur Seite legst, bevor der Schuldige gefunden ist!«

»Darauf hast du mein Wort! Ich werde nicht eher ruhen, bevor ich den Täter gefasst habe. «

Der Gerichtsmediziner schaute sie an und meinte:

»Bevor ich es vergesse, das ist nicht der Tatort. Sie haben die Leiche hierhergebracht in der Hoffnung, dass wir sie möglichst nicht finden.«

Paola wollte gerade etwas fragen, als Salvatore Torri ihr auf die Schulter klopfte und das Gespräch unterbrach.

»Darf ich kurz stören?«

»*Ciao*, Salvatore, hast du etwas für mich?«

»Eventuell, ich bin mir noch nicht sicher. Ich habe Reifenspuren in der Nähe entdeckt und als wir die Spuren gesichert haben, sah ich dies am Boden liegen.«

Er hielt einen Beweisbeutel hoch.

Paola konnte auf den ersten Blick nicht erkennen, was sich darin befand.

»Was ist das?«

»Sieht aus wie ein Kuscheltier, gehört bestimmt zum Opfer.«

Paolas Blick wurde auf einmal fokussiert und sie fragte:

»Ein Teddybär?«

»Ja! Hast du das Gleiche im Kopf, wie ich?«

Paola sagte mit energischer Stimme:

»Mache sofort im Labor einen Abgleich, ob es sich bei diesem Spielzeug um das fehlende Stück zu dem von uns gefundenen Teil des Kuscheltiers handelt, was wir vor ein paar Tagen zu euch ins Labor geschickt haben. «

Salvatore Torri nickte ihr zu und meinte: »Das hätte ich auf alle Fälle gemacht. Als ich den zerrissenen Teddybären vorhin aufgehoben habe, kam es mir sofort in den Kopf. Meine Hand würde ich nicht dafür ins Feuer legen, aber ich glaube ziemlich sicher, dass es sich um das fehlende Stück handelt. Ich werde das Beweismittel, sobald ich im Labor bin, sofort überprüfen. Meinst du, die beiden Fälle haben miteinander zu tun? Seltsam ...«

Paola wurde mehr als mulmig zumute, da sie instinktiv dasselbe dachte. Langsam formte sich ein Bild in Paolas Kopf. Die Aussagen von Mario Angelo über seinen Freund Gianni Baldini, der vor einigen Wochen völlig aufgebracht über einen Artikel eines groß angelegten Kinderporno Rings sprach. Wie kam Signor Baldini an die Unterlagen heran, die er in einem Geheimversteck aufbewahrte? Was hatte sie übersehen? Sie musste noch einmal alle Unterlagen durchgehen. Das Kinderheim stand ganz oben auf ihrer Liste, sie hatte sich anhand der schriftlichen Notizen, die er draufgeschrieben hatte, in die Irre führen lassen. Es ging hier nicht um einen wirtschaftlichen Betrug.

Hier ging es um die Kinder…

Jetzt wusste sie, was zu tun war.

»Paola!«, rief eine Stimme und holte sie dadurch aus ihren Gedanken heraus. Sie schaute zur Seite und blickte in Salvatore Torris überraschtes Gesicht.

»Welchen Geist hast du denn gesehen? Den Blick kenne ich, sobald du so schaust, bist du der Lösung des Falles ein großes Stück nähergekommen. «

Paola musste erst einmal ihre soeben gedachten Überlegungen einordnen, dann antwortete sie: »Ich muss sofort mit Maria sprechen, wo ist sie?«

Eine vertraute Frauenstimme drang an ihr Ohr:

»Ich stehe hinter dir.«

»Maria, ich glaube, ich verstehe langsam, was es mit den versteckten Unterlagen von Signor Baldini auf sich hat. Es hat auch etwas mit diesem kleinen unschuldigen Mädchen zu tun!«

Ispettore Maria Nero war mit einem Schlag voll konzentriert und riss ihre Augen weit auf.

»Was weißt du?«

Paola schilderte ihr, wie alles aus ihrer Sicht zusammenhing und Maria nickte ihr zustimmend zu.

»Du hast recht, das könnte der Schlüssel sein. Wir müssen uns das Kinderheim genauer anschauen, wenn das stimmt, was du kombiniert hast, und ich finde es klingt plausibel, dann gibt es eine Verbindung vom Kinderheim zur *Guardia di Finanza*.«

Maria hatte den Satz kaum ausgesprochen, da warf Paola ein:

»Ich glaube, ich ahne etwas. Haben wir in der Zwischenzeit etwas zu …«, sie stockte, »mir fällt der Name nicht ein. Der Mann, der die Lagerhalle angemietet hat?«

Maria Nero überlegte, blätterte ein paar Seiten in ihrem Notizbuch und schrie fast den Namen aus:

»Signor Castellani!«

»*Sì!* Haben wir eigentlich überprüft, ob dieser Castellani auch bei der *Guardia di Finanza* beschäftigt ist?«

Anerkennung schwang in Maria Neros Stimme mit, als sie antwortete: »Du bist einfach nur genial!«

»Keine Vorschusslorbeeren, lass uns das prüfen. Sag Carlo Bescheid …«

Die beiden Ermittlerinnen bekamen gar nicht mit, wie verwundert Dottore Ragazzi und ihr Kollege Salvatore Torri sie anschauten.

»Was ist?«, fragte Paola die beiden.

Dottore Ragazzi ergriff das Wort:

»Ihr macht uns beide perplex. Vor einem Moment überhaupt nicht wissend, um was es geht und ein paar Minuten später habt ihr schon fast den Fall gelöst.«

»So ist das nicht«, meinte Paola abschwächend.

»Ich muss Dottore Ragazzi beipflichten, ihr legt ein Tempo vor, da wird einem schwindelig«, sagte Salvatore direkt hinterher.

Paola und Maria schauten sich an, machten eine wegwerfende Bewegung mit der Hand, um das Gesagte der Kollegen etwas abzumildern. Dann griff Maria Nero zu ihrem Block und schrieb eiligst etwas hinein, während Paola sich zu Dottore Ragazzi drehte und ihn fragte: »Bevor ich es vergesse, wie wurde das Mädchen gefunden?«

Salvatore klinkte sich ein:

»Ein junges Paar wollte offenbar etwas Zeit miteinander verbringen. Als der Mann aus dem Auto stieg, ging er zu den Büschen. Er stolperte und stieß auf etwas, was auf dem Boden lag.«

»Oje …«, entfuhr es Paola, »da war die romantische Stimmung sicherlich dahin? Haben sie etwas bemerkt oder jemanden wegfahren sehen?«

»*No!*«

»Wo sind sie?«, fragte Paola.

»Im Polizeiwagen. Der jungen Frau geht es nicht gut. Sie musste sich übergeben. Wenn du mit ihnen sprechen willst, vielleicht kannst du das jetzt machen. Sie stehen beide unter Schock.«

Paola nickte ihm zu, sprach noch einen Moment mit Dottore Ragazzi und machte sich danach mit Ispettore Nero auf den Weg zu den Zeugen. Die junge Frau saß zitternd im Wagen und hatte ein blasses Gesicht. Ihr Freund hielt ihre Hand und streichelte darüber. Die zwei schilderten ihr wie sie den leblosen Körper gefunden hatten. Dabei fing die junge Frau immer wieder zu weinen an. Paola beeilte sich mit der Befragung und Maria schrieb eifrig alles in ihr Notizbuch.

»Ist Ihnen etwas aufgefallen, als Sie in den Feldweg einbogen?«, fragte Paola den jungen Mann.

Er überlegte.

»Auf dem Feldweg nicht, aber warten Sie, als wir auf der Landstraße fuhren, kam ein Transporter auf der Gegenfahrbahn angerast.«

Sofort veränderte sich der behutsame Tonfall von Paola. Energisch fragte sie nach:

»Konnten Sie das Kennzeichen erkennen?«

Der Zeuge schüttelte seinen Kopf, sein Gesichtsausdruck wirkte enttäuscht, doch mit einem Mal sagte er ganz bestimmt:

»Es war ein Schriftzug auf dem Transporter!«

Paola hakte sofort nach.

»Können Sie sich erinnern, was für einer?«

»Nein, leider nicht, ich musste mich auf die Straße konzentrieren.«, da schaltete sich plötzlich seine Freundin ein und sagte mit zittriger Stimme:

»*Lavanderia pulita*, glaube ich.«

»Das ist ein sehr wertvoller Hinweis«, antwortete Paola.

Für einen kurzen Moment hörte das Zittern bei der jungen Frau auf. Ihre Gesichtszüge entspannten sich und der Schrecken, der durch ihren Körper jagte, hielt für einen Moment den Atem an.

Paola und Maria setzten die Zeugenbefragung fort. Weitere Hinweise konnte das junge Paar ihnen aber nicht mehr geben. Nach ein paar Minuten entließen sie die Zeugen und gingen gemeinsam zum Gerichtsmediziner.

»Die Zeugen haben niemanden gesehen, aber einen Hinweis konnten sie uns dennoch geben. Ein Transporter kam ihnen mit erhöhter Geschwindigkeit auf der Gegenfahrbahn entgegen.«

Dottore Ragazzi wollte in dem Moment nachfragen, doch Paola war schneller.

»Sie haben einen Schriftzug entdeckt, von einer Wäscherei, vielleicht hilft uns das weiter …«

Ein paar Minuten standen sie alle noch zusammen, dann löste sich die Gruppe langsam auf.

Paola fuhr noch einmal nach Hause und gönnte sich mit ihrem Mann ein gemeinsames Frühstück, bevor sie sich auf den Weg zur Questura machte.

18

Attilio Manconi musste immer wieder über das Gespräch mit Gianni Baldini nachdenken. Dieser war vor einigen Tagen in seinem Büro aufgetaucht und hatte ihm seine Recherchen über das Kinderheim an den Kopf geknallt. Es war ein hitziges Gespräch geworden. Selbst nach Attilios flehentlicher Bitte, noch einige Zeit Stillschweigen zu bewahren, weil ansonsten nicht nur seine Tarnung, sondern schlimmstenfalls der gesamte Undercover-Einsatz auffliegen könnte, hatte Gianni ihm entgegnet, das könne er nicht mit seinem Gewissen vereinbaren. Erst als Attilio ihm Einzelheiten über seinen Spezialauftrag gesagt hatte, ließ Gianni davon ab und meinte, er würde ihm noch eine Frist von ein paar Tagen einräumen, doch dann würde er etwas unternehmen.

Attilio versuchte Gianni davon zu überzeugen, wie gefährlich ein Alleingang sei und er möge die Gegner nicht unterschätzen. Gianni Baldini wirkte für einen Moment zwar so, als würde er den Ernst der Lage verstehen und auch welcher Gefahr er sich aussetzen würde, dass es zudem leichtsinnig zu diesem Zeitpunkt wäre, einen Verdacht oder gar eine Anzeige bei der Polizei zu erstatten; doch jetzt hatte Attilio nur noch Angst um seinen Freund. Was, wenn er doch auf eigene Faust gehandelt hätte? Nicht nur, dass die letzten zwei Jahre mühevolle Arbeit umsonst gewesen wären, Gianni würde sich einer derart großen Gefahr aussetzen, deren Dimension er kaum ermessen könnte.

Er griff zu seinem *telefonino* und wählte die private Telefonnummer seines Freundes. Vorher drehte er sich nochmals um, um sicherzugehen, dass niemand in der Nähe war und dieses Gespräch mithören konnte.

Es klingelte.

Nach dem vierten Freizeichen wurde das Telefon abgenommen.

»Angelo Baldini!«

»*Ciao*, Angelo, hier ist Attilio, kann ich bitte mit deinem Vater sprechen?«

Eine große Stille trat augenblicklich ein, dann hörte Attilio, wie sich Angelo räusperte und antwortete:

»Weißt du es nicht?«

»Was weiß ich nicht?«

Die Stimme von Angelo Baldini wurde zittrig, als er ihm antwortete: »Papa ist tot!«

Attilio starrte ins Leere, in seinem Kopf peitschte der Satz wie wild auf und ab.

»Tot!«, stammelte er. »Wie … wann?«

Er konnte keinen vernünftigen Satz sprechen. Seine Bestürzung und Betroffenheit waren unüberhörbar. Weitere Gedanken schossen in seinem Kopf. Hatte es womöglich mit Giannis Recherchen zu tun? Würde seine Tarnung auffliegen? Müsste er jetzt den Spezialauftrag abbrechen? Tausend Gedanken schossen in einer Millisekunde durch seinen Kopf. Die Stimme Angelo Baldinis holte ihn aus seinem Gedankenkarussell heraus. Er erzählte ihm, was sich zugetragen hatte und wer die ermittelnde Beamtin war, eine gewisse Commissario Paola Rossi von der hiesigen Questura.

Vorsichtig fragte Attilio nach: »Gibt es schon Erkenntnisse?«

Angelo Baldini verneinte.

Die Information, dass er in einem Geheimversteck seines Vaters merkwürdige Papiere gefunden und diese der Polizei ausgehändigt hatte, behielt er für sich. Er hatte auf einmal kein gutes Gefühl, darüber zu sprechen. Attilio versprach in den nächsten Tagen zu einem Kondolenzbesuch vorbeizukommen. Er fragte nach dem Befinden Santinas und bat Angelo sein tief empfundenes Beileid an sie auszurichten.

Dann beendete Attilio das Telefonat.

Völlig schockiert von der eben gehörten Nachricht, musste er sich erst einmal sammeln. Was sollte er jetzt unternehmen? Sollte er sich bei Commissario Rossi melden? Inwieweit würde dies seine verdeckten Ermittlungen gefährden?

Er kannte Gianni seit seiner Studienzeit, sie waren sehr gute Freunde. Gianni war der Einzige, der wusste, dass Attilio bei einer Spezialeinheit zur Verbrechensbekämpfung arbeitete. Niemand ahnte etwas von seinem Doppelleben. Attilio lebte für seinen Beruf, der viel Zeit in Anspruch nahm. Zeit für eine Frau und eine Familie blieb da kaum und so verbrachte Attilio seine spärliche Freizeit mit seinem Freund Gianni, seiner Frau und seinem Sohn. Sie kochten zusammen, fuhren mit dem Segelboot hinaus, machten gemeinsame Ausflüge und vieles mehr. In Gianni und seiner Familie fand Attilio sein kleines privates Glück, was er jede freie Minute genoss. Jetzt wurde sein bester Freund ermordet und er fühlte sich schuldig. Er hätte sich mit Gianni nach dem Gespräch noch einmal treffen müssen, damit er auf keinen Fall weiterbohrt und womöglich auf eigene Faust ermittelt. Attilio war mit diesem Spezialauftrag bereits seit zwei Jahren beschäftigt und erst vor kurzem gelang ihm und seinem Team ein Durchbruch. Sie hatten durch ihre verdeckten Ermittlungen endlich den Zugang zu den wahren Drahtziehern erlangt. Es war eine groß angelegte Organisation, die sich mit Drogenhandel, Prostitution, Menschenhandel, Organhandel und der Beschaffung von Kindern, die an reiche Herren verkauft wurden, beschäftigte. Zur illustren Gesellschaft gehörten Ärzte, Richter, Staatsanwälte, reiche Geschäftsleute und viele mehr, die Rang und Namen haben. Diese Organisation zu überführen bedurfte besonderem Fingerspitzengefühl, denn ein falsches oder unbedachtes Wort und schon hätte der Plan scheitern können. Attilio wusste bereits von einem Staatsanwalt, der die Dienste kleiner Kinder für sich in Anspruch nahm und aufgrund dessen in den Fängen der Organisation hing. All diese Informationen konnte er doch aber Gianni nicht sagen, sie unterlagen der strengsten Geheimhaltung.

Und jetzt?

Jetzt blieb ihm nur die traurige Gewissheit, dass sein Freund für immer aus dem Leben gerissen war.

Wie sollte er nur mit dieser Schuld weiterleben?
Was sollte er jetzt unternehmen?

Mit diesen Fragen beschäftigte er sich die nächsten Stunden.

19

Es war kurz vor neun, als Paola in der Questura ankam, sie hatte sich vorher noch einen *caffè* in der Bar an der Ecke geholt. Als sie am Schreibtisch von Ispettore Maria Nero vorbeikam, telefonierte diese gerade. Mit einer Handbewegung zeigte Paola zu ihrem Büro und Maria nickte ihr zu. Nach zehn Minuten kam Maria zu Paola ins Büro.

»*Buongiorno*, Paola. Ich habe mit Salvatore telefoniert. Unsere Vermutung hat sich bestätigt, die DNA auf dem Teddybären stimmt überein mit unserer Kinderleiche.«

»Das habe ich befürchtet!«, sagte Paola betroffen.

»Hat Salvatore bereits etwas über die Identität des Mädchens erfahren?«, fragte sie ihre Kollegin.

»Er wartet noch immer auf die Rückmeldung.«

Paola nickte ihr zu:

»Treffen wir uns in zehn Minuten in meinem Büro und fassen alle unsere bisherigen Erkenntnisse zusammen. Kannst du Carlo dazu bitten?«

»Ja, mache ich.«

Zehn Minuten später tauchten sie sich im Büro von Commissario Rossi aus.

Paola begann zu sprechen: »Stimmt ihr mir zu, dass es so aussieht, als würden beide Fälle miteinander zu tun haben? Ich komme zu dem Schluss, weil …«

Daraufhin begann Carlo an einem Whiteboard alles zu notieren. Die Tatsache, dass Signor Baldini bei seinen Recherchen auf eine Lagerhalle stieß, an der sie einen Teil des Kuscheltieres gefunden hatten, welches wiederum später bei der Kinderleiche gefunden wurde und eindeutig der DNA des Kindes zugewiesen werden konnte. Der Fundort der Kinderleiche war nicht der Tatort, sondern nur die Ablegestelle. Die Aussagen von Mario Angelo, als ihm Gianni Baldini eines Abends emotional völlig aufgelöst von einem Kinderpornoring erzählte. Die plötzlichen Gedanken Signor Baldinis kürzer treten zu wollen. Die Geheimniskrämerei von ihm und die damit im Zusammenhang stehenden Informationen, die Assistente Carlo Mazzola in dessen PC fand. Jetzt mussten sie die Verbindung finden, wie die beiden Fälle miteinander verwoben waren, um dadurch auf die Spur des Täters zu gelangen. Erneut kam Paola der Name Castellani in den Sinn. Sie griff zu ihrem Telefon und wählte die Nummer der *Guardia di Finanza.*

»Commissario Paola Rossi am Apparat. Ich möchte mit Signora Fanini sprechen!«

Es dauerte eine Weile, dann meldete sich die Stimme der Sekretärin von Signor Baldini und Paola fragte sie:

»*Buongiorno,* Signora Fanini, eine Frage taucht bei unseren Ermittlungen auf und da Sie die Sekretärin von Signor Baldini waren, wollte ich fragen, ob Sie einen gewissen Signor Castellani kennen?«

Man hörte die überraschte Stimme Signora Faninis, als sie antwortete:

»Natürlich kenne ich Signor Castellani!«

Paolas Blick wurde augenblicklich messerscharf und sie fragte:

»In welchem Zusammenhang stand Signor Castellani zu Signor Baldini?«

Noch immer verblüfft über die Frage antwortete Signora Fanini:

»Sie sind Arbeitskollegen. Hatte ich nicht erwähnt, dass wir in das Büro von Emilio Castellani gezogen sind, weil es einen Wasserschaden in unseren Räumen gab?«

Das war also der Zusammenhang, nach den Paola die ganze Zeit gesucht hatte. Sofort begann Paola Signora Fanini über die Aufgaben Emilio Castellanis auszufragen. Carlo Mazzola und Maria Nero verfolgten das Gespräch, tauschten untereinander Blicke aus und machten sich sofort Notizen während sie gespannt auf den Ausgang des Telefonats warteten. Als Paola das Gespräch beendet hatte, schaute sie die beiden an und sagte:

»Signor Castellani kümmert sich unter anderem um die Belange von einigen Kinderheimen. Er ist für das Rechnungswesen zuständig. Vor zwei Monaten hatte er einen Unfall. Kurz danach gab es einen Wasserschaden im Büro von Signor Baldini und so beschloss man kurzerhand, die Akten Signor Castellanis in Kisten zu verpacken, damit Signor Baldini das Büro für seine Zwecke nutzen konnte.«

Assistente Carlo Mazzola nickte Commissario Rossi zu und meinte:

»Bestimmt hat Signor Baldini diese Unterlagen gefunden. Er begann zu recherchieren und stach offenbar durch seine Fragen, die er jemandem gestellt haben muss, in ein Wespennest und daraufhin wurde er ermordet.«

»Das klingt plausibel«, sagte Paola nickend zu ihm. Da schaltete sich auch Ispettore Maria Nero ein und warf ein:

»Jetzt sollten wir so schnell wie möglich Signor Castellani einen Besuch abstatten und ihn befragen. Zum momentanen Stand der Ermittlungen könnte es sein, dass er nicht nur ein Zeuge ist, sondern vielleicht sogar der Täter. Sein Kollege hat ihn mit den gefundenen Akten konfrontiert, Signor Castellani hat die Nerven verloren, weil er es mit der Angst bekam und daraufhin hat er ihn vergiftet.«

Paola bewegte ihren Kopf hin und her, ihr Blick wurde ernst.

»Das kann sein, aber irgendetwas passt da noch nicht. Wir müssen herausfinden, ob Signor Castellani die ganze Zeit bewegungsunfähig im Krankenhaus lag, um ihn als Täter auszuschließen und ob er überhaupt von Signor Baldini kontaktiert wurde? Natürlich kann er auch jemanden beauftragt haben Gianni Baldini zu vergiften. Ja, wir sollten keine Zeit verlieren und Signor Castellani ausfindig machen, um ihn zu befragen. Dann sehen wir bestimmt klarer!«

Assistente Mazzola meldete sich zu Wort.

»Ich setze mich sofort an das Telefon und bringe in Erfahrung, in welchem Krankenhaus sich Signor Castellani aufhält oder ob er bereits zu Hause ist.«

»Machen Sie das!«, antwortete Paola, dann wandte sie sich an Maria und sagte:

»Finde heraus, ob es eine Wäscherei mit dem Namen …«, sie überlegte, Maria blätterte in ihren Notizen und sagte: »*Lavanderia pulita* gibt?«

»*Sì!*«, war die kurze Antwort Paolas, dann sagte sie an beide gewandt: »Ich rufe jetzt einmal beim Sohn von Signor Baldini an, um weitere Informationen zu bekommen.«

Maria Nero und ihr Kollege Carlo Mazzola verließen das Büro. Doch bevor Paola beim Sohn von Gianni Baldini anrief, wählte sie die Nummer von Mario Angelo.

»*Ciao*, Mario, hier spricht Paola. «

»*Buongiorno*, wie geht es dir? Was machen deine Ermittlungen?«

»Ach, Mario, ich bin mir nicht sicher, ob ich die Büchse der Pandora geöffnet habe. Die Indizien verdichten sich, dass dein Freund Gianni seine Recherchen mit dem Leben bezahlen musste. Du weißt, ich darf dir nichts Konkretes zum Fall sagen, aber eine Frage habe ich dann doch.«

Prompt antwortete Mario Angelo: »Schieß los, wenn ich dazu beitragen kann, dass der Täter von Gianni überführt wird, beantworte ich dir alle deine Fragen.«

»*Bene!* Weißt du in etwa, wann Gianni plötzlich anfing, merkwürdig zu reagieren? Kannst du es zeitlich einordnen?«

Man hörte am Telefon, wie Mario Angelo überlegte.

»Also, ich würde sagen, es begann vor …«, dann hielt er inne, überdachte seine Antwort und meinte schließlich: »Nein, warte. Jetzt fällt es mir wieder ein, ich hatte damals nicht weiter darüber nachgedacht …«

Paola spitzte die Ohren.

»Es muss vor etwa sechs oder sieben Wochen gewesen sein. Er kam am Abend zu mir und meinte, er bräuchte erst einmal einen *Grappa*. In dem Moment habe ich nicht weiter darüber nachgedacht, aber es war sehr untypisch für ihn. Er erzählte von dem Wasserschaden in seinem Büro und dann druckste er herum, aber ich habe es nur auf den Wasserschaden bezogen, vielleicht hatte er da bereits etwas gefunden oder gesehen, was ihn bedrückt hatte. Ach, hätte ich doch nur genauer zugehört, vielleicht …«

»Mario, du konntest doch nicht ahnen, wie sich alles entwickelt. Dich trifft doch keine Schuld. «

»Natürlich, aber er fehlt mir so sehr …«, Paola spürte, wie Mario Angelo mit seiner Trauer um den Verlust seines Freundes kämpfte.

»Es tut mir aufrichtig leid, dass ich jetzt schon wieder diese Fragen an dich stellen muss. Ich möchte dich nicht weiter aufwühlen, das hilft mir bereits weiter.«

»Paola, sollte mir noch etwas einfallen, melde ich mich sofort bei dir.«

»Danke. Wenn dir etwas einfällt, egal was, und sei es auch nur eine Kleinigkeit, dann wäre ich dir sehr dankbar, wenn du dich bei mir meldest.«

Dann tauschten sie noch ein paar private Worte aus und beendeten schließlich das Gespräch.

Paola stand vom Schreibtisch auf, um sich einen *caffè* zu holen, da klingelte erneut ihr Telefon.

»*Pronto*! Commissario Rossi am Apparat. «

»Paola, etwas ist mir noch eingefallen …«,

es war Mario Angelo!

»*Sì!*«

»Inwieweit es allerdings mit seinem Tod zu tun hat, weiß ich nicht. Es muss bestimmt schon ein Jahr her sein.«

Paola horchte auf.

»Er hatte einen Kollegen erwähnt, einen Namen hat er nicht genannt. Und, es war auch eher beiläufig.«

Neugierig hörte Paola ihm zu.

»Er kam eines Abends zu mir ins Restaurant, wir unterhielten uns, aßen zusammen und hatten einen entspannten Abend. Als er bezahlen wollte, stellte er fest, dass er gar kein Bargeld bei sich hatte. Ich sagte zu ihm, Gianni, kein Problem, das geht aufs Haus. Gianni war es unsagbar unangenehm, ich winkte ab und meinte, das kann doch passieren. Da erzählte er, dass ein Kollege tagsüber aufgelöst zu ihm gekommen wäre und ihn fragte, ob er ihm kurzfristig Geld geben könne, da er sein Portemonnaie vergessen hätte. Wer Gianni gut kannte, wusste, dass er immer behilflich war in Notsituationen. So gab Gianni ihm sein Bargeld, wollte nach dem Dienst zum Bancomaten und hatte es dann aber in der Hektik vergessen. Als wir uns das nächste Mal sahen kam er auf mich zu und meinte: *›Jetzt will ich mich erst einmal ehrlich machen.* ‹ Ich habe ihm noch gesagt, er solle sich mal deswegen, keine grauen Haare wachsen lassen. Ich fragte ihn, wie man es so macht, hast du dein Geld wiederbekommen? Da winkte er ab, wirkte verärgert und antwortete: ›*Wiederbekommen? Schön wäre es!!* ‹

Ich schaute ihn ungläubig an und wollte nachfragen, da winkte er ab und meinte nur, dass er über diesen Vorfall nicht weiter sprechen wollte. Na ja, ich habe mir nichts weiter dabei gedacht und nicht weiter nachgefragt. Innerlich dachte ich, bestimmt kam der Kollege mit einer neuen Masche auf ihn zu und wollte noch mehr Geld. Solche Menschen kennt man doch. Sie kommen, mit immer neuen Ausreden und Geschichten, um einem das Geld aus der Tasche zu ziehen. Meinen dann, sie geben es dir so schnell als möglich wieder und eh' du dich versiehst, hast du einen dauerhaften Schmarotzer an der Seite. «

Mario Angelo verstummte und Paola hakte nach.

»Hat er diesen Kollegen nochmals erwähnt?«

»Nicht direkt, aber ich glaube eine Äußerung, die er vor einiger Zeit traf, bezog sich auf diesen Kollegen …«

»Welche?«

»Ich erzählte ihm von einem Gast. Einem Stammkunden. Jahrelang kam er zu mir, dann eines Tages, als es ums Bezahlen ging, bekam er einen hochroten Kopf und sagte, er hätte sein Geld vergessen. Ich antwortete, bring es mir beim nächsten Mal mit. Dann häuften sich aber diese Vorfälle und ich habe ihn zur Seite genommen und ihn direkt angesprochen, ob es ein Problem bei ihm gäbe, da meinte er plötzlich unter Tränen, er hätte seine Arbeit verloren, daraufhin versuchte er sein Glück beim Pokern und verlor alles. Als ich das sagte, veränderte sich der Gesichtsausdruck von Gianni und jetzt, wo wir davon sprechen, würde ich sagen, ihm ging auf einmal ein Licht auf, denn seine Antwort war: ›*Jetzt ergibt alles einen Sinn* …‹ Ich habe seine Äußerung auf meinen Gast bezogen, was aber, wenn er es auf seinen Kollegen bezogen hat? Gianni war an diesem Abend sehr nachdenklich. Wie gesagt, jetzt vermute ich erst, dass es gar nicht um meinen Gast ging, sondern er schien einen Zusammenhang zu begreifen, der sich auf seinen Kollegen bezog. «

»Wann war das?«

»Paola, du kannst Fragen stellen, es ist noch nicht so lange her. Vielleicht drei Wochen, aber nagele mich nicht fest. «

Paola ließ die Informationen erst einmal sacken, verabschiedete sich von Mario Angelo und schrieb sich ein paar Notizen auf einen Zettel. Dann hob sie erneut den Hörer des Telefons und rief beim Sohn Gianni Baldinis an.

»*Buongiorno*, Signor Baldini, Commissario Rossi am Apparat. Ich hoffe, ich störe Sie nicht. Im Zuge unserer Ermittlungen habe ich noch eine Frage an Sie. Passt es Ihnen gerade?«

»*Buongiorno*, Commissario, einen kleinen Moment habe ich Zeit. Der Leichnam meines Vaters ist freigegeben worden und ich muss gleich mit dem Bestattungsunternehmen einen Termin vereinbaren.«

»Ja, ich mache es kurz. Hat Ihr Vater in der letzten Zeit den Namen Castellani erwähnt? Er ist ein Arbeitskollege Ihres Vaters.«

»Castellani? Auf den, war er nicht so gut zu sprechen.«

Paolas Neugier wuchs.

»Warum war er nicht gut auf ihn zu sprechen?«

»Er hat ihm wohl öfter Geld geliehen, unter sehr fadenscheinigen Gründen, wie er mir eines Tages sagte. «

»Hat er Näheres darüber gesagt?«

»Nicht konkret, eher allgemein. Er war sehr enttäuscht über das Verhalten Emilios. Sie kannten sich seit Jahren, Emilio würde ich jetzt nicht als Freund meines Vaters bezeichnen, aber sie hatten bis zu diesem Zeitpunkt ein sehr kollegiales Verhältnis. Warum fragen Sie?«

Paola bemerkte die plötzliche Unsicherheit in der Stimme von Angelo Baldini.

»Hat er etwas mit dem Tod meines Vaters zu tun?«, die Stimme Signor Baldinis wurde brüchig.

»Wir stehen am Anfang unserer Ermittlungen, der Name tauchte auf und wir wollen verstehen, in welchem Verhältnis Signor Castellani zu ihrem Vater stand. Anhand Ihrer gemachten Angaben gab es offenbar ein Problem zwischen den beiden, aber inwieweit das mit dem Tod Ihres Vaters im Zusammenhang stehen könnte, werden die weiteren Ermittlungen ergeben.«

Paola konnte nicht leugnen, dass dies tatsächlich ein mögliches Motiv sein könnte, doch die Informationen, die sie gerade erst von Mario Angelo erfahren hatte und die der Sohn Baldinis ihr jetzt bestätigte, waren noch zu frisch und zu ungenau, um

Signor Castellani als potenziellen Täter unter Verdacht zu stellen. Sobald sie den Aufenthaltsort von ihm kannten, würden sie mit einer Zeugenbefragung beginnen. Paola wollte sich erst selbst ein Bild von ihm machen, seine Version der Geschichte anhören, sein Alibi überprüfen und Signor Castellani durchleuchten, so wie sie immer zu Assistente Carlo Mazzola sagte: »Wühlen Sie!«

Doch erst einmal rief sie bei Salvatore Torri von der Spurensicherung an, denn sie hatte eine Idee.

»*Ciao*, Paola, ich habe Maria schon Bescheid gesagt, dass wir die DNA auf dem Stück des Teddybären, welches ihr auf diesem Fabrikgelände gefunden habt und dem Rest des Teddybären in der Nähe des Tatorts zweifelsfrei dem kleinen Opfer zuordnen können. Sie hatte den Teddybären bei sich, außerdem bedeutet das auch, dass das kleine Mädchen sich offenbar an oder in der Fabrikhalle aufgehalten hatte, bevor sie in diesem Waldstück abgelegt wurde. Meine Vermutung ist, dass sie den Teddybären fest in ihren Händen hielt, der Täter oder wer auch immer, daran zog, dann fiel ein Stück davon unbemerkt zu Boden, und als sie den Leichnam ablegen wollten, löste sich bereits die Leichenstarre und der Rest des Stofftieres fiel auf den Waldboden; wo wir es gefunden haben.«

»So würde ich es auch kombinieren, da hast du recht. Aber der Grund meines Anrufes ist ein ganz anderer …«

Salvatore fiel ihr ins Wort: »Ich habe leider noch immer keine Nachricht von Interpol bekommen.

Sobald ich weiß, wer das kleine Mädchen ist und die Hintergründe ihres Verschwindens auf dem Schreibtisch habe, bist du die Erste, die es erfährt.«

Obwohl es um ein ernstes Thema ging, musste Paola anfangen zu lächeln.

»Lieber Salvatore, auch das ist nicht der Grund meines Anrufs …«, sie ließ absichtlich eine Pause und konnte förmlich spüren, wie Salvatore in seinem Kopf überlegte, ob er etwas Wichtiges vergessen hatte.

»Paola, die Untersuchung der Kleidung des Kindes ist noch nicht abgeschlossen …«, da fiel ihm wiederum Paola ins Wort und sagte: »Salvatore, es geht um etwas komplett anderes, um etwas, was mir gerade eben erst eingefallen ist und was ich gerne mit dir besprechen will.«

Man hörte förmlich den Stein, der Salvatore vom Herzen fiel.

Sie hörte das Lächeln in seiner Stimme, als er ihr antwortete: »Mit anderen Worten, hätte ich dich ausreden lassen, hätte ich mir den zwischenzeitlich aufkommenden Adrenalinstoß ersparen können?«

»Genau! Also, wir wissen immer noch nicht, wer das kleine Mädchen ist und von wo sie kommt? Was hältst du von folgender Idee? Ich muss es allerdings erst mit dem Vice-Questore absprechen, aber damit wir keine Zeit verlieren, möchte ich es schon einmal angesprochen wissen.«

»Na, jetzt machst du mich neugierig?«

Paola räusperte sich: »Es ist nichts Verbotenes. Könntest du eine Phantomzeichnung von dem kleinen Mädchen anfertigen lassen? Das Kind ist so arg misshandelt worden, dass mir leichter ums Herz wäre, wenn wir sie so präsentieren, wie sie einst ausgesehen hat. Dann die Kleidung, die zwar nur noch aus Fetzen besteht, aber einen Anhaltspunkt oder Informationen bringen könnte, abfotografieren? Ich rufe gleich einmal bei Silvia an und frage, ob der Vice-Questore zu einer Audienz Zeit hätte, damit ich seine Einwilligung einholen kann, um eine Presseinformation herauszugeben. Wenn das möglich ist, dann könnte morgen bereits die Phantomzeichnung der Kleinen, sowie die Kleidung, in allen Tageszeitungen Italiens auf Seite eins stehen. So erhalten wir womöglich über die Bevölkerung weitere Hinweise zu unserem unbekannten Opfer.«

»Das ist eine wirklich gute Idee! Na klar, ich setze mich sofort ran, ob du nun eine Einwilligung hast oder nicht, das ist mir egal. Ich muss sowieso heute länger arbeiten. Ich fange an und frage gleich einmal bei Lorenzo, ob er mit der Zeichnung anfangen kann. Dann fotografiere ich die einzelnen Fetzen der Kleidung, wie du gesagt hast.«

Paola war hocherfreut, dass sie so emsige Kollegen hatte, die genau wie sie mit so viel Leidenschaft und Enthusiasmus an ihre Arbeit gingen.

»Ich danke dir, Salvatore. Ich glaube, dass wir die Genehmigung sicherlich bekommen. Mir geht es nur darum, dass wir alles vorbereitet haben, damit wir dann schnell handeln können. Diesem Mädchen ist so viel Unheilvolles widerfahren, da will ich alles dafür tun, so schnell als möglich den oder die Täter hinter Gittern zu bringen.«

»Paola, da sind wir Pari. Und wenn ich dafür unbezahlte Überstunden machen muss, das ist mir egal. Kinder als Opfer sind immer schlimm, aber so etwas Grauenvolles habe ich bei Weitem vorher noch nie gesehen. Ich weiß, ich darf das nicht sagen, aber wenn ich Richter wäre, würde ich den Täter nie wieder aus dem Gefängnis entlassen. Einem wehrlosen Kind so etwas anzutun! Ich halte jetzt besser meinen Mund.«

Paola nickte zustimmend am Telefon und sagte dann:

»Was für ein kranker Mensch tut so etwas? Du weißt, dass ich selbst Kinder habe und dann steht man über einen so brutal zugerichteten Kinderleichnam und man fühlt nur noch Schmerz und Trauer, weil ...«

»Paola, du musst nicht weitersprechen, ich verstehe dich. Mir ging es genauso. Diese Sinnlosigkeit, die Kleine hatte noch ihr ganzes Leben vor sich. Ich hoffe, dass wir es demnächst nicht noch mit weiteren misshandelten Kindern zu tun haben. Das ist meine größte Sorge.«

Paola rief Silvia Ponte an und schilderte ihr Anliegen. Kurze Zeit später informierte Silvia Paola, dass die Genehmigung der Pressemitteilung vorlag.

Salvatore hatte Wort gehalten und alles fertig vorbereitet. Paola schickte der Pressestelle die Unterlagen und veranlasste, dass alles an den Presseverteiler der Zeitungen geschickt wurde. Danach stürmte sie aus ihrem Büro und informierte ihre Kollegen Maria Nero und Carlo Mazzola, die auch einiges in der Zwischenzeit zusammengetragen hatten. Kurzerhand verlegten sie den Informationstausch zur Außenstelle, sprich in das Café an der Ecke.

Carlo hatte nach etlichen Anläufen, den Aufenthaltsort Signor Castellanis herausgefunden und Maria die Adresse der Wäscherei: *Lavanderia pulita.*

Ispettore Nero und Paola fuhren in das nahegelegene Klinikum, in dem auch Francesco, Paolas Mann, arbeitete. So konnte Paola das Nützliche mit dem Angenehmen verbinden und ihrem Mann einen kurzen Besuch abstatten. Doch erst einmal wollten sie zu Signor Emilio Castellani. Hatte er etwas mit dem Mord an Signor Baldini zu tun? Wie Carlo Commissario Rossi mitteilte, war der Gesundheitszustand Emilio Castellanis nicht zum Besten, daher trafen sie sich vorab mit dem behandelnden Arzt und fragten, ob sie eine Zeugenbefragung durchführen dürfen.

Paola klopfte beim Dienstzimmer an, nach einem kurzen Moment vernahm sie eine Frauenstimme, die ein kräftiges: Herein, rief.

Paola trat ein und stellte sich und ihre Kollegin vor, dann fragte sie *Dottoressa* Forin, ob der momentane Gesundheitszustand des Patienten Emilio Castellani eine Zeugenbefragung zuließe.

»In seinem jetzigen Zustand muss ich darauf bestehen, dass die Befragung höchstens zehn Minuten in Anspruch nimmt. Weiterhin bitte ich Sie, jegliche Aufregung von ihm fernzuhalten. Sein Zustand ist zwar mittlerweile stabil, aber er hat eine sehr kritische Zeit hinter sich.«

Paola fragte nach: »Signor Castellani hatte einen Unfall? «, bevor sie weitersprechen konnte, warf die Ärztin ein: »Unfall? Er behauptet zwar steif und fest, es sei ein Unfall gewesen, aber anhand seiner Verletzungen, war noch ein anderer an dem angeblichen Unfall … «, dann hielt sie ihre beiden Zeigefinger nach oben und machte die typische Bewegung, wenn man etwas unterstreichen wollte,

» beteiligt!«

»Sie gehen von einem Gewaltverbrechen aus?«

»Mit Gewalt haben diese Verletzungen sehr viel zu tun. Nehmen Sie doch bitte Platz.«

Paola und Maria setzen sich auf zwei Stühle, die vor dem Schreibtisch der Ärztin standen. Paola richtete ihren Blick auf *Dottoressa* Forin, eine Frau um die Mitte dreißig, ihr welliges mittellanges Haar hatte sie zu einem Zopf zusammengebunden, doch eine widerspenstige Locke hing an der Seite heraus. Sie hatte wache Augen und schaute die Polizistinnen an.

»Können Sie uns Näheres zum Patienten sagen? Wenn das möglich ist?«, fragte Paola, »ich erkläre Ihnen auch, warum! Wir ermitteln in einem Mordfall! In diesem Zusammenhang taucht Signor Castellani auf. Er und das Opfer kannten sich gut. Sie waren Arbeitskollegen. Außerdem liegen uns mehrere Zeugenaussagen vor, die bestätigen, dass die beiden ein angespanntes Verhältnis in der letzten Zeit hatten. Näheres wissen wir noch nicht. Signor Castellani ist ein wichtiger Zeuge für uns, damit wir unseren

Mordfall lösen können. Verstehen Sie unser Dilemma? Um weiter ermitteln zu können, wäre es hilfreich, mit Signor Castellani zu sprechen. Ich verspreche Ihnen, wir gehen bei der Befragung sachte heran, aber es gibt noch viele Ungereimtheiten.«

Dottoressa Forin bewegte ihren Kopf hin und her. Sie überlegte. Nach einer Weile sagte sie: »Stellen Sie mir Ihre Fragen …«

»Wie wir erfahren haben, soll Signor Castellani vor etwa zwei Monaten einen Unfall gehabt haben? Können Sie uns das bestätigen?«

Die Ärztin schaute Paola ungläubig an.

»Stimmt etwas nicht?«, fragte Paola sie.

»Ehrlicherweise, weiß ich das nicht. Laut unseren Unterlagen befindet sich Signor Castellani erst seit dem 12. Juli in stationärer Behandlung bei uns.«

In Paolas Kopf ratterte es los. Sie ging davon aus, dass Signor Castellani seit nunmehr zwei Monaten unaufhörlich im Krankenhaus lag und sein *Unfall*, vor zwei Monaten, der Grund dafür war.

»Dürfen Sie uns sagen, warum Signor Castellani bei Ihnen aufgenommen wurde?«

»Er kam über die Rettungsstation zu uns …«, man sah, wie sie überlegte, welche Aussagen sie treffen durfte. »Der Patient war kaum ansprechbar. Er hatte eine massive Kopfverletzung.«

Paola warf sofort eine Frage in den Raum hinein:

»Hatte er ein Aneurysma, aufgrund der Kopfverletzung erlitten?«

Die Ärztin schaute Paola verwundert an.

»Sie sind medizinisch gut informiert, ich bin überrascht.«

Paola wurde bewusst, dass das dem Zusammenleben mit Francesco geschuldet war und antwortete:

»Nein, ich habe keine medizinische Ausbildung, aber mein Mann Francesco ist hier bei Ihnen auf der ITS-Oberarzt. Da bleibt es nicht aus, dass einige Fachausdrücke auch in meinem Gedächtnis hängen bleiben.«

»Daher … als ich den Namen Rossi gehört habe, dachte ich schon, so wie unser Oberarzt, aber ich habe keinen Zusammenhang hergestellt. Na dann verstehe ich natürlich, warum Sie so gut informiert sind.« Sie lächelte, als sie dies sagte. » Kommen wir noch einmal zu dem Patienten Castellani. Es stimmt, er hatte aufgrund der massiven Verletzungen ein Aneurysma. Wir haben sofort alle nötigen Vorkehrungen getroffen, um die betreffende Stelle im Gehirn zu entlasten. Unter anderem haben wir ihn dann in ein künstliches Koma versetzt. «

»Dürfen Sie mir sagen, bis wann er im künstlichen Koma lag, das würde uns bereits weiterhelfen.«

»Ich denke, das darf ich. Wir haben am 14. Juli erkannt, dass die Therapie anschlägt und dann am 15. Juli mit der Aufwachphase begonnen.«

Paola tauschte einen vielsagenden Blick mit Maria aus. Signor Castellani konnte auf keinen Fall am 14. Juli in der *Arena di Verona* gewesen sein, um Signor Baldini das Gift zu verabreichen, das stand definitiv fest. In Paolas Kopf schossen gleich mehrere Fragen.

Hatte Signor Baldini selbst etwas mit dem Gewaltverbrechen an Signor Castellani zu tun? Hat ein Dritter davon etwas mitbekommen und der Mord an Signor Baldini war seine Rache? Sie musste unbedingt diesen Gedanken Maria mitteilen, damit sie alle Möglichkeiten in Betracht ziehen konnten. Bevor sie der Ärztin daher weitere Fragen stellte, wandte sie sich an Maria.

»Kannst du bitte überprüfen, wo sich Signor Baldini am 12. Juli befand?«

Ihre Kollegin hatte offenbar den gleichen Gedanken.

»Habe ich schon notiert…«, war die Antwort Marias.

Erneut wandte sich Paola an die Ärztin.

»Hatte Signor Castellani weitere Verletzungen oder lediglich diese Kopfverletzungen?«

»Genau, das ist der Punkt. Die anderen Verletzungen passen nicht zu den Aussagen, die der Patient uns zum Hergang erzählt hat. Aus medizinischer Sicht kann es so nicht gewesen sein.«

»Gehe ich recht in der Annahme, Sie halten es für unwahrscheinlich, dass es ein Unfall war? Aufgrund der zahlreichen unterschiedlichen Verletzungen und seiner medizinischen Diagnose ist es daher wahrscheinlicher, dass ihm Gewalt zugefügt wurde?«

»Ja, so sehe ich das!«

»Verstehe! «

Paola überlegte, wie sie am besten herausbekommen könnte, ob der angebliche Unfall vor zwei Monaten gar kein Unfall war.

»Ich schildere Ihnen mein Problem. Es gibt mehrere Zeugenaussagen darüber, dass Signor Castellani aufgrund eines Unfalls vor zwei Monaten nicht mehr zur Arbeit erscheinen konnte.«

Die Ärztin schaute Paola an, nickte ihr zu, nahm die Krankenakte in die Hand und begann, den Anamnesebogen zu studieren. Ihre Augen glitten über die Papiere, dann blätterte sie ein paar Seiten vor, danach wieder zurück und sagte schließlich:

»Es könnte ein Unfall gewesen sein. Laut der Krankenakte hatte er eine Fraktur am rechten Bein. Das passt auch in den zeitlichen Rahmen, den Sie mir genannt haben.«

Paola überlegte und fragte:

»Können Sie mir ihre persönliche Einschätzung sagen, also aufgrund der aktuellen Lage und dem Kenntnisstand ?«

Zögerlich, den Kopf zur Seite lehnend, sah man ihr an, dass sie abwägte und schließlich antwortete:

»Meine persönliche Einschätzung … Ich glaube, Signor Castellani ist jemandem auf den Fuß getreten. Die andere Person klärt die Dinge gewaltbereit, sowohl am 12. Juli als auch schon, wie Sie sagten, vor zwei Monaten.«

Paola nickte ihr zu: »*Dottoressa* Forin, Sie haben uns weitergeholfen. Vielen Dank! Dürfen wir Signor Castellani einen kurzen Besuch abstatten? Wir gehen sachte bei der Befragung mit ihm um, Sie können gerne dabei sein und wenn Sie merken, dass es dem Patienten nicht gut geht, brechen wir die Befragung sofort ab.«

Nickend sagte die Ärztin: »Damit bin ich einverstanden.«

Keine fünf Minuten später standen die beiden Polizistinnen, gemeinsam mit *Dottoressa* Forin, am Krankenbett Signor Castellanis.

Als die Ärztin ihm sagte, wer die beiden Frauen sind, veränderte sich sein Blick und man spürte seine Ängstlichkeit sofort. Paola nahm das zur Kenntnis.

»Signor Castellani, entschuldigen Sie, dass wir Sie hier im Krankenhaus behelligen müssen, aber wir ermitteln in einem Mordfall und Sie sind in diesem Zusammenhang ein Zeuge, der uns weiterhelfen könnte.«

Spürte man soeben nur Ängstlichkeit bei ihm, veränderte der Satz Paolas alles. Er starrte die Polizistinnen an, sein Gesicht wurde kreidebleich und seine Stimme zittrig, als er zu Paola gewandt sagte:

»Sie ermitteln in einem Mordfall? Oh mein Gott! Was habe ich damit zu tun?«

»Sie arbeiten bei der *Guardia di Finanza* und kennen Signor Baldini?«

Sein Blick war unruhig und man spürte, dass er nicht einordnen konnte, welche Richtung diese Befragung nehmen würde.

»*Sì*, natürlich kenne ich Gianni, also ich meine Signor Baldini. Wir arbeiten seit vielen Jahren bei der *Guardia di Finanza*. Aber, …«, er stotterte und man sah ihm an, dass die Frage ihm eine plötzliche Erkenntnis brachte, die ihm etwas sehr klar bewusst werden ließ.

Paola bemerkte es sofort und meinte:

»Signor Castellani, geht es Ihnen gut? Sollen wir die Befragung an dieser Stelle abbrechen?«

Emilio Castellani fing an zu schnaufen, und fragte:

»Ist Gianni ermordet worden?«

Aus dem Augenwinkel sah Paola, dass sich die Vitalwerte von Signor Castellani veränderten. Sie beschloss nur noch seine Frage zu beantworten und die Befragung für heute sein zu lassen.

»Ich muss Ihnen leider die traurige Nachricht überbringen, dass Signor Baldini am 14. Juli einem Verbrechen zum Opfer gefallen ist. Er wurde vergiftet.«

Seine Betroffenheit, die sich auf seinem Gesicht widerspiegelte, war echt, das bestätigten nicht nur seine Vitalwerte. Ihre Menschenkenntnis war geschult und sein plötzlicher Gemütszustand wirkte nicht gekünstelt.

»Doch nicht Gianni. *Oh, mio dio*! Nicht Gianni …«, sagte er verzweifelnd. Seine Augen füllten sich mit Tränen. Paola brach die Zeugenbefragung ab und gab ihm ihre Karte.

»Beruhigen Sie sich bitte erst einmal. Hier ist meine Karte, sobald es Ihnen möglich ist, rufen Sie mich an und wir kommen noch einmal vorbei.«

Er versuchte, sich aufrecht im Bett hinzusetzen. *Dottoressa* Forin kam auf ihn zu und half ihm dabei.

»Finden Sie den, der das getan hat. Gianni war so ein gütiger, hilfsbereiter, freundlicher und grundehrlicher Mensch. Ich schäme mich so, weil ich ihn belogen habe und seine Ehrlichkeit missbrauchte.«

Paola wusste sofort, was er damit meinte:

»Die Gelder, die Sie sich von ihm immer wieder geborgt haben?«

Entgeistert starrte er sie an. Dann senkte er seinen Kopf und nickte. Der Mann wirkte zerbrochen und Paola war sich sicher, dass sie noch einiges Interessantes von Signor Castellani erfahren würde. Nur heute, das sah sie, konnte sie ihn nicht länger befragen.

Sie wollte nicht, dass er einen plötzlichen gesundheitlichen Rückfall erlitt. Sie gab Signor Castellani ihre Hand und verabschiedete sich. Vor der Krankenzimmertür sprach Paola noch ein paar Worte mit der jungen Ärztin.

»Ich wollte Signor Castellani in keinen kritischen Gesundheitszustand bringen. Es tut mir aufrichtig leid, aber …«

»Sie haben die Zeugenbefragung doch von sich aus abgebrochen. Ich sage gleich dem Pflegepersonal Bescheid, dass sie ihn engmaschiger überprüfen sollen. Wenn es kritisch geworden wäre, hätte ich sofort eingegriffen.«

»Gut! Falls etwas sein sollte, hier ist meine Karte für alle Fälle. Ich besuche jetzt meinen Mann Francesco und … vielleicht können Sie Signor Castellani im Auge behalten. Damit wäre mir wohler. Vielen Dank für die kooperative Zusammenarbeit und bis demnächst.«

Paola machte sich allein auf den Weg zu ihrem Mann, während Maria in die Cafeteria ging, einen *caffè* bestellte und auf Paola wartete.

Nach einer guten halben Stunde verließen Paola und Maria das Krankenhaus und fuhren zur Questura. Maria setzte sich sofort an das Telefon und sprach erst mit dem Sohn Signor Baldinis und weil er ihr keine Auskunft geben konnte, mit Signora Santina Baldini, der Witwe.

»*Buongiorno*, Signora Baldini, ihr Sohn konnte mir leider nicht weiterhelfen. Können Sie mir freundlicherweise sagen, wo ihr Mann am 12. Juli war? Es tut mir leid, Ihnen diese Frage stellen zu müssen, aber im Zuge unserer Ermittlungen haben wir einen …« Weiter kam sie nicht, denn Signora Baldini fiel ihr ins Wort.

»Mein Mann war seit dem 10. Juli in Rom und kam erst am Morgen, des 14. Juli zurück, weil wir Karten für die *Arena di Verona* hatten, doch …«, Maria hörte die aufkommenden Tränen der Witwe. Sie entschuldigte sich vielmals und bat um Entschuldigung Signora Baldini mit ihrer Frage so aufgewühlt zu haben.

»Sie machen ja nur ihre Arbeit, aber es fällt mir immer noch so schwer, über dieses Ereignis zu sprechen. Mein Leben wurde von einer Sekunde zur anderen traurig und leer. Zum Glück steht mir mein Sohn Angelo zur Seite. Wenn ich ihn in dieser schweren Zeit nicht hätte, ich wüsste gar nicht, wie ich alles überstehen sollte.«

»Ach, Signora Baldini, auch wenn ich diese Erfahrung noch nicht in meinem Leben gemacht habe, so kann ich mir aber vorstellen, wie es Ihnen gerade geht. Es muss ein schwerer Verlust für Sie sein und ich wünsche Ihnen viel Kraft in dieser Zeit. Wie Sie sagen, zum Glück ist da ihr Sohn, und wir, Commissario Rossi und auch ich sehen, wie rührend er für Sie da ist und Ihnen zur Seite steht. Vielen Dank, für die Beantwortung meiner Frage, ich wünsche Ihnen alles erdenklich Gute für die Zukunft.«

Maria verabschiedete sich und legte schließlich auf, dann sprang sie von ihrem Stuhl, klopfte an die Tür des Büros von Paola und teilte ihr mit, dass Signor Baldini sicherlich nichts mit dem Überfall auf Signor Castellani zu tun hatte. Sie würde die Angaben natürlich noch gegenprüfen und mit der Sekretärin Signor Baldinis abklären. Als Maria aus dem Büro rauskam, lief sie zu ihrem Kollegen Carlo Mazzola, der gerade im Internet eifrig Recherche betrieb.

Verliebt schaute sie ihn an, seit nunmehr fast zwei Monaten waren sie ein Paar. Ihre Chefin Commissario Rossi war die Erste, die es damals mitbekam, Maria hatte Sorge, denn Beziehungen am Arbeitsplatz waren nicht gern gesehen. Doch sie hatte Glück. Auch die anderen Kollegen freuten sich mit den beiden und sahen kein Problem darin.

»Na, Carlo, bist du wieder am Wühlen?«, sie errötete leicht und lächelte ihn an.

»Ich habe mir noch einmal den Mailaccount aus Signor Baldinis PC angeschaut. «

»Bist du auf etwas gestoßen?«, fragte Maria nervös.

Carlo sah dies und antwortete: »Das würde ich nicht sagen, aber vielleicht sollten wir den Weg von Signor Baldini weiterverfolgen. «

Prompt fragte Maria nach: »Wie meinst du das?«

Carlo schaute sie verliebt an und meinte:

»Ich hatte es fast schon aus den Augen verloren, aber Signor Baldini hatte doch so seltsam anmutende Anfragen gestellt. Jetzt, bei genauerem Betrachten, glaube ich zu wissen, warum er diese Anfragen stellte. Wenn wir uns nun direkt an den Stromanbieter wenden, im Zuge unserer Ermittlungen, wäre es, denke ich, auch möglich einen Beschluss zu erwirken, um Einsicht in die Rechnungen und den Rechnungsempfänger für die Lagerhalle zu bekommen.«

Maria musste ihm anerkennend zustimmen. Wer weiß, ob sich Emilio Castellani als Rechnungsempfänger verbarg oder gar jemand anderes. Das könnte eine Spur sein.

»Vielleicht kann man auch anhand der Daten des Verbrauchs etwas erkennen?«, sagte sie zu ihm.

»Genau! Wir hätten eine Auswertung vorzuliegen und den Rechnungsempfänger. Mit dieser Auswertung könnten wir herausfinden, ob es in der Lagerhalle zu einem vermehrten Aufkommen des Stroms kam oder anders ausgedrückt, wir sehen, ob es überhaupt Aktivitäten gab oder ob die Halle nur als Lager diente.«

»Das solltest du mit Paola besprechen, damit sie einen Beschluss beantragen kann. Das ist eine gute Idee …«, dann hauchte sie hinterher, »mein Schatz.«

Carlo errötete für einen kurzen Moment. Dann begann er sich mit einer Catering-Firma zu beschäftigen und einer Möbelmanufaktur, die von Signor Baldini angeschrieben wurden, um auch dies mit Paola zu besprechen.

Als Paola nach einer Stunde von Assistente Mazzola unterrichtet wurde, sah Carlo in den Augen Paolas Anerkennung für sein engagiertes Handeln. Paola überprüfte seine Angaben und versuchte sofort bei Silva Ponte einen Termin zu bekommen, um bei Vice-Questore Dal Molin Beschlüsse zu erwirken. Doch weder Silvia Ponte war im Haus noch der Vice-Questore. Sie packte die Unterlagen in die oberste Schublade, schaute auf ihre Uhr und stellte fest, dass sie mit gutem Gewissen in den Feierabend gehen durfte. Sie hatten heute viele neue Informationen bekommen, eine Pressemitteilung war an die Zeitungen Italiens verschickt, mehr konnte sie jetzt zu später Stunde nicht mehr erreichen. Paola fuhr ihren PC runter, verabschiedete sich von Maria und Carlo und bedankte sich bei beiden für die gute Arbeit, die sie am heutigen Tag geleistet hatten.

Als sie nach einer guten halben Stunde ihren Wagen in die Einfahrt bog, bemerkte sie die Anstrengung des heutigen Tages. Sie parkte das Auto, lief ins Haus und freute sich, als sie sah, dass ihr

Mann Francesco Wort gehalten hatte und das Abendessen nur noch darauf wartete, gegessen zu werden. Ihre Kinder saßen quietschvergnügt am Tisch und sprachen immer und immer wieder von dem gelungenen Ausflug mit ihren Großeltern. Nach einiger Zeit fiel der Stress von Paola ab und sie verbrachten gemeinsam einen schönen Abend. Nach dem Abendessen räumten Giulia und Luca den Tisch ab und luden sogar das schmutzige Geschirr in die Geschirrspülmaschine, sodass Francesco und Paola sich auf die Terrasse setzen konnten.

Dann fragte Francesco seine Frau:

»Jetzt erzähle mir bitte, wie war dein Tag …«

Dann begann Paola zu erzählen und Francesco legte seinen Arm um sie.

20

In Triest war es früher Morgen. Leonora und Tarik standen auf einem Parkplatz am Rande der Stadt. Sie hatten wieder einmal in ihrem Auto übernachtet, da sie, so wenig Geld wie möglich ausgeben wollten. Ihr Tatendrang schwand von Tag zu Tag. Die Hinweise, die sie zum Aufenthaltsort von ihrer Tochter bekommen hatten, erwiesen sich als falsch. Sie wussten nicht mehr weiter.

Tarik beugte sich zu seiner Frau und streichelte ihr über das Gesicht, danach hauchte er ihr einen Kuss auf die Stirn.

»Guten Morgen, mein Engel, hast du einigermaßen schlafen können?«

Leonora schaute ihn mit traurigen Augen an und meinte:

»Die Sorge um unsere Tochter lässt mich nicht schlafen. Weißt du, auch wenn wir im Auto übernachten und alles mehr als beschwerlich ist, so denke ich dann, ich kann doch nicht einfach schlafen…«

Ein Schwall Tränen schoss aus ihren Augen.

»Wer weiß …« stotterte sie, »was sie mit unserem Schatz alles machen.«

Sie verlor die Kontrolle und weinte erbarmungslos. Ihr Schluchzen setzte Tarik zu. Wenn er sich unbeobachtet fühlte, ließ auch er seinen Gefühlen freien Lauf und weinte wie ein kleines Kind. Seine Sorge wuchs, dass sie ihre Tochter nicht mehr wiederfinden würden, doch das behielt er für sich. Er wollte stark sein, damit Leonora nicht endgültig zerbrach.

Er schaute sie an.

»Ich habe so große Angst um sie, Tarik.«

Mit letzter Kraft drückte er den Kloß in seinem Hals runter und sprach mit fester Stimme:

»Wir werden sie finden! Ich werde nicht eher ruhen, bis wir unsere Kleine wiederhaben. Vertrau mir!«

Leonora drückte sich an ihren Mann und nickte ihm zu.

»Lass uns mit dem Wagen in die Stadt fahren. Wir gehen zu dem kleinen Café und stärken uns. Dann sehen wir weiter. Wir haben doch noch einen Hinweis, den wir verfolgen sollten.«

»Meinst du, der Hinweis taugt etwas, bislang haben wir nur Geld für falsche Fährten ausgegeben.«

»Wir lassen nichts unversucht, hörst du!«

Tarik startete den Motor und sie fuhren los.

Im Café herrschte reger Betrieb. Sie mussten eine Weile warten, bis sie rankamen. Leonora schaute sich derweil im Café um, als ihr Blick auf die Titelseite einer Tageszeitung fiel. Blitzartig überkam sie ein merkwürdiges Gefühl. Sie stupste ihren Mann an und zeigte auf die Zeitung. Er schaute hin und auch er wurde nervös. Als sie endlich an der Reihe waren, legte er die Zeitung auf den Tresen, bestellte zwei Cornetto, um so schnell als möglich mit dem Lesen der Zeitung zu beginnen. Kaum, dass sie im Auto saßen, versuchte er den Text zu verstehen. Ein paar Brocken Italienisch konnte er mittlerweile, aber noch zu wenig, um den gesamten Artikel zu verstehen. Es war die Phantomzeichnung eines unbekannten kleinen toten Mädchens.

Nein, es war nicht Fatmire.

Da die Polizei keinen Anhaltspunkt hatte, wer das Mädchen war, gab es ein weiteres Foto, darauf waren ein T-Shirt, ein Rock und Schuhe abgebildet. Leonora und Tarik erkannten das T-Shirt sofort, es gehörte Fatmire. Die Mutter hatte einen kleinen, bunten Vogel auf das T-Shirt gestickt.

Warum hatte das Mädchen ihr T-Shirt?

Immer und immer wieder versuchte er den Artikel zu verstehen, da kam ihm eine Idee. Er startete den Motor, Leonora sah ihn fragend an, doch er starrte ins Leere und fuhr los. Bei ihrer Recherche hatten sie einen Albaner kennengelernt, der seit einigen Jahren in Italien lebte. Er würde ihn einfach bitten, ihm den Artikel zu übersetzen. Sie mussten sich bis zum Abend gedulden. Die Nerven der beiden lagen mittlerweile blank. Sie standen mit ihrem Wagen vor dem Haus des Albaners, der kurz vor zwanzig Uhr zum Haus gelaufen kam. Tarik riss die Wagentür auf und lief ihm entgegen. Keine zehn Minuten später hatten sie eine vielversprechende Spur.

Laut des Artikels fand man dieses bisher unbekannte kleine Mädchen auf einem abseits gelegenen Waldgrundstücks.

Es wurde ermordet.

Da die Polizei keinen Anhaltspunkt hatte, wer das Mädchen war, noch warum es ermordet wurde, versuchten sie über die Öffentlichkeit Hinweise zu bekommen.

Tarik und Leonora bogen zu einer Tankstelle und betankten das Auto. Sie hatten ein Ziel!

Nächste Station: Verona.

21

Als Paola am nächsten Morgen erwachte, duftete es im Haus nach frischem *caffè* und *Brioche*. Sie warf sich einen Bademantel über und frühstückte mit ihrem Mann. Dann duschte sich Paola und machte sich auf den Weg zur Questura.

Als Paola in der Questura ankam, herrschte bereits Betrieb. Sie konnte ihrer Kollegin Ispettore Maria Nero nur zunicken, da sie am Telefon ein wichtiges Gespräch zu haben schien. Beim Vorbeigehen übergab Maria ihr ein paar Rückrufzettel, Paola nickte ihr zu, ging in ihr Büro und schaute sie sich an. Sie beschloss zuerst Salvatore Torri anzurufen und danach die anderen Zettel zu bearbeiten.

»*Buongiorno*, Salvatore, wie geht es dir? Ich bin eben erst herein, du hast angerufen?«

»*Buongiorno,* Paola, ja, gut, dass du dich meldest. Ich habe zu dem Fall des unbekannten Mädchens endlich die langersehnte Nachricht bekommen.«

Paola war gespannt, was er zu sagen hatte.

»Dann schieß los. Ich kann Informationen gebrauchen. Wisst ihr, wer sie ist?«

»*Sì*! Das Mädchen heißt: Antonia Orlow, ist 5 Jahre alt und kommt aus Podolsk, einer Stadt in Zentralrussland. Der Zeitpunkt ihres Verschwindens war im April 2017.«

»Aus Russland? Vor über einem Jahr?«, fragte Paola erstaunt.

»Zu ihrem Verschwinden habe ich folgende Informationen bekommen. Das Mädchen war mit ihrer Mutter auf einem Spielplatz. Die Kleine spielte. Eine Frau kam auf die Mutter zu, fragte nach dem Weg, die Mutter drehte sich für einen Moment von der Tochter weg und erklärte der Passantin den Weg. Als die Mutter sich danach erneut zu ihrer Tochter umdrehte, war sie weg. Sofort suchte sie den Spielplatz ab, erfolglos. Dann rief sie die Polizei, die das Gelände absuchte, doch das Kind blieb unauffindbar. Die Polizei ermittelte und kam zu dem Schluss, dass das Kind entführt wurde. Wie die weiteren Ermittlungen ergaben, handelte es sich bei der Passantin, die die Mutter etwas fragte, offenbar um eine Komplizin. Die Frau haben sie bisher nicht gefunden, aber es gab mehrere Vorfälle, an denen Kinder plötzlich auf einem Spielplatz verschwanden, der Tathergang war immer gleich. Anhand von gemachten Phantomzeichnungen konnten sie erkennen, dass diese Frau bei jedem Vorfall dabei war. Sie fragte die Mutter oder die Oma, wer auch immer bei den Kindern war, nach dem Weg und in dem kurzen Moment, in der die Mutter des Kindes das Kind aus den Augen verlor, weil sie sich umdrehte, muss ein Komplize das Kind gepackt und weggeschleppt haben. Mittlerweile sind zwölf Kinder auf die gleiche Art und Weise entführt worden. Es sind alles Mädchen und im Alter von vier bis sieben Jahren. «

»*Madonna!* Das hört sich nach organisierten Verbrechen an. Es gab in keinem Fall eine Lösegeldforderung oder einen Anruf bei den Eltern?«

»*No!* Die Taten erstrecken sich alle auf einem Umkreis von ca. 50 km von Moskau entfernt. Die Ermittler in Russland gehen davon aus, dass die Bande in oder um Moskau lebt und agiert. «

Paola dachte nach und fragte neugierig: »In welchem Zeitraum geschahen diese Taten?«

»Laut den Unterlagen verschwanden vor der kleinen Antonia bereits drei Mädchen. Warte kurz …«

Paola hörte, wie Salvatore in den Unterlagen blätterte.

»Das erste Kind verschwand im September 2016, das zweite im Februar 2017, das dritte Kind im März 2017, unser Opfer im April 2017. Das letzte Opfer verschwand im Juli 2017. Seit diesem Zeitpunkt liegen den Behörden keine Fälle vor, die im Zusammenhang stehen könnten.«

»Zwischen der ersten und zweiten Tat liegt ein großer Zeitraum dazwischen …«, sagte Paola nachdenklich, »dann geht es weiter und endet abrupt im Juli 2017 …«

»Ja, so sieht es aus. Ich vermute, die Bande hat aufgehört oder einen neuen Wirkungskreis gefunden.«

»Mmh …«, Paola überlegte, es ratterte in ihrem Kopf.

»Gibt es weitere brauchbare Hinweise, die Aufschluss darüber geben, ob eines der Opfer gefunden wurde?«

»*No!* Die Kinder sind bis heute verschwunden.«

»Haben die Mutter von Antonia oder die anderen Mütter etwas Auffälliges oder Merkwürdiges vor dem Verschwinden ihrer Kinder bemerkt?«

Erneut hörte Paola, wie Salvatore die Papiere durchblätterte.

»Im Fall des Verschwindens im Juli 2017 muss das Kind den Angreifer gebissen haben, es fanden sich Blutspuren im Sand. Beim Abgleich in den Datenbanken hat man zwar eine Übereinstimmung gefunden, aber konnte diese keiner Person zuordnen.«

»Kannst du ersehen, um was für eine Tat es sich handelte, also ich meine …«

»Ich weiß, was du meinst. Da bin ich bereits dran. Ich hoffe, dass ich heute noch eine Antwort bekomme.«

»*Bene!* Halte mich auf dem Laufenden.«

»Sowieso. Sobald ich etwas weiß, rufe ich durch.«

»Perfekt!«

Die beiden verabschiedeten sich und legten auf. Anschließend arbeitete Paola die anderen Rückrufzettel ab, doch weitere brauchbare Erkenntnisse zu ihren Fällen Baldini und Antonia kamen dabei nicht heraus.

Gegen Mittag fuhren Paola und Ispettore Maria Nero zur Wäscherei: *Lavanderia pulita.* Sie betraten das Geschäft und nach einem kurzen Moment kam eine ältere Dame in den vorderen Verkaufsraum gelaufen.

»*Buongiorno, Signora*, wir hätten ein paar Fragen an Sie.« Dann klappten die beiden Polizistinnen ihre Dienstausweise auf und die Signora setzte sich erst einmal ihre Brille auf und fragte erstaunt: »Womit kann ich Ihnen behilflich sein?«

»Wir ermitteln in einem Fall und in diesem Zusammenhang wurde ein Transporter ihrer Wäscherei gesehen.«

Sofort antwortete die Dame: »Haben Sie unseren gestohlenen Transporter gefunden?«

Verdutzt schauten sich die beiden an. Maria begann ihren Notizblock aufzuklappen und fing zu schreiben an.

»*Signora*, wie ist ihr Name?«, fragte Maria die Frau.

»Mein Name ist Claudia Vaccari. Mir gehört diese Wäscherei. Ich habe den Transporter am 16. Juli als gestohlen gemeldet. Ich kam am Montag in die Wäscherei und sah, dass der Transporter nicht mehr im Hof stand. Da bin ich sofort zur Polizei und habe den Wagen als gestohlen gemeldet. Wissen Sie das denn nicht?«

»Das klären wir ab«, meinte Maria entschuldigend zu ihr. »Wann glauben Sie, ist der Transporter gestohlen worden?«

»Am Sonntag bin ich früh in das Geschäft, weil ich meine Ersatzbrille vergessen hatte. Da stand er noch im Hof. «

»Verstehe. Das war der Fünfzehnte?«, fragte Maria.

Signora Vaccari nickte.

Maria schrieb das eben Gesagte in ihren Notizblock. Paola schaltete sich ein und fragte Signora Vaccari:

»Haben Sie etwas Verdächtiges bemerkt? Haben Sie eventuell jemanden am Transporter gesehen, der etwas ausspioniert hatte oder der sich im Hof aufhielt, Tage zuvor?«

»Nein! Mir ist nichts aufgefallen.«

Doch dann sah man förmlich, wie Signora Vaccari ihre Stirn runzelte, den Kopf drehte und sagte:

»Moment. Doch … jetzt, wo Sie fragen. Es gab etwas. Ich habe dem Vorfall keine Beachtung geschenkt. Am Freitag, also am Dreizehnten, da stand ein Auto vor unserer Wäscherei. Jetzt fragen Sie mich aber bitte nicht, nach dem Fabrikat oder dem Kennzeichen. Es war ein dunkles Auto. Ein Kombi. Vielleicht schwarz. Ich kenne mich da nicht gut aus. Am Steuer saß ein Mann, er schaute immer wieder zum Hof, telefonierte und blieb etwa eine Stunde lang stehen. Dann fuhr er weg. «

Paola fragte daraufhin: »Ist Ihnen an der Person oder am Wagen etwas aufgefallen?«

»Nein. Aber ich würde den Mann wiedererkennen, glaube ich. Er hatte einen gezwirbelten Oberlippenbart. Ich dachte noch, widerlich. Mein Mann kam eines Tages an und meinte, er würde sich einen Bart stehen lassen.« Dann bewegte sie ihre Hände und machte eine Handbewegung, um das Gesagte zu unterstreichen.

»Signora Vaccari, könnten Sie mit uns zur Questura kommen und wir fertigen anhand Ihrer Angaben eine Phantomzeichnung des Mannes im Auto an?«

»Ja, natürlich! Das finde ich großartig, dass Sie so viel unternehmen, um meinen Wagen wiederzufinden und da sagen alle, die Polizei unternimmt nichts. Ich kann kommen und eine Zeichnung machen lassen.«

Sie wollte ein Lobeslied auf die hiesige Polizei anstimmen, doch Paola unterbrach sie.

»Signora Vaccari, Ihr Transporter, wurde im Zusammenhang mit dem Mord an einem kleinen Mädchen von einem Zeugen gesehen. Wäre es Ihnen möglich, heute noch in die Questura zu kommen, damit wir die Zeichnung anfertigen lassen können?«

Mit einem Mal verstummte Signora Vaccari und nickte betroffen.

»*Oh, mio dio*! *Madonna!* Gott, möge dem Mädchen Frieden schenken. Ich sperre den Laden gleich zu und fahre zur Questura.«

Paola und Maria tauschten einen Blick untereinander aus, nickten sich zu und Paola fragte die Zeugin: »Wir können Sie gleich mitnehmen, wenn es zeitlich passt. Wollen wir das machen? Meine Kollegin ruft derweil in der Questura an und macht einen Termin mit dem Beamten aus, damit die Zeichnung uns heute noch vorliegt.«

»Das wäre sehr liebenswürdig. Warten Sie, ich schreibe nur kurz einen Zettel und dann kann ich Sie begleiten.«

Keine fünf Minuten später standen die drei Frauen vor der Wäscherei, Signora Vaccari schloss die Ladentür und danach stiegen sie in den Polizeiwagen und fuhren zur Questura. Auf dem Weg zum Phantombildzeichner verabschiedeten sich die beiden

Polizistinnen bei Signora Vaccari und bedankten sich bei ihr für ihre schnelle Hilfe und Unterstützung.

»So ein unschuldiges kleines Kind! Natürlich helfe ich. Das sehe ich als meine Pflicht an!«

Paola und Maria liefen zu Assistente Carlo Mazzola, um ihn auf den neuesten Stand zu bringen. Auch er war während ihrer Abwesenheit nicht untätig. Der Stromanbieter der abgelegenen Lagerhalle hatte sich bei ihm gemeldet.

»Wollen wir auf einen *caffè* in die Bar gehen?«, fragte Paola in die Runde. Das machten sie.

»Was haben Sie herausgefunden, Carlo?«

»Der Rechnungsempfänger ist Signor Castellani, na ja, verwundert hat es mich nicht?«

Erstaunt fragte Paola: »Warum?«

»Nun, wenn es sich tatsächlich um organisierte Kriminalität handelt, dann werden sie bestimmt nicht ihre eigenen Namen angeben oder eine Firma. Da passt so ein unauffälliger Strohmann gut ins Bild.«

Da hatte er recht, musste Paola feststellen.

»Schon, aber bringt es nicht auch die Gefahr mit sich, dass die Bande einen weiteren Zeugen für ihre schmutzigen Geschäfte hat«, konterte Paola.

»Sicherlich, aber in unserem Falle scheinen sie vorgesorgt zu haben. Der Vertrag wurde zum Ende dieses Monats gekündigt mit der Begründung, dass die Lagerhalle stillgelegt wird.«

»Mmh …«, meinte Paola und wollte gerade eine Frage formulieren, da sagte Carlo: »Bevor Sie fragen, die Kündigung ist datiert auf den 12. Juli 2018, also auf den Tag, an dem Signor Castellani angeblich einen Unfall hatte.«

Paola ging die Daten in ihrem Kopf durch und dachte laut nach:

»Rein hypothetisch gesprochen, wer auch immer, kommt auf Signor Castellani zu und sagt, er soll den Vertrag kündigen. Um dem Ganzen den nötigen Nachdruck zu geben, klärt derjenige es mit Gewalt. Also, er lässt Signor Castellani erst alles schreiben und obwohl er es gemacht hat, schlägt er ihn daraufhin brutal zusammen?«

»Sie haben recht, das passt nicht!«, Carlo überlegte und man sah plötzlich in seinen Augen, wie er der Lösung näherkam. »Ich habe es aus dem falschen Blickwinkel betrachtet. «

Perplex schaute Paola ihn an. Auf was wollte Carlo hinaus?

»Wenn Signor Castellani erst ab diesem Zeitpunkt erkannt hat, dass es sich bei der Nutzung der Lagerhalle um etwas Illegales handelte?« Paola nahm diesen Gedanken prompt auf und redete weiter:

»Um nicht mit dieser Geschichte etwas zu tun zu haben, kündigt er den Vertrag des Stromanbieters, will damit nichts zu tun haben. Will sich auch der Lagerhalle entledigen, damit er nicht im Zuge von Ermittlungen plötzlich mit einer Straftat oder Taten in Verbindung gebracht wird. Der oder die Hintermänner finden seine Idee alles andere als gut, und als Signor Castellani sagt, er steigt aus, wird er brutal zusammengeschlagen, damit er seinen Mund hält …«

Carlo und auch Maria nickten.

»Das klingt plausibel …«, antwortete Maria,

»meinst du, Signor Castellani wird den Mut haben, uns zu sagen, was passiert ist? Oder wird er weiterhin schweigen?«

»Gute Frage!«

Paola überlegte und sprach dann ihre Gedanken aus.

»Wenn wir Signor Castellani anbieten, in einem Zeugenschutzprogramm aufgenommen zu werden, könnte das eine Wendung mit sich bringen. Angsterfüllt ist er, ohne Frage, aber wenn er begreift, dass er nur über unsere Hilfe ein weitestgehend normales Leben in Zukunft führen kann, weil er eine neue Identität durch uns bekommt und beschützt wird …«

»Commissario, das ist die Lösung!«, meinte Carlo anerkennend, als er jedoch bemerkte, was er da eben gesagt hatte, wurde er plötzlich ganz rot im Gesicht. Da schaltete sich Maria ein.

»Wir müssten ihn lediglich auf die Gefahren seines Schweigens hinweisen …«

Paola nickte und antwortete: »Genau!«

»Zeigte er sich nicht auch stark betroffen, als er erfuhr, dass sein Arbeitskollege Signor Baldini ermordet wurde? Sollte das nicht seine Zunge lösen, aus zweierlei Gründen? Erstens, weil seine Handlungen dazu geführt haben könnten, dass sein Arbeitskollege ermordet wurde? Zweitens, ihm könnte das gleiche Schicksal drohen?«, sprudelte es aus Assistente Mazzola heraus.

»Sehr gut zusammengefasst, Carlo! Es ist insofern nur heikel, als er sich noch immer in einem gesundheitlich eingeschränkten Zustand befindet, aber, wenn wir mit *Dottoressa* Forin sprechen, vielleicht gibt sie uns ihre Zustimmung. Worauf warten wir, packen wir es an.«

Prompt fragte Carlo: »Darf ich Sie ins Krankenhaus begleiten? Wäre es für dich okay, Maria?«

Maria nickte Paola zu und meinte: »Wenn es für dich okay ist, Paola, ich habe einiges an Schreibkram aufzuarbeiten. Ich würde, bevor ich damit beginne, zu Lorenzo gehen, die Phantomzeichnung abfotografieren und euch auf eure *telefonini* senden. Was, wenn dieser Mann vielleicht der ist, von dem Signor Castellani zusammengeschlagen wurde?«

»Respekt! Maria, das könnte passen und lockert womöglich zusätzlich die Zunge von Signor Castellani, weil er denkt, wir stehen kurz davor den Fall abzuschließen und wenn er wirklich etwas damit zu tun hat …«

»Dann wird er liebend gern in das Zeugenschutzprogramm gehen, damit er seiner Strafen entgehen kann …«, vollendete Carlo den Satz. Paolas Blick huschte von Carlo zu Maria und sie meinte voller Anerkennung:

»Mit euch beiden zusammenzuarbeiten ist ein Geschenk. Mit wie viel Engagement und Logik ihr dabei seid. Wir sind ein synergetisch gut eingespieltes Team. Ich muss sagen, Hut ab!«

Jetzt wurden beide verlegen.

»Bevor ich es vergesse, Commissario, etwas Wichtiges habe ich noch. Es geht um den Stromverbrauch der letzten Tage in der Lagerhalle«, warf Carlo ein.
Die drei waren so beschäftigt zu überlegen, wie man Signor Castellani zu einer Zeugenaussage bewegen kann, dass Carlo, wenn auch nur kurz, etwas vergessen hatte.

»Laut den Angaben des Stromanbieters, gab es einen massiven Stromverbrauch. Das hat nichts mit einem Verbrauch einer genutzten Lagerhalle zu tun, also, ein wenig Lichtzufuhr, um auch am Abend in einem Regal etwas zu finden. Dort müssen zahlreiche Aktivitäten stattgefunden haben. Ich habe auch nachgefragt, ob der Stromverbrauch in den letzten Tagen weniger wurde oder konstant blieb, weil die Herrschaften das Feld geräumt haben. Um einen ungefähren Zeitpunkt zu bekommen, ob der Zeitpunkt des Todes von Antonia zeitlich in diese Schiene passt.«

»Und?«, fragte Paola neugierig, »passt der Zeitpunkt?«

Spontan antwortete Carlo: »Aber so etwas von. Zwei Tage bevor wir die Leiche des Kindes gefunden haben, also ab 16. Juli, gab es keinen weiteren Stromverbrauch. Als wenn …«, er machte eine Pause, »alle Stecker gezogen wurden.«

Paola fasste sich entsetzt an den Kopf und meinte nur:

»Wir waren am 16. Juli an der Lagerhalle, das bedeutet, sie sind uns ein paar Stunden vorher entwischt.«

Alle drei wussten augenblicklich, was das zu bedeuten hatte, dort in dieser Lagerhalle waren wahrscheinlich weitere Kinder gefangen gehalten gewesen und nach dem Tod der kleinen Antonia, hatte man schnellstens das Feld geräumt. Mit den Informationen, die Salvatore über Interpol erfahren hatte und der Tatsache, dass weitere Kinder in Russland verschleppt wurden, vermuteten nun alle drei, dass nicht nur Antonia in dieser Lagerhalle war. Sie mussten einen weiteren Beschluss erwirken, um die Lagerhalle auf mögliche Spuren zu untersuchen. Maria schlug vor dies sofort in der Questura zu veranlassen.

Paola bezahlte und fuhr dann mit Assistente Carlo Mazzola zum Krankenhaus, um bei Dottoressa Forin erst einmal abzuklären, ob sie Signor Castellani einer Zeugenbefragung aussetzen können.

Paola stand vor der Tür des Dienstzimmers und klopfte. Nach einem kurzen Moment folgte ein:

»Herein!«

»*Buongiorno, Dottoressa* Forin, haben Sie einen Moment Zeit für uns? Wir haben noch eine Frage und eine Bitte.«

»Gut, dass Sie kommen. Ich wollte Sie gerade anrufen.«

Fragend schaute Paola sie an.

»Ist etwas mit Signor Castellani passiert?«

»Sì, woher wissen Sie das?«

»Wir sind bei unseren Ermittlungen auf etwas gestoßen …«

Dottoressa Forin wirkte noch immer recht aufgelöst, als sie anfing zu erzählen.

»Heute gegen 11.50 Uhr ging die Stationsschwester Elisa in das Zimmer von Signor Castellani, just in dem Moment, als sie die Tür öffnete, prallte ein Mann mit ihr zusammen. Sie taumelte und fiel zu Boden, als sie aufblickte, sah sie, dass Signor Castellani nach Luft rang. Sie betätigte sofort den Notruf und meine Kollegen und ich eilten zum Patienten. Es war sehr knapp, wäre die Stationsschwester nur ein paar Minuten später in das Krankenzimmer gegangen, hätten wir nicht mehr helfen können.«

Paolas Blick wirkte entschlossen, als sie zu Carlo sagte:

»Sie veranlassen sofort eine Überwachung des Patienten. Rufen Sie Maria an, damit sie den Vice-Questore darüber informieren und danach alles veranlassen können. Erst einmal will ich eine Überwachung der nächsten drei Tage organisiert wissen, sollte es zu personellen Engpässen kommen, können Sie mich ebenfalls für Schichten eintragen. «

Carlo Mazzola verließ das Dienstzimmer von *Dottoressa* Forin, um die Dienstanweisung sofort ausführen zu können. Nachdem Assistente Mazzola das Zimmer verlassen hatte, sprach Paola die Ärztin an.

»*Dottoressa* Forin, erst einmal möchte ich Ihnen sagen, wie leid es mir tut, dass dieser Vorfall passiert ist. Wir haben erst heute Hinweise erhalten, dass womöglich Signor Castellani in Gefahr sein könnte. Wir sind daraufhin sofort zu Ihnen und jetzt das …« *Dottoressa* Forin wirkte noch immer etwas durcheinander, aber ihre Stimme war bereits wieder kräftig, als sie antwortete:

»Natürlich weiß ich, dass so etwas vorkommen kann, aber damit habe ich bei Signor Castellani wirklich nicht gerechnet. Der Schock sitzt noch in meinen Knochen.«

Dann begann Paola zu erzählen, dass es bei ihrem letzten Fall leider auch zu solch einem Zwischenfall kam. Ihr Mann Francesco war damals der behandelnde Arzt der Patientin und daher könne sie sich nur allzu gut vorstellen, wie es ihr gerade erging. *Dottoressa* Forin wirkte zunehmend entspannter, als Paola ruhig und besonnen mit ihr sprach.

»*Dottoressa* Forin, wir werden alles unternehmen, damit sich solch eine Tat nicht wiederholt. Natürlich stört eine Bewachung den täglichen Ablauf des Klinikalltags, aber wir haben Erfahrung damit und Sie können sicher sein, dass wir wissen, was wir tun.«

In diesem Moment piepste ihr *telefonino* und sie erhielt eine neue Nachricht. Paola schaute nach und stellte fest, dass es sich hierbei um die Phantomzeichnung des wartenden Mannes handelte, der vor der Wäscherei *Lavanderia pulita* von der Inhaberin gesehen wurde. Paola hielt ihr *telefonino* hoch und zeigte das Bild der Ärztin.

»Haben Sie diesen Mann schon einmal zuvor hier in der Klinik gesehen?«

»Ist das der Täter von vorhin?«, fragte sie mit einem Zittern in der Stimme.

»Möglicherweise ...«, antwortete Paola knapp.

Sie sah sich das Bild auf dem *telefonino* an, schüttelte ihren Kopf und meinte:

»Nein, diesen Mann habe ich noch nie zuvor gesehen, aber ich rufe die Stationsschwester hinzu. Sie ist mit dem Mann zusammengestoßen, vielleicht erkennt sie ihn.«

Paola nickte ihr dankend zu, während *Dottoressa* Forin die Stationsschwester anrief. Kurze Zeit später klopfte es an der Tür und eine junge Frau, noch immer kreidebleich im Gesicht, kam hereingelaufen. *Dottoressa* Forin machte die beiden miteinander bekannt und dann hielt Paola ihr das *telefonino* hin. Die Stationsschwester begann schwer zu atmen und rief mit lauter Stimme aus: »Das ist der Mann.«

»Sie sind sich absolut sicher?«

»Sì, ich erkenne ihn an seinen Augen wieder. Das ist der Mann. Glauben Sie mir. Das ist er ...«

Paola bedankte sich bei ihr und bat sie, ihre Aussage auch bei der Questura abzugeben, damit alles seine Ordnung hat.

»Natürlich, wo muss ich hin ...«

Paola bat sie, mit ihrem Kollegen Assistente Carlo Mazzola zu sprechen, der vor der Tür des Dienstzimmers stand, damit er vorab ihre Personalien aufnehmen könne. Er würde ihr dann alles Weitere sagen. Die Stationsschwester verabschiedete sich und

ging nach draußen, wo Assistente Mazzola gerade mit telefonieren fertig war.
Dann widmete sich Paola noch einmal der Ärztin und fragte:

»Ich verstehe es richtig, Signor Castellani geht es nicht gut, eine Befragung zum jetzigen Zeitpunkt, wäre nicht nur unangemessen, sondern würde auch seine Gesundheit gefährden?«

Die Ärztin nickte und antwortete:

»Zum jetzigen Zeitpunkt ist es absolut unmöglich. Wir können so verbleiben, dass ich Sie informiere, sobald sich sein Gesundheitszustand so verbessert hat, dass ich es unter den gesundheitlichen Aspekten als richtig erachte.«

»Das hört sich perfekt an. Ich danke Ihnen vielmals. Ich rufe Sie nachher an und teile Ihnen mit, welche Beamten demnächst zur Bewachung eingeteilt werden. Die Beamten müssen sich vorher beim Dienstzimmer ausweisen, damit wir auf Nummer sicher gehen.«

Die Ärztin verstand, um was es ging.

»Ich gebe die Namen dann sofort auch an das Dienstzimmer des Pflegepersonals und sensibilisiere meine Mitarbeiter. Nur wer sich bei uns ausgewiesen hat, darf die Bewachung übernehmen!«, sagte sie nun bereits wieder mit einem Lächeln auf dem Gesicht.

»Wenn Sie lieber Verbrecher jagen wollen, ich nehme Sie sofort!«, war Paolas Antwort.

Paola legte der Ärztin noch einmal ihre Karte auf den Schreibtisch und verließ danach das Zimmer. Carlo Mazzola hatte indes alles Mögliche veranlasst, sowie die Personalien der Stationsschwester Elisa notiert, und einen Termin in der Questura mit ihr vereinbart, um ihre Zeugenaussage schriftlich zu bearbeiten.

»Commissario, soll ich erst einmal hierbleiben, bis der erste Beamte kommt, damit die Bewachung sofort beginnt und wir auf der sicheren Seite stehen? Sobald der Kollege kommt, fahre ich zur Questura, damit ich den Rest erledigen kann.«

»Wäre das möglich?«, fragte Paola.

»Natürlich, das mache ich gerne.«

»Wenn Sie das machen würden, wäre mir wohler. Danke, Carlo!«

Paola verabschiedete sich und ging schnurstracks zum Wagen. Wie gerne, wäre sie noch für einen Moment zu ihrem Mann gehuscht, aber sie bemerkte eine undefinierbare Unruhe in sich und wollte lieber auf dem schnellsten Weg zur Questura fahren.

Als sie ankam, informierte sie Maria und sie besprachen sich einen Moment. Danach rief sie bei Silvia Ponte an, um den Vice-Questore über die neuen Ereignisse zu informieren. Der Vice-Questore hörte sich alles an und zu Ihrer Zufriedenheit, stimmte er ihr in allen Punkten zu, sodass sie alle Beschlüsse bekam und keine langen diplomatischen Erklärungen abliefern musste, was ihr heute sehr entgegenkam. Wie sich herausstellte, war der Vice-Questore selbst auf dem Weg zu einem wichtigen Termin, wie ihr Silvia Ponte beim Herausgehen sagte.

»Glück muss man haben …«, meinte Paola bereits zum zweiten Mal in dieser Woche.

Silvia Ponte schenkte ihr als Antwort ein Lächeln und hielt den Daumen nach oben.

Paola beeilte sich zurück an ihren Schreibtisch zu kommen. Sie legte eine Excel-Tabelle an und trug alle wichtigen Fakten ein. Die Tabelle baute sie anhand der Daten auf, sodass sie eine Zeitschiene erhielt. Sie schrieb sich eine To-do-Liste mit Punkten auf, die dringend zur Aufklärung des Falles dienten, um sicherzugehen, dass sie nichts vergessen hatte. Ihr Blick fiel auf ihre Armbanduhr: *Was schon sieben?* Der heutige Arbeitstag war wie im Flug vergangen. Sie packte ihre Sachen zusammen und als sie aus ihrem Büro ging, stand auch ihre Kollegin Maria gerade von ihrem Schreibtisch auf und schaltete den PC herunter.

»Langer Tag!«, sagte sie mit müdem Gesicht.

»Allerdings! Sag einmal, kamen bislang noch keine brauchbaren Hinweise auf den heutigen Artikel, der in den Zeitungen stand?«

»Die üblichen Wichtigtuer, die als Erstes fragen, ob es eine Belohnung gibt. Noch nichts Konkretes …Ich bleib‘ dran. «

Dann verabschiedeten sie sich und Paola fuhr nach Hause. Als sie in die Einfahrt einbog, sah sie bereits ihren Mann und die Kinder. Sie hatten einen Korb mit frischen Blumen und bepflanzten einen Blumenkübel. Die vier verbrachten einen harmonischen und friedlichen Abend. Dieser Ausgleich war auch bitter nötig, denn die aktuellen Fälle, zerrten massiv an Paolas Seele.

22

Paola hatte den gestrigen Abend mit ihrer Familie sehr genossen und war gerade im Begriff das Haus zu verlassen. Ihr Mann Francesco steckte ihr eine Tüte mit einem *Panini* zu.

»Mein Schatz! Ich habe das Gefühl, dass dein Fall dir keine Zeit zum Essen lässt. Nimm es für alle Fälle mit und vergiss nicht abzubeißen«, sagte er mit einem liebevollen Blick.

»Du kennst mich nur zu gut. Die Fälle haben es in sich. Das arme kleine Mädchen, was für eine grauenvolle und sinnlose Tat, genau wie im Fall Baldini. Je mehr Hintergrundinformationen ich bekomme, desto fassungsloser bin ich. Jetzt sagst du gleich …«

»Du bist die Beste deines Fachs. Ich sage gar nichts. Als dein persönlicher Arzt und Ehemann sollst du dein Wohl nicht aus den Augen verlieren.«

Paola wollte etwas antworten, doch er kam ihr dazwischen: »Weil ich dich liebe.«

Zärtlich schmiegte sie sich an Francesco und gab ihm einen Kuss, dann ging sie los und machte sich auf den Weg. Der Weg zur Questura dauerte heute länger als gewöhnlich. Ein Laster hatte seine Fracht verloren, sodass die Aufräumarbeiten den Verkehr lahmlegten. Paola rief bei ihrer Kollegin an und sagte Bescheid. Als sie dann endlich in der Questura ankam, ging sie schnurstracks in ihr Büro.

Kaum, dass sie saß, klopfte es an ihrer Tür.

Maria steckte den Kopf herein.

»Hast du Zeit?«

»Ja, ich muss zwar noch etwas recherchieren, aber das kann ich auch später machen. Was hast du für mich?«, fragte Paola.

»Hier steht ein Ehepaar. Sie haben die Zeitung von gestern in der Hand und wollen etwas dazu sagen. Sie sprechen kaum Italienisch. Es scheint aber wichtig zu sein ...«

Paolas Neugier war nicht nur geweckt, sie ließ alles stehen und liegen und lief Maria entgegen. Am Tresen des Eingangsbereichs stand ein Paar, sie schätzte beide so um Ende dreißig. Die Frau sah sehr mitgenommen aus, ihre rot verweinten Augen waren unübersehbar. Sie hatte lange pechschwarze Haare, die sie zu einem Zopf geflochten hatte. Die Kleidung, die beide trugen, war zwar sauber und ordentlich, aber man sah ihnen an, dass sie nicht unbedingt auf der Sonnenseite des Lebens standen. Paola ging auf Sie zu und begrüßte zuerst die Frau mit einem freundlichen Handschlag, danach den Mann. Sie versuchte die beiden anzusprechen und bemerkte sofort, dass sie kaum Italienisch konnten. Paola überlegte, wie sie helfen könne und bat die beiden erst einmal in ihrem Büro Platz zu nehmen. Dann nahm sie ihr *telefonino* zur Hand und wählte.

»*Pronto!* Hier ist Commissario Rossi, mir sitzt ein Paar gegenüber, die gerne eine Aussage machen wollen, aber sie sprechen kaum Italienisch, habt Ihr einen Dolmetscher im Haus, der vorbeikommen kann?« Die Augen des Paares schauten Paola Hilfe suchend an. Sie versuchten sich einen Reim darauf zu machen, was die Polizistin am Telefon sagte, ihre Unsicherheit war spürbar.

»Ich versuche zu fragen? Einen Moment bitte …«, Paola sprach die beiden an.

»*Croato*?«, dabei machte sie eine Handbewegung, die zum Mund führte und bewegte ihre Lippen, als würde sie sprechen. Der Mann schaute sie verdutzt an und bewegte seine Schultern, so als würde er sagen, ich weiß nicht, was Sie wollen …

»Nein, aus Kroatien sind sie nicht«, sagte Paola ins *telefonino.*

Paolas Ehrgeiz war angetrieben, sie musste herausfinden, von wo sie herkamen. Nach der fünften Verneinung fragte sie ihn:

»*Albanese*?«

Der Mann sprang auf und rief laut aus:

»*Sì, Albanese …Sì, Sì*!«

Paola hätte fast nicht mehr damit gerechnet, in absehbarer Zeit zum Ziel zu gelangen. Sie nahm das Telefon und sagte:

»Ich habe es herausgefunden, habt ihr jemanden im Haus, der Albanisch spricht? Ja, perfekt, wir warten.«

Sie suchte sich ein Übersetzungsprogramm und tippte den folgenden Satz hinein:

»Es kommt ein Dolmetscher, bitte haben Sie einen Moment Geduld.«

Freudestrahlend stand der Mann vom Stuhl auf, drückte Paolas Hände und sagte immer und immer wieder:

»*Grazie!*«

Paola bat Maria *caffè* und Wasser zu besorgen und kurze Zeit später kam Maria mit einem Tablett in das Büro und stellte die Getränke vor dem wartenden albanischen Paar ab.

Nach weiteren zwanzig Minuten klopfte es an Paolos Tür und der Dolmetscher trat ein.

»*Buongiorno*, mein Name ist Commissario Paola Rossi. Dieses Paar spricht kein Italienisch, so wie es scheint, haben sie wichtige Informationen, in einem bisher ungeklärten Mordfall eines kleinen Mädchens.«
Der Dolmetscher reichte Paola die Hand und stellte sich als Stefano Moro vor. Dann drehte er sich zu den beiden wartenden Zeugen um und begann sie ebenfalls zu begrüßen. Danach sagte er zu Paola:

»Das sind die Eheleute, Leonora und Tarik Cela. Sie kommen aus einem kleinen Dorf in Albanien und haben in der Zeitung etwas wiedererkannt.«
Paola nickte den beiden zu und meinte zum Dolmetscher:

»Sagen Sie Ihnen, ich möchte die Befragung im Verhörraum abhalten, dann kann ich die Befragung aufzeichnen. Das ist wichtig.«

Er übersetzte alles.

Leonora und Tarik standen von ihren Stühlen auf und nickten Commissario Rossi zu. Sie liefen gemeinsam zum Verhörraum, ihre Kollegin Ispettore Maria Nero kam mit hinzu. Paola entschuldigte sich für einen kurzen Moment und rief vom Flur aus, ihren Mann an.

»*Ciao*, hier ist Paola, Francesco, es wird heute spät bei mir. Meine Termine sind gerade nach hinten verschoben, da wichtige Zeugen gekommen sind…«

Sie erzählte ihm, was sich zugetragen hatte und hauchte zum Abschied einen Kuss ins *telefonino*, dann huschte sie in den Verhörraum zurück und die Befragung begann.

23

Fatmire lag auf dem kalten Boden des Kellers und wimmerte leise vor sich hin. An dem Tag, als ihre kleine Freundin, leblos, am Boden lag und der böse Mann sie hochhob und wegschleppte, begann ein weiterer Albtraum für die Kinder.

Die Kleine wusste nicht, wie viel Zeit verging, da sie bereits viel zu lange eingesperrt lebte, doch an diesem Tag herrschte auf einmal hektisches Treiben. Die Kinder wurden angeschrien, sie mussten aus ihren Betten springen. Dann wurden ihre Augen verbunden, man brachte sie zu einem großen Laster, in denen sie wie Vieh einfach hineingestoßen wurden. Als der Laster losfuhr, wirbelten die Kinder im Inneren des Lasters wie wild durcheinander. Einige begannen zu weinen, etliche verletzten sich, doch das war den Männern egal. Sie fuhren mit einem Affenzahn die Straßen entlang. Nach einer guten halben Stunde endete die Fahrt, der Laster stoppte, die Kinder wurden mit Gewalt aus dem Laster gezogen, die Augenbinden wurden erneut angelegt und man brachte sie in ein düsteres, abgelegenes altes Gebäude.

Als die Kinder dort ankamen, mussten sie eine Treppe nach unten nehmen. Sie wurden in einem Raum hineingepfercht. Es gab weder Betten noch Matratzen. Sie setzten sich auf den kalten und modrig riechenden Boden des Kellers. Nach einigen Tagen wurden viele Kinder krank und fantasierten, weil sie Fieber hatten. Zu Hilfe kam niemand. Die Kinder waren ihrem Schicksal ausgeliefert. Es standen mehrere Eimer mit Wasser in einer Ecke, die Kinder konnten nicht ahnen, dass die Männer nicht mehr zurückkommen würden, nun, da es ein Opfer gab. So tranken sie die ersten Tage viel zu viel vom Wasser, weil sie nicht wussten, dass es keinen weiteren Nachschub geben würde. Die Tage vergingen und mittlerweile ahnten die Kinder, dass sie aus diesem Keller nicht mehr lebend herauskommen würden und teilten sich das restliche Wasser ein. Ihre Notdurft verrichteten sie in einer Ecke. Eine Toilette gab es nicht. Im Raum stank es nach Exkrementen, nacheinander wurden die Kinder krank. Einige rangen bereits mit dem Tode.

Fatmire umschloss ihre Finger und fing zu beten an, Gott, möge ihr einen sanften Tod schenken. Dann fielen ihr die Augen vor Erschöpfung zu.

24

Im Verhörraum begann die Befragung der Eheleute Leonora und Tarik Cela. Das Aufnahmegerät war eingeschaltet und Commissario Paola Rossi begann:

»Signora und Signor Cela, Sie sind heute zu uns gekommen, um uns etwas zu berichten. Was wollen Sie uns sagen? Hat es etwas mit der Schlagzeile der Zeitung zu tun?«

Der Dolmetscher Signor Moro übersetzte.

Als er mit der Übersetzung fertig war, begann die eben noch ruhige Leonora Cela hektisch zu werden und sprach voller Aufregung. Ihr Mann hatte keine Chance, etwas dazu zu sagen. Gleichzeitig nahm sie die Zeitung vom gestrigen Tag in die Hand und zeigte mit dem Finger auf das Bild der Kleidungsstücke.

Paola ahnte, dass die Frau etwas wiedererkannt hatte. Gleichzeitig spürte Paola, dass Leonora nicht die Mutter Antonias war. Paolas Vermutung war daher, dass es sich um ein Kleidungsstück eines anderen Kindes handelte? Womöglich dem Kind der Eheleute? Sie wartete gespannt auf die Übersetzung.

»Signora Cela hat das T-Shirt wiedererkannt. Wie Sie sehen, ist dort ein kleiner Vogel eingestickt, das hatte Signora Cela selbst gemacht. Es besteht kein Zweifel. Es ist das T-Shirt ihrer kleinen Tochter Fatmire. «

Paolas Vermutung bestätigte sich also. Jetzt wollte sie weitere Hintergründe zum Verbleib der Tochter von den Eheleuten wissen.

Die nächste halbe Stunde erzählten die Eheleute, was sich im letzten Jahr zugetragen hatte. Sie begannen beim Geschäftstermin, als sie ihre Tochter während dieser Zeit bei der Schwester des Mannes ließen. Vom angeblichen Unfalltod ihrer Tochter, dem belauschten Gespräch der Mutter zweier Männer, und der Vermutung, dass die kleine Fatmire offenbar gefangen gehalten wurde in Italien; und zur Prostitution gezwungen wurde. Als Paola diesen erschütternden Bericht der beiden vernahm, bekam sie Gänsehaut.

Dieser Fall nahm derartige Ausmaße an, dass Paola wusste, sie würde ihn an die Spezialeinheit der Polizei ›*Scico*‹ abgeben müssen.

Paola fragte, wo die Eheleute sich jetzt aufhalten, damit sie sie kontaktieren könne. Die Antwort war niederschmetternd.

»Das Ehepaar hat kaum mehr Geld. Sie schlafen in ihrem Auto.«

Sofort schoss Paola ein Gedanke in ihren Kopf und sie bat die Beteiligten für einen Moment zu warten. Sie ging nach draußen und wählte die Nummer von Mario Angelo.

»*Ciao,* Paola, was verschafft mir die Ehre?«

Paola erzählte ihm etwas und fragte dann:

»Du hattest mir erzählt, dass ein Freund von dir Unterstützung und Hilfe beim Bau seines Hauses benötigt. Ich habe da vielleicht eine Idee …«

Nach weiteren zehn Minuten kam Paola in den Verhörraum zurück und bat den Dolmetscher, das Folgende zu übersetzen:

»Ich habe, ihr Einverständnis vorausgesetzt, eine Arbeit und eine Unterkunft für Sie …«

Paola wusste, dass dieser Vorschlag hart an der Legalität schabte, doch sie konnte das Leid der beiden nicht einfach ignorieren. Sie würde auch dafür eine Lösung finden.

Als der Dolmetscher mit dem Übersetzen fertig war, antworteten beide freudestrahlend und Paola war sich sicher, dass sie ihren Vorschlag annehmen würden.

So war es.

Paola besprach alles Weitere mit dem Dolmetscher und bat ihn, die Eheleute zu begleiten. Sie übergab ihm eine Adresse und ging dann zu ihrem Schreibtisch, um ihr Portemonnaie herauszuholen, doch der Dolmetscher winkte entschieden ab. Das würde er gerne tun. Er möchte auf keinen Fall Geld dafür haben. Er begleitet die beiden zu Paolas Bekannten und erst wenn alles erledigt sei, würde er gehen.

Paola ging auf die Eheleute zu, nahm die Hand von Leonora und sagte: »Ich gebe Ihnen mein Wort, wir unternehmen alles, um Ihre Tochter zu befreien. «

Bevor der Dolmetscher das Gesagte fertig übersetzt hatte, schlang Leonora bereits ihre Arme um Paola und Tränen füllten ihre Augen. Dann sagte sie etwas auf Albanisch, was der Dolmetscher übersetzte:

»Commissario, Sie sind ein Engel. Wir vertrauen Ihnen, dass Sie unser Kind wieder bringen. Gott möge Ihnen immer zur Seite stehen.«

Sichtlich gerührt schaute Paola die beiden an.

Sie übergab ihre Karte und wünschte Ihnen alles Gute. Nachdem die Eheleute den Verhörraum verlassen hatten, ging Paola zurück in ihr Büro. Mittlerweile war es bereits früher Nachmittag. Sie wollte sich gleich auf den Weg zur verfallenen Lagerhalle aufmachen, bevor es dunkel wurde. Den Beschluss hatte sie bekommen und jetzt rief sie bei der Spurensicherung an, um sich abzusprechen. Hoffentlich fanden sie brauchbare DNA oder andere wichtige Informationen. Sie ging zu Ispettore Nero und rief von dort aus bei der Spurensicherung an. Die Spurensicherung konnte sich in der nächsten Stunde auf den Weg machen. So beschloss Paola, mit Maria in der Außenstelle zu verschwinden.

Was sagte ihr Mann, erst heute Morgen zu ihr? Ja, sie wollte an ihr eigenes Wohl denken.

25

Dottoressa Forin saß an ihrem Schreibtisch und arbeitete zahlreiche Unterlagen ab, als es an der Tür des Arztzimmers klopfte. Eine Krankenschwester hatte eine Frage. Sie bat sie hereinzukommen.

»*Dottoressa* Forin, gerade eben war ich im Zimmer von Signor Castellani, er will dringend mit Ihnen sprechen.«

»Geht es ihm schlechter?«

»Nein, ich glaube, er will seine Seele erleichtern.«

Dottoressa Forin glaubte zu wissen, was er wollte, legte die Sachen beiseite und lief zum Krankenzimmer des Patienten. Sie klopfte an dessen Tür und trat hinein.

»Signor Castellani, Sie wollen mich sprechen? Was kann ich für Sie tun?«

Man sah ihm an, dass die jetzige Situation für ihn peinlich und unangenehm war, denn nicht nur, dass die Ärztin um einiges jünger war, als er. Er ahnte auch, aufgrund ihres Auftretens wie ehrlich, aufrichtig und anders sie im Gegensatz zu ihm war. Doch in seinem Inneren beschlich ihn das Gefühl, dass seine gesundheitlichen Beschwerden darin begründet lagen, dass seine Seele stark belastet war.

»*Signora Dottoressa,* ich muss Sie etwas fragen. Verhindert seelischer Druck die Genesung?«

Die Ärztin begriff, was er damit meinte und sagte in einem ruhigen und freundlichen Ton:

»Gewiss. Sobald Sie bewusst erkennen, dass es etwas in ihrem Leben gibt, was sie vielleicht falsch entschieden haben, dann belastet es ihre Seele. Es kann dazu führen, dass ihre Genesung ins Stocken gerät. Wollen Sie mir etwas zu ihrem Arbeitskollegen sagen? Signor Baldini? Oder sollen wir Commissario Rossi anrufen, möchten Sie mit ihr sprechen? Ich frage Sie jetzt ganz direkt, haben Sie vor etwas oder jemandem Angst?«

Seine Atmung beschleunigte sich, ihn überkam ein Gefühl der Angst, er begann zu zittern. Mit gebrochener Stimme sagte er kleinlaut: »Ja, ich habe Angst um mein Leben. Ich habe etwas wirklich Dummes gemacht. Ich schäme mich so sehr.«

Er schaute sie an. Verzog sie ihr Gesicht oder würde sie etwas sagen, aus dem man ihre Verachtung ihm gegenüber heraushörte? Doch nichts von alledem passierte, sie schaute ihn weiterhin freundlich und zugewandt an. Emilio Castellani nahm noch einmal all seinen Mut zusammen und stellte die Frage, die ihn so sehr beschäftigte:

»*Dottoressa* Forin, wie soll ich es nur sagen …«, er stotterte, doch als er sah, dass die Ärztin ihn ermunterte weiterzusprechen, sagte er: »Glauben Sie, dass Commissario Rossi mein Leben beschützen wird, obwohl ich einst so egoistisch gehandelt habe. Begreift Commissario Rossi die gewaltige Dimension des kriminellen Ausmaßes, von dem selbst ich nur teilweise Bescheid weiß. Sie ahnt, dass es um etwas ganz Fürchterliches geht, oder? «

Sie ließ seine Fragen sacken, nickte mit ihrem Kopf, wählte die Worte in ihrem Kopf sorgsam aus und antwortete schließlich:

»Ich habe Commissario Rossi erst vor ein paar Tagen kennengelernt, meine Menschenkenntnis sagt mir, sie ist eine aufrichtige, ehrliche und vertrauensvolle Polizistin. Die Art und Weise, ihres Vorgehens, lässt den Schluss zu, dass sie ein gegebenes Versprechen einhält. Ihr Gespür, Signor Castellani, ist meines Erachtens richtig. Sie ahnt, dass es hier um sehr viele schlimme und grauenvolle Straftaten geht. Sie ging nicht ins Detail, aber ich glaube, sie vermutet organisierte Kriminalität und möchte Sie ermutigen, darüber auszusagen. Mein Eindruck ist, dass Commissario Rossi weiß, welcher Gefahr Sie ausgesetzt sind. Ihr Bestreben ist es, Sie auf alle erdenkliche Art und Weise, zu beschützen. Ich bin sicher, sie weiß, was sie tut. Sie wirkt auf mich unbestechlich und der Gerechtigkeit verpflichtet. Beantwortet das ihre Fragen?«

Signor Castellani nickte ihr zu und antwortete:

»Mehr, als ich zu hoffen wagte. Sie bestätigen mein Gefühl. Von Commissario Rossi geht so etwas Ehrliches und Sicheres aus. Sie vorverurteilt nicht, sondern bildet sich ihre eigene Meinung …«, dann hielt er inne.

Spontan fragte die Ärztin ihn:

»Was bedrückt Sie? Es geht nicht nur um Sie? Habe ich recht?«

Überrascht schaute er Sie an.

Mit einem Mal sprudelten die Sätze nur so aus ihm heraus:

»Sie haben recht. Es geht nicht darum, dass ich nur Angst um mein eigenes Leben habe. Diese Leute, auf die ich mich fälschlicherweise eingelassen habe, wissen, dass ich eine Tochter und ein Enkelkind habe. Momentan hoffe ich, dass sie und mein Enkel in Sicherheit sind, aber ich habe sie nicht erreichen können seit dem Tag des brutalen Überfalls. Mein Herz ist so schwer. Wissen Sie, dass Gianni sterben musste, ist …«, er fing zu schluchzen an. Die Tränen schossen unaufhörlich aus seinen Augen. Sein Gesicht war durchtränkt von Tränen und Schmerz. Er machte sich mächtige Vorwürfe.

Dottoressa Forin nahm ein Taschentuch zur Hand, gab es Signor Castellani, setzte sich an sein Bett und hörte ihm zu.

Nachdem Emilio Castellani sein Herz ausgeschüttet hatte, war er bereit, sein Wissen mit Commissario Rossi zu teilen und sich mit ihr in Verbindung zu setzen.

Alessandra Forin ging zur Tür, öffnete sie und sprach mit dem diensthabenden Wachmann. Dann eilte sie in das Ärztezimmer, suchte nach der Visitenkarte von Commissario Rossi und rief bei ihr an.

»*Buona sera*, Commissario Rossi, hier spricht *Dottoressa* Forin. Gerade eben habe ich mit Signor Castellani gesprochen, er will dringend eine Aussage machen …«

26

Paola erhielt den Anruf von Dottoressa Forin im Café. Sie überlegte nicht lange, sagte der Ärztin zu, obwohl sie sich gleich auf den Weg zur Lagerhalle machen wollte. Maria schaute sie mit großen Augen an, weil sie sich keinen Reim auf das soeben geführte Gespräch von Paola machen konnte. Als sie jedoch hörte, dass Signor Castellani eine Aussage machen wollte, verstand Maria die Dringlichkeit sofort. Womöglich konnte Signor Castellani nicht nur wichtige Informationen liefern, sondern kannte auch den Mörder von Signor Baldini. Die Frauen teilten sich auf. Während Maria ihren Freund und Kollegen Carlo informierte, telefonierte Paola mit der Spurensicherung und bat den Termin auf später zu verschieben, da sie unbedingt dabei sein wollte. Doch Salvatore Torri meinte, er könne sie zwar verstehen, doch falls es Spuren geben sollte, wäre es wichtig nicht noch weitere Zeit zu verlieren. Das leuchtete Paola ein. Die Spurensicherung würde sich ohne Paola auf den Weg machen, aber sie könne versichert sein, dass sie nichts übersehen werden. Nachdem Paola aufgelegt hatte, gab sie Maria diese Information, die erneut bei Assistente Mazzola anrief, um ihn zu bitten, sich der Spurensicherung anzuschließen. Er willigte sofort ein und als Maria auflegte, meinte Paola: »Das ist eine gute Idee! Prima! Carlo denkt, handelt und fühlt wie wir. Da habe ich ein besseres Gefühl und er wird uns alles genauestens erzählen. Na komm, lass‘ uns losfahren …«

Sie bezahlten fix und machten sich auf den Weg zum Krankenhaus. Als sie im Flur der Abteilung ankamen, statteten sie zuerst der Ärztin einen Besuch ab. Die drei Frauen gingen gemeinsam zu Signor Castellani und die Befragung begann.

»Signor Castellani, ich freue mich, dass Sie sich dazu entschlossen haben, mit uns zu sprechen. Ich verspreche Ihnen, wir haben Erfahrungen damit und werden Sie beschützen …«

Paola erklärte ihm die Vorgehensweise und dann ging es los. Maria hatte ihr Diktiergerät dabei und nahm die Befragung auf.

Signor Castellani begann zu erzählen, wie alles anfing …

Als seine Frau, vor nunmehr fünf Jahren, an einer seltenen Krankheit verstarb, brach seine Welt zusammen. Seine Tochter lebte noch zu Haus, daher ließ er sich nicht komplett gehen. Doch sie zog aus, heiratete und seine Einsamkeit wuchs.

Es zog ihn in Bars und schließlich landete er in einem Casino. Eins kam zum anderen und ehe er begriff, was mit ihm passierte, war er bereits ein Spieler. Es verging kein Tag, an dem er nicht spielte. Anfangs hatte er noch einiges Erspartes, doch dann geriet er in einen immer größeren Strudel, der ihn schließlich ins Verderben stürzte. Er lernte im letzten Jahr einen Spieler kennen, der mit ihm gemeinsam an einem Poker Tisch saß. Als Emilio Castellani eine nicht endende Pechsträhne hatte, sprach dieser Mann ihn an und ehe sich Emilio versah, stand er in dessen Abhängigkeit. Sein Aufgabengebiet in der *Guardia di Finanza* war für den anderen der springende Punkt und genau deshalb hatte er ihn ausgewählt. Doch all dies bemerkte Emilio Castellani erst, als es zu spät war und er mit seinen eigenen Handlungen in einem Dickicht aus Kriminalität verstrickt war.

Wie sollte er dem Ganzen entkommen?

Der sinnbildliche Strick legte sich unaufhörlich weiter um seinen Hals und er drohte zu ersticken. Er hätte reinen Tisch machen sollen, doch er sah keinen Ausweg, so blieb er bis vor einigen Wochen dem eingeschlagenen Kurs treu.

Bis sein Freund Gianni Baldini ihn damit konfrontierte. Er redete ihm ins Gewissen. Er wollte ihm helfen, er glaubte an ihn.

Emilio Castellani vertraute sich ihm an.

Sie redeten viel an diesem Abend. Gianni Baldini kannte einen Freund aus der Studienzeit. Er verriet nur so viel, dass er ihm blind vertraute und für Emilios Sicherheit sorgen könne. Hatte er anfangs noch Zweifel seinem Leben eine neue Wendung zu geben, so gaben ihm die Worte von Gianni Baldini Kraft und er wollte sich den Dämonen stellen. Die oberste Priorität für Emilio Castellani war seine Tochter und sein Enkelkind. Gianni musste ihm in die Hand versprechen, dass sein Freund beide beschützen würde. Gianni Baldini versprach, mit seinem Freund am nächsten Tag zu sprechen, weil er am übernächsten Tag zu einer Geschäftsreise nach Rom aufbrechen musste. Er legte bei der Verabschiedung seine Hand auf Emilios Schulter, sah ihm tief in seine Augen und sagte mit kräftiger Stimme:

»Emilio, es gibt immer einen Ausweg. Solange wie du dich fügst, gerätst du nur weiter in einen Sumpf von Kriminalität und in die Abhängigkeit dieser Verbrecher. Kämpfe dagegen und werde frei! Ich werde für dich da sein und mein Freund aus Studientagen, wird dir einen Weg in eine neue Zukunft ebnen. Mach Schluss mit dieser Phase deines Lebens. Denk an deine Tochter und deinen Enkel. Sie lieben dich und vertrauen dir. Sie brauchen dich.«

Gianni Baldini verließ seine Wohnung und machte sich auf den Heimweg.

Es war das letzte Mal, dass er ihn sah…

Als Emilio Castellani an diesem Punkt seiner Erzählung angekommen war, schloss er für einen kurzen Moment seine Augen. Seine Betroffenheit, seine Trauer und seine Hilflosigkeit waren ihm deutlich anzusehen. Er fühlte sich schuldig am Tod seines Kollegen, einem Menschen, der für seine Fehler mit dem Leben bezahlt hatte und auf grauenvolle Art und Weise aus dem Leben gerissen wurde.

Paola ließ einen Moment Pause entstehen und fragte dann:

»Signor Castellani, wissen Sie, wer der Freund aus Studientagen sein könnte? Haben Sie eine ungefähre Ahnung? Hat Signor Baldini eventuell in einem anderen Zusammenhang einmal von einem Freund erzählt oder haben Sie bei einem Fest der Baldinis jemanden kennengelernt?«

Seine Augen bewegten sich und man sah ihm an, wie er überlegte, zuerst schüttelte er den Kopf, führte dann aber seine Hand zum Mund und runzelte die Stirn, und meinte zaghaft:

»Ich bin mir nicht sicher. Auf privaten Festen war ich nicht, aber wir hatten uns einmal über Segelboote unterhalten, nageln Sie mich jetzt nicht fest. Meiner Ansicht nach erwähnte er, dass er schon seit seiner Studienzeit mit einem Freund segeln kennen und lieben gelernt hatte. Er erzählte eine Anekdote und in diesem Zusammenhang fiel der Name: Attilio, aber ob dies der Freund ist, um den es geht, das weiß ich nicht. Ich kenne nicht seinen Nachnamen. Mein Gott, wenn ich doch nur aufmerksamer gewesen wäre …«

Paola beschwichtigte ihn und antwortete:

»Das ist doch ein hilfreicher Tipp! Dem gehen wir nach.«

Sie drehte sich zu Maria um, die bereits in ihrem Notizblock den Vermerk Attilio schrieb, dahinter den Zusatz: Sohn Baldini fragen.

»Bevor ich Ihnen weitere Fragen stelle, wir haben die Phantomzeichnung eines Mannes, der im Zusammenhang mit dem ungeklärten Mordfall an einem kleinen Mädchen steht. «

Bei diesem Satz geriet Signor Castellani in Aufregung. In seinen Augen sah man die schiere Angst hochkriechen, seine Gesichtszüge veränderten sich augenblicklich. Seine Stimme wurde laut und schrill, als er antwortete:

»Ein unschuldiges Kind!«

Paola erschrak unerwartet, weil sie spürte, wie sehr Signor Castellani seine Fehlentscheidung bereute. Als er erkannte, worauf er sich eingelassen hatte und er es rückgängig machen wollte, war es bereits zu spät. Sie holte ihr *telefonino* aus der Tasche, suchte nach dem Bild, trat an das Bett von Signor Castellani und zeigte es ihm.

Seinem Gesichtsausdruck zufolge erkannte er ihn sofort, doch sie wartete auf seine Antwort.

»Das ist der Mann, der mich beim Pokerspiel angesprochen hat«, er machte eine Pause, bevor er weitersprach. »Am Anfang war er freundlich, und wie ich dachte, hilfsbereit. Ehe ich mich versah, steckte ich in seinen Machenschaften fest. Vor zwei Monaten sollte ich eine weitere Lagerhalle auf meinem Namen anmieten, ich weigerte mich. Er schlug mich brutal zusammen und schärfte mir eindringlich ein, wenn ich auch nur ein einziges Wort darüber verlieren würde, dann würde er sich meine Tochter und meinen Enkel schnappen. Als er dann erzählte, was er mit ihr und dem Kleinen vorhat, habe ich in alles eingewilligt. Es war derart perfide, obszön und widerlich. Seit dieser Zeit bekomme ich die Bilder nicht mehr aus meinem Kopf. Es ist ein brutaler, widerlicher und ekelerregender Mensch und seine Fantasien, die er von sich gab, scheint er nicht nur in seinem Kopf auszuleben.« Dann sagte er mit Nachdruck: »Dem traue ich alles zu.«

Paola ahnte, wie der Mann es geschafft hatte, Signor Castellani in seine Fänge zu holen. Emilio Castellani war das perfekte Opfer.

»Signor Castellani, ich entnehme Ihren Ausführungen, dass Sie sich gut vorstellen können, dass dieser Mann auch etwas mit dem Tod des kleinen Mädchens zu tun haben könnte?«

»Leider. Ja!« Betroffenheit spiegelte sich in seinem Blick wider.

»Kennen Sie seinen Namen?«

»Igor!«

»Igor?«, wiederholte Paola. Sie kombinierte und fragte: »Ist dieser besagte Igor ein Russe?«

Emilio Castellani nickte: »Ich glaube schon. Er spricht mit Akzent. Ich vermute, er ist Russe.«

»Haben Sie noch andere Männer durch ihn kennengelernt?«

»Kennengelernt, wäre zu viel gesagt. Vor etwa vier Monaten trafen wir uns. Er kam in einer Luxuslimousine vorgefahren. Im Fond saß ein Mann. Er sah aus wie ein Geschäftsmann, mit Anzug und Krawatte. Ich dachte noch, was hat denn so ein gepflegter und wohlsituiert wirkender Mann mit Igor zu tun? Da lagen Welten dazwischen.«

»Können Sie ihn beschreiben? Womöglich könnten wir eine Phantomzeichnung erstellen.«

»Einen Versuch ist es wert«, meinte Signor Castellani.

Ispettore Maria Nero schrieb eifrig einige Stichpunkte auf, die sie später oder am Montag in der Questura bearbeiten wollte.

Paola sprach ihn nun auf die Lagerhalle an:

»Unter welchem Vorwand sollten Sie die Lagerhalle anmieten?«

Emilio Castellani räusperte sich:

»Angeblich wollte Igor ein online Geschäft aufziehen. Ich habe es geglaubt. Eigentlich hätte ich ahnen müssen, dass etwas nicht stimmt, aber ich habe es verdrängt«, sagte er entschuldigend.

»Wann wurde Ihnen klar, dass diese Lagerhalle für kriminelle Zwecke genutzt wurde?«

»Das war vor zwei Monaten, als Igor mich das erste Mal brutal zusammenschlug. Da fing meine Skepsis an.«

Paola bemerkte, dass Signor Castellani mehr wusste, als er sagte. Offenbar wog er ab und überlegte, welches Strafmaß ihm durch seine Mitwisserschaft blühen könnte.

Emilio Castellani zögerte weiterzusprechen, doch dann entschied er sich, alles, was er wusste, auszusagen. Ja, er hatte mit Konsequenzen zu rechnen, doch es gab bereits zwei Opfer zu beklagen, die er, so empfand er es, mit auf sein Gewissen geladen hatte.

»Commissario, ich bin wahrlich nicht stolz auf meine Taten und daher werde ich Ihnen alles sagen, was ich weiß …«

Er berichtete ihr, dass er eigene Nachforschungen angestellt hatte. Diese erstreckten sich darauf, dass er an mehreren Abenden aus sicherer Entfernung, mit einem Fernglas bestückt, die Lagerhalle bewachte. Am vierten Abend wurde er belohnt. Durch das Fernglas konnte er sehen, wie mehrere Transporter vor der Lagerhalle vorfuhren. Nach etwa zwanzig Minuten ging die Tür der Lagerhalle auf, Dutzende Kinder in festlicher Kleidung, zurechtgemacht wie Erwachsene, wurden von Wärtern in die Transporter geschleust. Wie er erkennen konnte, trugen die Kinder Augenbinden. Nach und nach fuhren die fünf Transporter los. Seiner Einschätzung nach musste es sich um etwa fünfzig Kinder gehandelt haben. Mutig fuhr er hinter dem letzten Transporter hinterher, hielt einen sicheren Abstand, um nicht entdeckt zu werden. Als der Transporter in einer Straße abbog, blieb er mit dem Wagen stehen, stieg aus und lief den restlichen Weg zu Fuß. Die Transporter standen an einer hochherrschaftlichen Villa. Die Kinder wurden hineingeführt und kamen erst einmal nicht wieder heraus. Als er vorsichtig um das Haus herum ging, sah er, etliche Fahrzeuge dort stehen, eines luxuriöser als das andere. Mit einem Mal begriff er, was mithilfe seiner Mitwirkung dort passierte. Ein Schauer erfasste ihn. Er lief zu seinem Wagen zurück, wartete eine

Stunde, bis die erste Luxuslimousine vom Haus wegfuhr. Er schlich erneut aus seinem Wagen und lief zur Villa, hinter einigen Büschen hatte er gute Sicht und sah, wie nach und nach weitere gut gekleidete Männer, sichtlich aufgewühlt und alkoholisiert, aus der Villa traten. Nach einer weiteren Stunde wurden die Kinder tragend aus der Villa gebracht, in die Transporter verfrachtet und wieder zur Lagerhalle gebracht. Er hatte sich leider nicht die Kennzeichen der Luxuslimousinen aufschreiben können, aber die Kennzeichen, von vier der Transporter. Einige Tage später stand dann sein Arbeitskollege Gianni Baldini vor seiner Tür. Als Gianni ihm versicherte, dass er ihm helfen wolle, fing er an, mit ihm zu sprechen. Allerdings erzählte er ihm nur, dass er etwas vermutete. Zum einen schämte er sich, aber er hatte auch Angst, ihn in etwas hineinzuziehen. Sie hatten verabredet, dass er sich am 16. Juli mit ihm und seinem Studienfreund treffen wollte, da er vorher in Rom zu einem Geschäftstermin unterwegs war. Dann stockte er:

»Dazu ist es nicht mehr gekommen!«

Paolas Befürchtungen bestätigten sich. Es ging um eine organisierte Bande, deren Geschäftsmodell darin bestand, kleine Mädchen an Männer in der Oberschicht für sexuelle Handlungen anzubieten. Ihr wurde speiübel bei diesem Gedanken. Sie vermutete, dass Igor derjenige war, der damals in Russland für die Entführung der zwölf Mädchen verantwortlich war. Wahrscheinlich bot man ihm dann in Italien eine Stelle in dieser ominösen Bande an und daher endeten die Entführungen kleiner Mädchen vor einem Jahr in Russland. Es ergab alles einen Sinn. Hatte dieser Igor mitbekommen, dass Gianni Baldini zu Emilio Castellani ging? Musste er ihn deshalb aus dem Weg räumen lassen? Weitere Fragen schossen Paola in den Kopf.

»Noch eine Frage, wie kam Signor Baldini überhaupt darauf, Sie anzusprechen. Er hatte einige Unterlagen in einem Geheimversteck bei sich zu Hause. Aufgrund deren fing er offenbar an, Nachforschungen anzustellen. Hat er Ihnen erklärt, wie er auf Sie kam?«, fragte Paola.

»Es fing mit dem Wasserschaden in Giannis Büro an. Ich war auf unbestimmte Zeit krank. Mein Büro stand leer. Gianni sollte daher vorübergehend, bis sein Büro wieder in Ordnung sei, meine Büroräume nutzen. Als er meine Unterlagen in Kisten packte, um seine Ordner ins Regal zu stellen, fiel offenbar etwas herunter. Er bückte sich und musste das Regal etwas bewegen, da fand er die Akte, die ich versteckt hatte. Damit fing alles an. Die Blätter fielen heraus und so, wie er sagte, hatte er alle Blätter bereits zusammengetragen und wollte sie in die Akte packen, als er zufällig etwas las; und plötzlich stutzte. Sie müssen wissen, er ist …«, dann verbesserte er sich, »er war ein intelligenter Mensch, jedem anderen wäre nichts Ungewöhnliches aufgefallen. Doch er sah sich dann diese Akte genauer an …«

»Ich verstehe«, antwortete Paola. »Hat er Ihnen gesagt, dass er, außer mit seinem Freund aus

Studienzeiten, mit einer weiteren Person darüber gesprochen hat.«

»Bis zu seinem Besuch bei mir, hatte er mit niemandem darüber gesprochen. Das sagte er zu mir. Er wollte erst einmal wissen, was ich damit zu tun habe. Ich bin mir sicher, dass er mit keinem darüber gesprochen hatte. Was bei dem Gespräch mit diesem Attilio herauskam, weiß ich nicht, denn bevor wir uns treffen konnten landete ich erneut im Krankenhaus. Und dann erwischte es Gianni …«

»Mmh …«, Paola überlegte. »Glauben Sie, dass Igor, Signor Baldini ermordet haben könnte?«

Sie bemerkte, wie ihm diese Frage zusetzte.

»Ich mache mir solch große Vorwürfe. Zutrauen, würde ich es diesem Igor. Ein Menschenleben ist für ihn nichts wert. Dennoch bezweifle ich es …«

Paola horchte auf.

»Hätte Igor mitbekommen, dass Gianni etwas herausgefunden hat, dann hätte er es genauso als Druckmittel gegen mich eingesetzt, wie er es mit meiner Tochter und meinem Enkel gemacht hat. Er hätte es mir doch liebend gerne unter die Nase gerieben, während er mich zusammenschlug. Aber vielleicht mache ich diesbezüglich auch einen Fehler. Gewaltbereit ist er.«

Genau das war auch für Paola der springende Punkt. Aufgrund der Erzählungen über diesen Igor, würde sie auch davon ausgehen, dass er zumindest den Namen Gianni erwähnt oder ihm einen Besuch abgestattet hätte. Dann noch die Todesart? Einen

Giftmord an Signor Baldini zu verüben, passte gar nicht in seine Verhaltensmuster.

Paola fragte Signor Castellani nach der Adresse der hochherrschaftlichen Villa, sowie nach dem Kennzeichen der Transporter. Die Adresse konnte er ihr sofort sagen, lediglich bei den Kennzeichen musste er sie vertrösten, er hatte sie auf einen Zettel geschrieben und vorsichtshalber in seinem Schließfach in der Bank deponiert.

Maria Nero notierte sich die Adresse vorab auf ihrem Notizblock, damit sie am Montag, bevor die Befragung in der Questura abgetippt wurde, gleich mit ihrer Arbeit beginnen konnte. Außerdem wurden die Daten der Tochter und des Enkels abgefragt, um auch für deren Sicherheit Sorge zu tragen.

Paola verabschiedete sich von Signor Castellani und versicherte ihm:

»Sie haben das Richtige getan. Die Bewachung hier im Krankenhaus wurde genehmigt und dann werden wir in Absprache mit Dottoressa Forin über die weitere Vorgehensweise sprechen. In der Zwischenzeit werde ich alles veranlassen, dass Sie in ein Zeugenschutzprogramm aufgenommen werden, inwieweit Sie sich für Ihre Vergehen verantworten müssen, wird der Staatsanwalt abklären, dazu kann ich Ihnen heute keine Angaben machen. Es wird sich aber positiv auswirken, dass Sie mit uns zusammenarbeiten. Wie mir scheint, geht es in diesem Zusammenhang um eine Bande, die unzählige Straftaten zu verantworten hat. Wir werden uns ebenfalls dafür einsetzen, dass wir Ihre Tochter und

Ihren Enkel beschützen. Werden Sie jetzt erst einmal gesund. Ich werde alle nötigen Vorkehrungen treffen, damit Sie in absehbarer Zeit ein neues Leben beginnen können.«

Emilio Castellani sah sie aus dankbaren Augen an, und sagte mit gerührter Stimme:

»Commissario Rossi, ich möchte mich bei Ihnen bedanken. Ich bereue zutiefst, dass ich mich in der Vergangenheit derart habe hinreißen lassen, und um meinen Schmerz zu lindern, mich des Spielens hingegeben habe. Warum habe ich das getan? Natürlich kann ich die Vergangenheit nicht mehr ändern, aber in meiner Gegenwart und Zukunft will ich die Verantwortung dafür übernehmen. Ich vertraue Ihnen. Bitte veranlassen Sie alles, dass meiner Tochter und ihrem Kind nichts passiert.«

Die beiden Polizistinnen machten sich auf den Weg. Sie blieben noch einen kurzen Moment im Dienstzimmer von *Dottoressa* Forin und besprachen die weitere Vorgehensweise der Überwachung.

»Vielen Dank, *Dottoressa* Forin. Durch ihre Unterstützung und Hilfe haben Sie uns bei der Aufklärung der beiden Fälle sehr geholfen. Den Fall des getöteten Mädchens werden wir nun an die Spezialeinheit übertragen. Im Fall Baldini können wir anhand der neuen Informationen ebenfalls weitere Schritte einleiten. Sollten Sie etwas Auffälliges beobachten, melden Sie sich bitte umgehend bei uns. Sobald der Gesundheitszustand Emilio Castellanis stabil ist, veranlassen wir eine sichere Unterkunft für ihn. Wir warten diesbezüglich auf Ihre ärztliche Einschätzung. Haben Sie Fragen an uns?«

»Nein. Ich habe alles verstanden. Sobald der Patient Castellani so weit stabil ist, dass ich vertreten kann, ihn zu entlassen, werde ich Sie schnellstmöglich informieren, damit auch unser Klinikalltag wieder in normalen Bahnen verläuft. Ich danke Ihnen ebenfalls.«

Paola und Maria verließen die Klinik und fuhren noch einmal zur Questura. Mittlerweile war es später Freitagabend und der Vice-Questore war nicht mehr im Haus. Sie informierte ihn telefonisch über die neuen Erkenntnisse. Bei den Ausführungen Commissario Rossis veränderte sich seine bisherige gute Laune abrupt, denn bei den erhaltenen Hinweisen handelte es sich offensichtlich um das organisierte Verbrechen.

Sie verabredeten, dass er die nötigen Schritte einleitete, damit Commissario Rossi den Fall Antonia an die Spezialeinheit übergeben konnte. Beim Fall Baldini sprach sie sich hingegen dafür aus, dass sie nicht glaubte, dass die Bande etwas damit zu tun hatte, doch davon wollte der Vice-Questore nichts hören.

»Commissario, Sie stimmen mir doch aber zu, dass beide Fälle zusammenhängen? Überlassen Sie das der Spezialeinheit. Sie haben doch genug anderes zu tun. Ich erinnere Sie noch einmal an die Taschendiebstähle, wie sieht es denn da aus?«

»Vice-Questore, Sie haben recht.«

»Na also …«

Jetzt musste Paola in die Trickkiste greifen.

»Es handelt sich bei Signor Baldini um einen geschätzten Mitarbeiter der *Guardia di Finanza.* Ich teile der Behörde mit, dass wir den Fall schließen, obwohl wir noch einige Hinweise haben, die dafürsprechen, dass die Tat durch eine Frau verübt wurde. Gut, dann werde ich mich am Montag an die Taschendiebstähle setzen …«

Dal Molin zögerte, dann sagte er schließlich: »Sie ermitteln im Fall Baldini weiter, bis endgültig geklärt ist, dass der Fall nichts mit dem Fall des toten Mädchens zu tun hat. Sonst kommt die *Guardia di Finanza* auf mich zu und meint, wir hätten nicht gründlich gearbeitet. Klären Sie das, aber ich will Ergebnisse sehen.«

»Selbstverständlich, Vice-Questore. Ich lege Ihnen meinen Bericht ins Büro. «

Etwas angesäuert, weil Paola es wieder einmal geschafft hatte, ihn umzustimmen, meinte er nur:

»Ja, ja, machen Sie das. Denken Sie an die Ergebnisse!«

Dann legten sie auf.

Bevor Paola endlich in ihren langersehnten Feierabend ging, machte sie sich noch einige Notizen, als ihr Telefon klingelte.

»*Ciao*, Salvatore, du hast bestimmt Neuigkeiten für mich.«

»Die habe ich. Erst sah es so aus, als wenn wir unverrichtete Dinge wieder gehen müssten. Die

Räume, die direkt am Eingang lagen, waren besenrein hinterlassen worden.«

»Aber dann seid ihr weiter?«

»Genau, Paola, es sieht so aus, als ob man dort Kinder gefangen gehalten hatte.«

Paola schluckte, sie hatte bislang noch keine Zeit gehabt, Salvatore von der Zeugenbefragung Emilio Castellanis zu berichten.

»Kannst du kurz umreißen, was ihr dort vorgefunden habt?«

»Meinen ausführlichen Bericht bekommst du noch. Vorab folgendes, wir haben sehr viele Proben entnommen. Es gab weit über fünfzig Kinderbetten dort. Das Bettzeug lag noch auf den Betten. Offenbar wurde die Lagerhalle mit den Kindern übereilt geräumt. Wir haben leider keine Anzeichen gefunden, die einen möglichen Aufenthaltsort der Kinder bestimmen könnten. Da waren die Täter dann doch sehr gründlich. Um alle Beweismittel einzusammeln, mussten wir weitere Transporter anfordern. Mittlerweile stapelt sich hier alles im Labor. Die Untersuchungen werden einige Zeit in Anspruch nehmen, aber wir beeilen uns.«

Paola konnte sich das Ausmaß gut vorstellen, doch gleichzeitig musste sie an jedes einzelne Kind denken. Hinter jedem Kind stand ein Schicksal. Eine Familie, Mütter und Väter, die vor Sorge um ihr Kind verzweifelt und ohnmächtig bangten. Die Kinder selbst, die durch eine Hölle liefen, die Dinge erfahren mussten, die einfach nur grässlich und abscheulich waren.

»Salvatore, in der Zwischenzeit haben wir die Zeugenaussage von Signor Castellani erhalten. Er hat uns ebenfalls davon berichtet, dass es sich um sexuelle Übergriffe auf Kinder handelt. Wir sind immer noch fassungslos, was er zu berichten hatte. Ich habe den Vice-Questore bereits informiert und ihm mitgeteilt, dass wir die Angelegenheit an die *›Scico‹* übergeben müssen. Ich wollte dich gleich darüber informieren.«

Man hörte Salvatore an, wie betroffen er auf den Verlauf des Falls, der mit dem Tod von Antonia begann, reagierte.

»Sag ehrlich, Paola, du hattest ein Bauchgefühl.«

Paola druckste herum.

»Als wir die Auswertung des Computers von Signor Baldini anschauten, da mutmaßten wir, es könne sich um etwas derart Abartiges handeln, doch wir haben erst einmal in alle Richtungen ermittelt, damit wir nicht verfrüht wichtige Spuren übersehen würden. Doch mittlerweile sieht es so aus, als wenn die Fälle Baldini und Antonia in einem Zusammenhang stehen.«

Salvatore fragte sie:

»Du hast dich so merkwürdig am Fundort des Leichnams Antonias verhalten. Ich habe gespürt, dass du mehr weißt, als du sagen kannst.«

Paolas Stimme wurde ernst:

»Salvatore, es war nicht meine Absicht, dich zu hintergehen. Ich sehe folgendes ernstes Problem. Diese Bande scheint schon sehr lange tätig zu sein und so ein Geschäft ziehst du nicht einfach so auf. Meines Erachtens stecken viele sehr einflussreiche

Personen in diesem Geflecht. Laut der Aussage des Zeugen Castellani wurden diese Kinder wohlsituierten und einflussreichen Männern als Sexspielzeug feilgeboten. Er berichtete von einer Luxusvilla, an der die Edelkarossen zahlreicher Männer vorfuhren, dann wurden die Kinder hingebracht und Stunden später kamen diese besagten Männer, angetrunken und sichtlich befriedigt aus dem Haus heraus …«

Salvatore warf ein:

»Wer weiß, in welchen Positionen diese Männer sitzen und ob wir überhaupt eine Handhabe gegen sie erwirken können …«

Paola bemerkte, dass Salvatore ganz genau verstand, um was es ging. Inwieweit würden weitere Untersuchungen verhindert werden, weil dort die Personen saßen, die nicht nur von diesen sexuellen Übergriffen wussten, sondern schlimmstenfalls diese Dienste selbst in Anspruch nahmen.

»Es widert mich derart an. Wie können Männer sich an kleinen unschuldigen Kindern vergehen? Was läuft bei denen falsch? Was rechtfertigt solch ein Handeln?«

Salvatore geriet in Rage:

»Du unternimmst alles, dass jeder Einzelne von denen an den Pranger gestellt wird, unabhängig von seinem Rang oder Namen, das versprichst du?«

»Da kannst du dir sicher sein. Doch wir sind weder für solch eine Aktion ausgebildet, noch verfügen wir über deren Möglichkeiten. Du weißt, was ich damit meine?«

»Nur zu gut! Deswegen hoffe ich, dass nichts verschleiert wird und rigoros alle, die damit zu tun haben, zur Verantwortung gezogen werden«, sagte Salvatore mit einem energischen Ton.

»Gut, Paola, wir machen uns jetzt an unsere Arbeit. Sobald wir die Spuren analysiert haben, komme ich wieder auf dich zurück. Ich bin ziemlich sicher, dass wir weitere DNA-Spuren finden werden, die im Zusammenhang mit den verschwundenen Mädchen aus Russland stehen.«

»Ich leider auch, Salvatore. Hoffentlich leben diese Kinder alle noch. Was ist, wenn diese Bande sich aus allem herausgezogen hat, und die übrigen Kinder an einen Ort verbracht hat, an denen sie ohne Essen und Trinken jämmerlich zum Tode geweiht sind?«

»Daran will ich nicht denken«, sagte Salvatore berührt, »ich mache mich jetzt an die Arbeit. Sobald ich neue Erkenntnisse habe, melde ich mich.«

Dann legten beide auf.

Paola überlegte, was noch zu tun war und beschloss bei dem Gerichtsmediziner Dottore Ragazzi eine Nachricht zu hinterlassen, doch zu ihrer großen Verwunderung, nahm er nach dem zweiten Klingelton ab.

»Alberto, du bist noch vor Ort? Ich wollte dir eine Nachricht hinterlassen. Umso besser, dann kann ich es dir gleich am Telefon sagen.«

»Paola, du hast bereits einen Zwischenbericht von mir, aber die Anzahl der Verletzungen ist so groß, dass ich eine zusätzliche Schicht eingelegt habe. Meines Erachtens wurde das Mädchen als Sexsklavin an den Mann gebracht. Ich habe im Laufe meiner Arbeit viele schlimme Dinge gesehen, aber wir sprechen hier von einem kleinen Mädchen. Sie wurde derart brutal sexuell misshandelt, dass ich tatsächlich immer wieder Pausen einlegen muss, um nicht laut schreiend aus dem Autopsiesaal zu rennen. Das sind keine Menschen, die so etwas machen, das sind Monster.«

Er redete sich in Rage, er konnte gar nicht aufhören zu sprechen. Paola stimmte ihm zu.

»Alberto, wir haben neue Erkenntnisse, die deine Theorie bestätigt. Wir haben eine Zeugenaussage vorzuliegen. Ich hoffe, du bekommst demnächst nicht weitere unschuldige Kinder auf deinen Tisch.«

Paolas Entsetzen war unüberhörbar. Dann erzählte sie ihm von dem Besuch bei Emilio Castellani und was er auf eigene Faust herausgefunden hatte.

»Meinst du, dass wirklich alle verurteilt werden oder kommt dann das Prinzip auf den Tisch, manche sind doch mehr wert als andere?«

»Glaub mir, Alberto, was ich in meiner Position unternehmen kann, um alle hinter Gitter zu bringen, werde ich ausschöpfen. Ich habe das Gefühl, dass diese Spezialeinheit eher dazu in der Lage sein wird als ich kleine Polizistin. Wenn ich einen Gerichtsbeschluss erwirken muss, weiß ich doch gar nicht über welchen Schreibtisch dies läuft.«

»Ich verstehe dich. Du vertraust denen?«

»Unbedingt! Sie haben viel bessere Durchsetzungsmöglichkeiten, als wir sie haben.«

»Wenn du es sagst. Noch eins Paola, ich habe Spuren einer fremden DNA in ihrem Darm gefunden. Ich muss dir nicht erklären, was das bedeutet?«

Paola wurde blass und ihr Zorn wuchs, von einer Sekunde zur anderen.

»Wir lassen diese Probe gerade durch unser Programm laufen, vielleicht finden wir zumindest eine Übereinstimmung. Ein Name wäre mir tatsächlich lieber, aber wer weiß, ob ich mich dann nicht persönlich auf den Weg machen würde.«

Man hörte seiner Stimme an, dass er Selbstjustiz in diesem Moment in Betracht zog. Natürlich würde er es niemals machen, doch seine Ohnmacht war eindeutig herauszuhören.

»Unternimm bitte nichts auf eigene Faust. Das sind diese Kranken es nicht wert. Sie bekommen eine ordentliche Verhandlung und werden hoffentlich anhand der eindeutigen Beweislage verurteilt werden.«

»Ja, und dann kommt so ein pfiffiger Anwalt um die Ecke, der meint, es gab einen Verfahrensfehler und schon sind sie wieder frei!«

»Dazu wird es nicht kommen. Du machst eine ordentliche Arbeit, dokumentierst alles und hältst alle gesetzlichen Vorschriften ein, damit so etwas nicht passieren kann. Dann werden sie für alle Zeiten weggesperrt.«

Paola sagte es mehr zu sich selbst, weil sie ähnliche Gedanken in sich trug. Sie selbst hatte es in der Vergangenheit auch schon erlebt, dass es erdrückende Beweise gab und plötzlich wurde ein Täter dennoch freigesprochen, weil er sich einen Anwalt nehmen konnte, der anhand eines Verfahrensfehlers die Anklage abweisen konnte. Sie war diejenige, die einen Täter überführen konnte, doch eine andere Instanz, die Justiz, sollte diese Täter ihrer gerechten Strafe zuführen. Manches Mal erfasste sie großer Unmut, wenn sie daran dachte. Aber in diesem Fall würde sie alles daransetzen, dass es dazu nicht kommen würde.

»Sobald du etwas hast, melde dich. Ich behalte es im Hinterkopf. Danke Alberto.«

Nachdem sich beide verabschiedet hatten und Paola aufgelegt hatte, musste sie noch einen Moment innehalten. Sie beschloss, den langersehnten Feierabend in die Tat umzusetzen und ging aus ihrem Büro.

Sie beeilte sich nach Hause zu kommen.

27

Am Samstag verlebte Paola mit ihrer Familie einen unbeschwerten Tag. Es gab keine dienstlichen Anrufe, Leichenfunde oder Ähnliches. Am Abend machten sie noch einen Ausflug und als sie spät am Abend zurückkamen, setzten sie sich auf ihre Terrasse und schauten in den Sternenhimmel.

Der nächste Tag war ein herrlicher Sommertag. Paola und ihr Mann genossen das Nichtstun im Garten, da klingelte das *telefonino* von Paola. Sie hatte eigentlich keine Lust heranzugehen, da sie die Nummer nicht kannte, doch letztlich siegte ihre Neugierde.

»*Pronto*!«

Eine Männerstimme war zu hören.

»Spreche ich mit Commissario Rossi?«

»*Sì!* Mit wem spreche ich?«, fragte Paola.

»Mein Name ist Attilio Manconi, ich bin ein alter Freund von Gianni Baldini.«

Sofort horchte sie auf. Lag sie bis eben noch gemütlich auf der Sonnenliege, setzte sie sich nun kerzengerade hin.

»Gut, dass Sie sich melden, wir würden gerne mit Ihnen sprechen.«

»Ich auch mit Ihnen. Allerdings nicht in der Questura. Treffen wir uns an der *Arena di Verona,* gegen 18 Uhr.«

»Wie erkenne ich Sie?«, fragte Paola.

»Ich komme auf Sie zu. Alles andere heute Abend.«

Bevor Paola etwas sagen konnte, war das Gespräch beendet. Sie drückte auf die Wahlwiederholung, doch es lief nur noch eine Bandansage.

Francesco drehte sich zu ihr und fragte:

»Was war das denn?«

»Der Studienfreund von Gianni Baldini. Er will sich heute Abend mit mir treffen. Bevor ich etwas sagen konnte, hat er aufgelegt. «

Francesco setzte den mahnenden Blick auf, doch Paola winkte ab und erklärte ihm, dass sie bereits alles mit dem Vice-Questore besprochen hatte. Sie würde sich nicht der Gefahr aussetzen und die Spezialeinheit müsste bereits Bescheid wissen.

»Dann treffe dich doch nicht mit ihm. Du willst doch hoffentlich nicht allein zu diesem Treffen?«

»Du kannst mich ja beschützen ...«, es sollte humorvoll klingen, doch Francesco fand es alles andere als lustig. Sofort korrigierte Paola sich und meinte: »Ich werde Carlo und Maria zur Verstärkung mitnehmen. Entschuldige, Francesco. Du hast recht.«

Sie wählte die Nummer von ihrer Kollegin Ispettore Maria Nero und erzählte ihr von dem soeben geführten Gespräch. Bevor Paola sie fragen konnte, ob sie sich vorstellen könne, mitzukommen, sagte sie zu ihr:

»Paola, wir begleiten dich. Sicher ist sicher.«

Sie bedankte sich bei ihr und legte auf, dann bat sie Francesco, mit ihr spazieren zu gehen und als sie allein mit ihm war, erklärte sie ihm die bevorstehenden Schritte, die sie bereits gestern mit Dal Molin besprochen hatte.

»Francesco, ich verstehe deine Sorge. Mein Bauchgefühl sagt mir, dass Gianni Baldini sein Leben nicht verloren hat, weil einer der Bandenmitglieder es in die Hand genommen hat. Natürlich glaube ich, dass er aufgrund seiner Recherchen etwas herausgefunden hat, doch die Todesart, ein Giftmord, gibt mir noch immer zu denken. Wenn ich heute Abend mit diesem Attilio spreche, dann erhoffe ich mir, mehr Klarheit zu bekommen. Frag mich nicht, warum, aber wir haben etwas übersehen. Sollte wider Erwarten nichts bei dem Gespräch herauskommen, gebe ich auch diesen Fall an die Spezialeinheit ab. Dal Molin erwartet Ergebnisse, liegen diese nicht in den nächsten Tagen vor, muss ich den Fall sowieso abgeben.«

Francesco war damit einverstanden und die kurzfristig spannungsgeladene Stimmung zwischen den beiden, löste sich in Wohlgefallen auf. Sie kochten gemeinsam mit den Kindern, verbrachten einen schönen Nachmittag und dann gegen Abend, machte sich Paola auf den Weg nach Verona.

28

Sie saß in sicherer Entfernung vor dem Haus von Rocco Garrufo. Erst nach stundenlangem Warten wurde sie belohnt. Die Haustür ging auf und Rocco trat hinaus. Er machte sich zu Fuß auf den Weg. Für sie war es schwer, mit dem Auto hinter ihm herzufahren, so beschloss sie den Wagen in einer Parklücke stehenzulassen, um die Verfolgung zu Fuß aufzunehmen.

Er lief Richtung *Arena di Verona.*

Wollte er zu einer Vorstellung?

Sie schaute, ob es heute eine gab, doch sah, wie er nach jemandem Ausschau hielt. Sollte sie zu ihm gehen? Gerade wollte sie auf ihn zulaufen, doch was war das? Rocco sprach eine Frau an. Sie begrüßten sich, gaben sich die Hand. Jetzt wurde sie nervös.

Traf er sich mit dieser Frau auf ein Rendezvous?

Sollte sie einfach zu den beiden hinlaufen?

Etwas hielt sie zurück. Sie musste näher an die beiden heran, aber so, dass sie nicht entdeckt wurde. Wie sollte sie es nur anstellen? Flugs ging sie in den Eingangsbereich der *Arena di Verona* und stellte sich hinter einen Pfeiler. Sie konnte die beiden nicht sehen, doch versuchte das Gespräch der beiden zu belauschen. Die Geräuschkulisse um sie herum war zu laut. Sie bekam nur Wortfetzen mit.

Der Name Baldini fiel.

Ihr wurde heiß und kalt. Ein Pulk von Menschen ging lautstark vorbei. Vorsichtig lugte sie hinter dem Pfeiler hervor. Wo waren Rocco und die geheimnisvolle Frau geblieben? Sie konnte sie nicht mehr sehen. Panik erfasste sie, sie schaute in alle Richtungen. Plötzlich sah sie die beiden, sie standen etwas abseits der *Arena*. Es war ihr nicht möglich, näher an die beiden heranzukommen. So beschloss sie, der Frau hinterherzulaufen, sobald das Treffen der beiden vorüber war.

Sie wartete geduldig.

Nach einer knappen Stunde sah es so aus, als würden sie sich verabschieden. In der Zwischenzeit schauten die ersten Passanten sie merkwürdig an, da sie noch immer an dem Pfeiler stand. Sie durfte kein Aufsehen erregen und musste unbedingt herausfinden, wer diese Frau ist, mit der sich Rocco unterhielt. Sie lief langsam hinterher, doch musste feststellen, dass die beiden sich in ein Restaurant begaben. Unverrichteter Dinge und zornig trat sie den Weg zu ihrem Auto an.

Als sie in ihrem Auto saß, überkam sie eine Welle von Wut, Verzweiflung und Ohnmacht.

Sie wollte doch die Frau an der Seite von Rocco werden. Dann wischte sie ihre Tränen fort und begann zu überlegen, startete den Motor und hatte ein neues Ziel vor Augen.

29

Paola kam pünktlich an der *Arena di Verona* an. Ihre Kollegen warteten gegenüber in einem Restaurant, um das Gespräch zu verfolgen und gegebenenfalls einzugreifen. Wachsam schauten sie zu Paola, als sie sahen, dass ein Mann sich ihr näherte.

»*Buona sera.* Commissario Paola Rossi?«, fragte der Mann sie freundlich.

Paola nickte ihm zu, gab ihm die Hand und begrüßte ihn.

»Sie werden sich wundern, warum ich mich hier mit Ihnen treffe, aber wenn Sie meine Erklärung hören, verstehen Sie warum!«

Paola schaute ihn verwundert an.

»Im Zuge unserer Ermittlungen, fiel ihr Name. Ich würde Sie gerne ins Bild setzen. Laut einer Aussage, die uns vorliegt, hat Signor Baldini geäußert, dass sie für seinen Arbeitskollegen den Rahmen schaffen können, ihn zu beschützen. Verstehen Sie mich nicht falsch, aber diese Aussage irritiert uns.«

Signor Manconi schaute betreten nach unten und begann zu erzählen.

»Gianni und ich kannten uns seit Studienzeiten. Wir haben beide Rechtswissenschaften studiert. Gianni war mein bester Freund, wir haben, sofern es unser Terminkalender zuließ, viel Zeit miteinander verbracht. Er und seine Familie waren mein Anker, meine Familie. Durch meine berufliche Tätigkeit habe ich mich gegen eine eigene Familie entschieden …«

Paola hörte aufmerksam zu.

Er berichtete von seinem beruflichen Werdegang und meinte schließlich zu ihr:

»Die Informationen, die ich Ihnen jetzt gebe, müssen absolut vertraulich behandelt werden.«

Paola schaute ihn entgeistert an und fragte sich, was er jetzt sagen würde, doch nickte ihm wortlos zu, damit er weitersprechen würde.

»Ich wurde in einer Außenstelle der *Guardia di Finanza* eingeschleust, als verdeckter Ermittler. «

Damit hatte Paola nicht gerechnet, jetzt verstand sie die Aussage, dass er sich schützend über Signor Castellani stellen sollte.

»Bevor Sie weitersprechen. Wissen Sie, dass ihr Freund Signor Baldini auf eigene Faust anfing, Recherchen zu betreiben und Signor Castellani einen Besuch abstattete, um ihn damit zu konfrontieren?«

»*Sì*. Darauf wollte ich jetzt kommen. Gianni kam am 9. Juli, einem Montag, zu mir ins Büro. Er kam schnell auf sein Anliegen zu sprechen und es wurde ein sehr hitziges Gespräch. Gianni erzählte mir, dass er sonderbare Papiere gefunden hatte im Büro seines Arbeitskollegen, als die Büros kurzfristig getauscht wurden aufgrund eines Wasserschadens. Er kombinierte und begann auf eigene Faust zu recherchieren. Am Tag zuvor war er bei seinem Arbeitskollegen gewesen und konfrontierte ihn damit. Dieser wiederum erzählte ihm, dass er in etwas Kriminelles hineingeraten sei und einen Schlussstrich ziehen wollte. Gianni erwartete von mir, dass ich seinen Kollegen in ein Zeugenschutzprogramm hineinbringe, doch ich sagte ihm, dass es zeitlich nicht möglich sei, weil wir ebenfalls bereits in dieser Richtung ermitteln. Er sagte, dann würde er es in seine eigene Hand nehmen. Ob ich derart verroht sei, dass mir das Wohl kleiner Kinder komplett egal sei. Ich verneinte und bat ihn, mich nicht auffliegen zu lassen, weil wir kurz vor dem Ziel standen, diese Organisationen mit den wichtigen Hintermännern aufzudecken. Ich habe ihm grob beschrieben, auf was sich der Einsatz erstreckt, Sie wissen, ich darf das eigentlich nicht sagen …«

»Sie sind also bei einer Spezialeinheit?«

Er nickte nur.

»Seit zwei Jahren sind wir an dieser Organisation dran. Wir vermuteten, dass es jemanden in der *Guardia di Finanza* gab, der seine Finger im Spiel hatte, so wurde ich als ein Inspektor eingeschleust, der Spielschulden hatte. Es ist nicht Signor Castellani, auch wenn Gianni das meinte, er war nur ein kleines Licht und seine Not wurde benutzt, um an diese Lagerhalle zu kommen. Es betrifft noch einen anderen Geschäftszweig. Wir sind auf die Spur von illegalem Organhandel gestoßen, großangelegten Drogenhandel und Prostitution. Diese Organisation geht weit über die Grenzen Italiens hinaus. Es geht um ein Milliardengeschäft. Ich kann Ihnen nur so viel sagen, aus dieser Gruppe wurde der Mord an Gianni nicht beauftragt. Aufgrund meiner Legende konnte ich immer näher in den inneren Kreis dieser Bande kommen. Das Verwerfliche bei diesem Konstrukt ist, dass unter anderem ein Richter und auch scheinbar ein Staatsanwalt mit dieser Bande verflochten sind.

Wir haben mehrere Observationen vorgenommen, um demnächst einen groß angelegten Zugriff zu veranlassen, doch ohne deren Wissen und Möglichkeiten, um den Einsatz zu verhindern. «

Paola schluckte. Alle ihre Vermutungen bestätigten sich, auch, dass der Mord an Gianni Baldini nicht wirklich etwas mit der kriminellen Organisation zu tun hatte. Was hatte sie nur übersehen?

»Wissen Sie, wo die Kinder sich aufhalten? Es müssen rund fünfzig Kinder sein, die gefangen gehalten werden, wenn sie noch am Leben sind!«

»Wir dachten, der Zugriff könne stattfinden, als wir von dieser Lagerhalle erfahren hatten, doch dann musste nochmals alles verschoben werden aus den besagten Gründen. Wenn wir die Drahtzieher dieser Organisation nicht dingfest machen, wären die kompletten letzten zwei Jahre völlig umsonst gewesen. Sie bauen ihre Zelte hier ab und gehen woanders hin.«

»Signor Castellani hat ihrem Freund Gianni Baldini nur erzählt, dass er etwas vermutete, doch in Wirklichkeit hat auch er auf eigene Faust ermittelt.«

»Was?«, sagte Attilio aufgeregt, »was hat er ihm erzählt?«

Paola sagte ruhig zu ihm: »Bevor ich jetzt ins Detail gehe, muss ich wissen, ob Sie auch wirklich derjenige sind, der Sie angeben zu sein, denn ich darf meinen Zeugen nicht einer Gefahr aussetzen.«

Attilio kramte nach seinem *telefonino*, stellte sich abseits von Paola und telefonierte. Nach fünf

Minuten kam er wieder auf sie zu und meinte: »Lassen Sie uns dort drüben in das Restaurant gehen.«

Er zeigte mit dem Finger auf die gegenüberliegende Seite.

»Meine Kollegen warten dort auf mich. Ich musste Vorsicht walten lassen, Sie hätten auch zu der Bande gehören können …«, sagte Paola zu ihm.

Sie liefen gemeinsam los und nahmen an einem Tisch Platz, an denen ein Pärchen saß.

»Darf ich vorstellen, das ist Ispettore Maria Nero und Assistente Carlo Mazzola.«

Attilio nahm seinen Dienstausweis aus der Tasche des Jacketts und zeigte ihn.

Er gehörte einer Spezialeinheit der ›*Scico*‹ an, die sich mit Bandenkriminalität beschäftigte. Da nun alle auf der gleichen Seite standen, tauschten sich die Beamten über ihre Erkenntnisse aus.

Verwundert hörte Attilio zu, was der Zeuge alles auf eigene Faust erfahren hatte. Von einer hochherrschaftlichen Villa und deren Nutzung als Kinderbordell wusste er bis dato nichts, trotz intensiver Überwachung. Das wiederum machte Paola stutzig.

»Haben Sie oder ein Kollege die Observationen durchgeführt?«

»Ein Kollege. Nein, der kann nichts damit zu tun haben …«, doch während er es sagte, ging er die Ereignisse der letzten Wochen durch und erkannte, womöglich war das der Maulwurf, nach dem sie alle suchten. Aufgeregt sagte er in die Runde:

»Ich muss meinen Vorgesetzten anrufen.«

Attilio verschwand für zehn Minuten und kam danach völlig aufgelöst wieder.

»Meine Tarnung ist aufgeflogen. Lassen Sie uns keine Zeit verlieren. Können wir zur Questura? Wir müssen sofort handeln. Es ist Gefahr im Verzug.«

Paola, Maria und Carlo sprangen von ihren Stühlen auf und sie fuhren gemeinsam zur Questura. Dort angekommen setzten sie sich zu Paola ins Büro und Attilio las sich das Zeugenprotokoll durch. Keine zehn Minuten später kamen weitere Mitarbeiter der ›*Scico*‹ hinzu. Paola übergab sämtliche Informationen, die ihr vorlagen. Sie hörte heraus, dass ein Zugriff noch heute Abend erfolgen sollte, aber auch nur, weil sie messerscharf kombinieren konnte. Attilio war gerade im Begriff zu gehen, als Paola ihn um ein kurzes Vieraugen-Gespräch bat.

»Sie stimmen mit mir überein, dass der Mord an ihren Freund Signor Baldini nur augenscheinlich etwas mit der kriminellen Organisation zu tun hat?«

»Darüber gab es überhaupt keine Anhaltspunkte und ich ahne, was Sie fragen wollen, nein, der Kollege hatte damit nichts zu tun.«

»Hat jemand mitbekommen, dass Signor Baldini mit Ihnen dieses Gespräch geführt hat. Fällt Ihnen etwas dazu ein?«

Er schüttelte seinen Kopf, man sah, dass er überlegte.

»Commissario, wir müssen das Gespräch auf einen anderen Tag legen. Meine Kollegen haben Stellung vor dieser Villa bezogen. Lassen Sie mich jetzt meine Arbeit machen. Aus dem Kreis der Bandenmitglieder hat niemand etwas damit zu tun. Glauben Sie mir. Sobald mein Einsatz fertig ist, komme ich zu Ihnen in die Questura. Ich habe ein eigenes Interesse, dass der Mord an meinem Freund aufgeklärt wird.«

Paola wünschte ihm viel Erfolg für den bevorstehenden Einsatz, dann verabschiedeten sie sich. Sie ging in ihr Büro und sortierte die Akten ordentlich zusammen, danach saß sie an ihrem Schreibtisch und überlegte, wer ein Interesse hatte Signor Baldini zum Schweigen zu bringen? Warum? Diese Fragen kreisten unaufhörlich in ihrem Kopf. Sie hatte etwas übersehen, aber was? Sollte sie noch einmal mit dem Sohn und auch mit der Witwe sprechen? Hatte sie einen Fehler gemacht? Sie ging die Personen im Umfeld des Signor Baldini durch. Sein Sohn kam nicht infrage. Es gab weder ein Motiv noch hatte sie das Gefühl, dass die Beziehung zu seinem Vater gekünstelt war. Seine Frau, nein, sie führten ein harmonisches Eheleben, es gab keine Anzeichen dafür, dass sie die Täterin war. Signor Castellani, er hätte ein Motiv gehabt, doch er lag im künstlichen Koma im Krankenhaus, er kann es auch nicht gewesen sein. In Signor Baldinis Arbeitsumfeld? Sie beschloss, mit ihrem Gedankenkarussell aufzuhören. Als sie auf ihre Armbanduhr schaute, wusste sie auch, warum sie sich so ausgebrannt und müde fühlte, es war mittlerweile kurz vor Mitternacht. Sie verließ ihr Büro und verabschiedete sich von Ispettore Nero und Assistente Mazzola. Dann lief sie zu ihrem Wagen und fuhr fast schon automatisch den Weg nach Hause. Als sie die Tür zu ihrem Haus aufschloss, sah sie ihren Mann Francesco auf der Terrasse sitzen.

»*Ciao*, Francesco, kann ich mich kurz zu dir setzen.«

»Was für eine Frage? *Bella*, du siehst müde und abgespannt aus. Komm zu mir …«

30

Die Spezialeinheit hatte durch Commissario Paola Rossi und ihrem Team, von der hochherrschaftlichen Villa erfahren.

Dann überschlugen sich die Ereignisse und die Spezialeinheit erhielt den Tipp, dass es heute einen großen Empfang in dieser Villa geben sollte. Laut ihrem Tippgeber sollten alle wichtigen Drahtzieher dort versammelt sein. Angeblich diente dieses Treffen dazu ein neues Domizil vorzustellen. Verona war ein zu heißes Pflaster geworden, nachdem die kleine Antonia von der hiesigen Polizei gefunden wurde. Die Aufgaben sollten neu verteilt werden, die Kinder, die man in einen Keller eines verlassenen Hauses an der Peripherie Veronas gebracht hatte, sollten begutachtet werden. Die Kranken sollten entsorgt, aber vorher noch ihrer Organe entledigt werden. Danach würde man sie in einen Laster verfrachten und zu einer Klinik bringen. Da der illegal organisierte Organhandel ein weiterer Geschäftsbereich ihres Unternehmens war, schöpften sie auch diese Einnahmequelle aus. Bei einer benachbarten Klinik hatten sie bereits mehrere OP-Räume angemietet. Man wollte alle Organe der Kinder entnehmen, um sie zu verkaufen. Um die Polizei nicht auf ihre Fährte zu bringen, überlegten sie sich, die Leichname der Kinder per Lastwagen zu einem Schiff zu bringen, um sie dann auf offener See über Bord zu werfen. Den Rest würde das Meer erledigen.

Die halbwegs gesund aussehenden Kinder sollten verkauft werden. Die Mitglieder der Organisation hatten ein Vorkaufsrecht auf die Kinder. Sie sollten wie eine Ware auf einem Basar angeboten werden. Bei den Kindern, an denen die Mitglieder kein Interesse hatten, sollte der Verkauf der Kinder über eine Videokonferenz stattfinden. Offenbar gab es genügend Interessenten, die Interesse an diesen Kindern hatten. Das stand auf der heutigen Agenda. Die Spuren des Verona-Kreises sollten damit vernichtet werden.

Die Edelkarossen fuhren vor.

Männer in edlem Zwirn stiegen aus und liefen zum Eingang der Villa. Sie nahmen an einem langen Tisch Platz und warteten auf den Kopf der Bande. Die Minuten vergingen, dann trat er in den großen Saal hinein und setzte sich an das Kopfende des Tisches. Er begrüßte sie und kam dann zum ersten Tagespunkt.

»Meine Herren, wie Sie mitbekommen haben, ermittelt nun die hiesige Polizei, weil ein Mitglied unseres erlesenen Kreises sehr unachtsam gehandelt hat. «

Dann zeigte er auf einen Mann am Tisch.

»Was haben Sie dazu zu sagen?«

Ein grob wirkender kräftiger Mann, mit einem kurz geschorenen Kopf, erhob sich vom Stuhl und sagte:

»Ich musste handeln. Das Kind gehorchte nicht.«

Er sagte es voller Inbrunst und erwartete ein Lob,

doch stattdessen traf ihn eine Kugel mitten in den Kopf. Igor hatte einen entscheidenden Fehler gemacht, denn die Organisation wollte kein Aufsehen erregen. Unnötige Morde an kleinen Kindern gehörten dazu. Am Tisch breitete sich eisige Stille aus. Alle am Tisch hörten zu atmen auf und schauten erschrocken auf den toten Igor. Man hätte eine Stecknadel fallen hören können. Mitten in diese unwirkliche Stille erhob sich die Stimme vom Chef.

»Meine Herren, Probleme werden in unserer Organisation sofort gelöst. Hat jemand etwas dazu zu sagen? Es gibt Regeln, wer sich nicht daranhält, dem wird das gleiche Schicksal zuteil, wie unserem verblichenen Igor. Noch Fragen?«

Die Männer am Tisch schüttelten betreten ihre Köpfe und schauten nach unten.

Plötzlich gab es einen großen Knall.

Die Tür schwenkte auf und eine Hundertschaft von Spezialkräften stürmte den Saal mit lautem Getöse. Bevor jeder Einzelne am Tisch überhaupt begriff, um was es ging, klickten die Handschellen bereits an ihren Armgelenken zu. Die Operation *Liberazione* hatte begonnen. Die Männer wurden allesamt abgeführt. Danach erkundete eine Einheit die übrigen Zimmer des Hauses, sowie die Kellerräume. Mögliche Spuren wurden genommen, um diese dann in einem Labor überprüfen zu lassen. Die Hoffnung der Ermittler, womöglich die Kinder zu finden und zu befreien, scheiterte. Die Kinder waren nicht vor Ort. Ein Einsatzteam fuhr mit den Verdächtigen zu einem geheimen Verhörraum der *›Scico‹*. Einige fingen schon im Einsatzwagen zu reden an, weil sie sich unter Kooperation mit der Polizei vorstellten, nicht angeklagt zu werden. Andere wiederum stellten sich ahnungslos und wussten angeblich gar nicht, dass sie etwas Verbotenes getan hatten. Bei der Last der Beweislage kaum vorstellbar. Sie saßen alle am Tisch, als ein Mord verübt wurde, doch sie versuchten es so darstellen zu lassen, als wären sie just an diesem Abend in etwas hineingeraten, von dem sie nicht ahnten, um was es ging. Die Ermittler ließen sich davon nicht beeindrucken und als eine weitere Stunde verging, hatten sie einen Anhaltspunkt, wo die Kinder sich wahrscheinlich aufhielten.

Gegen drei Uhr am Morgen kamen die ersten Spezialkräfte an einer verlassenen Ruine am Rande Veronas an. Lautlos näherten sie sich den Transportern, die vor dem Haus standen und legten die Fahrzeuge lahm. Als sie damit fertig waren, machten sie sich so geräuschlos wie möglich auf den Weg in diese völlig verfallene Ruine. Sie wollten das Überraschungsmoment nutzen, um weitere Täter nicht zur Flucht zu verhelfen. Per Handzeichen verständigten sich die Einsatzkräfte. Mit einer speziellen Kamera durchsuchten sie die Räume, die alle verschlossen waren. Hinter der zweiten Tür schienen die Kinder gefangen gehalten zu werden.

Die Spezialeinheit stand in Position und mit einem ohrenbetäubenden Knall öffneten sie die Tür.

Im Raum waren unzählige Kinder, ihnen bot sich ein Bild des Grauens. Zwei Männer, offensichtliche Handlanger der Organisation, befanden sich im Raum. Einer der beiden filmte den anderen, wie er sich an einem unschuldigen, wehrlosen und weinenden Kind verging. Der Einsatzleiter zeigte kein Pardon und ein gezielter Hieb mit seiner Waffe, ließ den Täter zu Boden fallen. Der andere Mann versuchte zu entkommen, griff in seine Tasche und holte eine Pistole heraus, doch bevor er abdrücken konnte, wurde auch er überwältigt. Sie wurden aus dem Raum gebracht. Erst dann konnten sich die Einsatzkräfte um die Kinder kümmern. Der Anblick der Kinder bot ein grauenvolles Bild. Sofort verständigten sie Rettungswagen und beugten sich über die einzelnen wehrlosen, abgemagerten und völlig verwahrlosten Kinder. Vier der Kinder hatten es nicht mehr geschafft, ihre Rettung lebend mitzuerleben. Die übrigen Kinder waren allesamt in einem kritischen Gesundheitszustand. Ein Polizist beugte sich über Fatmire. Die Kleine atmete nur noch schwach, ihre Stirn war kochend heiß. Er streichelte über ihren Kopf, sie zuckte instinktiv zusammen. Wie viel Leid hatte dieses kleine Mädchen erfahren müssen, dachte er nur. Er hob sie vorsichtig hoch und trug sie nach draußen, dort befeuchtete er erst ihre Lippen und setzte dann ganz vorsichtig die Wasserflasche an ihren Mund. Sie war so kraftlos, dass sie es kaum schaffte einen Schluck aus der

Wasserflasche zu sich zu nehmen. Sie öffnete zaghaft ihre kleinen Augen und schaute den Polizisten völlig benommen an. Nach weiteren zehn Minuten kamen die ersten Rettungswagen vorgefahren. Der Polizist trug das Mädchen zur Rettungsbahre und sprach mit den Sanitätern.

»Passt gut auf sie auf. Sie muss einen Infekt haben, sie hat hohes Fieber und ist völlig kraftlos. Ihre Atmung ist sehr schwach. Wo bringt Ihr sie hin?«

»Wir bringen sie erst einmal in das nächstliegende Krankenhaus.«

»Hier ist meine Karte, ruft mich an, wenn ihr sie abgeliefert habt.«

»Das machen wir.«

Dann beugten sich die Rettungssanitäter über Fatmire und legten einen Zugang. Kaum, dass die Kleine im Rettungswagen lag, fuhren sie auch schon los.

Der Beamte ging erneut in das Haus hinein und kümmerte sich dann um die übrigen Kinder. Als alle Überlebenden per Rettungswagen in die Krankenhäuser verbracht wurden, machte er nochmals Bilder vom Raum, um alles zu dokumentieren.

Die Worte seines Freundes Gianni Baldini kamen in sein Ohr, er fühlte sich schlecht, ohnmächtig und hilflos bei all dem Leid, welches er die letzten Stunden gesehen hatte.

Wie qualvoll muss es für die Kinder gewesen sein?

Attilio überkam eine Gefühlswelle und ihm schossen aufgrund der Ereignisse Tränen in seine Augen. Der kalte modrige feuchte Raum, die Notdurft, die die Kinder in einer Ecke verrichten mussten. Der Gestank und der Tod der vier Kinder ergaben ein Gemisch aus unendlichem Leid, er spürte die qualvolle Zeit der Kinder, als wäre er dabei gewesen. Die Hoffnungslosigkeit, die sie gespürt haben mussten, als sie tagelang in diesem Gefängnis ohne Licht, Essen und Trinken zusammengepfercht verbrachten.

Hätte er es ändern können?

Immer und immer wieder stellte er sich diese Frage.

31

Paola wurde durch das Piepen ihres *telefonino* geweckt. Mehrere Nachrichten trudelten bei ihr ein. Sie wischte sich über ihre Augen, schaute auf die Uhr, und stellte fest, dass es erst morgens um fünf war. Völlig gerädert öffnete sie die Nachrichten. Der erste Absender: Attilio Manconi. Er hatte Wort gehalten und sie sofort informiert.

»Commissario Rossi, Einsatz erfolgreich. Festnahmen erfolgt. Kinder gefunden. Vier Todesopfer. Die übrigen Kinder sind in stationärer Behandlung. Ich melde mich später. Attilio Manconi.«

Eine weitere Nachricht war von ihrer Kollegin:

»*Ciao,* Paola, hast du etwas gehört? War der Einsatz erfolgreich? Gib sofort Bescheid, würde auch früher zur Questura kommen. Maria.«

Sie tippte eine Antwort an ihre Kollegin.

»Wir treffen uns um sieben Uhr in der Questura, muss mich erst fertig machen. Signor Manconi hat mich informiert. Einsatz war erfolgreich. Alles andere später. *Tanti Saluti.* «

Dann reckte und streckte sie sich, um wach zu werden. Der gestrige Tag lag ihr noch in den Knochen und der heutige Tag würde bestimmt auch sehr lang und heftig werden.

Eine Stimme drang an ihr Ohr:

»*Bella*, wie spät ist es?«

»Kurz nach fünf!«

»Dann drehe dich noch einmal um.«

»Francesco, das geht nicht. Ich mache mich gleich fertig. Der gestrige Einsatz der Spezialeinheit war erfolgreich.«

»Meine fleißige Paola. Eine dicke Umarmung passt aber sicher noch in dein Zeitfenster.«

Dann schmiegte sich Francesco an seine Frau und sie lagen eng umschlungen für die nächsten Minuten zusammen. Doch Paola bemerkte ihre innere Unruhe und so tapste sie aus dem Bett. Im Badezimmer duschte sie ausgiebig und als sie damit fertig war, fühlte sie sich gleich wacher. Sie zog sich an, gab Francesco noch einen zarten Kuss und ging leise die Treppen hinunter, um die Kinder nicht aufzuwecken. Im Auto machte sie eine Sprachnachricht an Maria, startete den Motor und eine gute halbe Stunde später war sie bereits an der Questura. Als sie in ihr Büro gehen wollte, kam Maria ebenfalls gerade an.

»*Ciao*, Maria, kurze Nacht?«

»*Buongiorno*!«

»Wollen wir uns erst einmal einen *caffè* an der Bar holen?«, fragte Paola ihre Kollegin. Sie nickte ihr zu und als sie ankamen, entschieden sie vor Ort auch gleich noch etwas zu essen.

»Schau einmal, diese Nachricht kam vorhin von Signor Manconi bei mir an«, Paola reichte ihr *telefonino* an Maria.

Ispettore Nero las den Text durch und meinte dann:

»Hoffentlich wurden auch alle Drahtzieher geschnappt«, dann runzelte sie ihre Stirn und sagte:

»Sag mal, den Täter von Signor Baldini haben wir immer noch nicht auf dem Schirm. Wer, denkst du, ist es?«

Paola atmete schwer.

»Ich kann mir einfach keinen Reim darauf machen. Einerseits bestätigt es mein Bauchgefühl, dass er zwar etwas herausgefunden hat, welches im Zusammenhang mit dieser organisierten Bande steht, andererseits sieht es so aus, als wenn der Mord an ihm nicht im direkten Zusammenhang der Organisation steht. Seinen Sohn und seine Frau schließe ich als Täter aus. Ich sehe da kein Motiv. Die drei führten ein harmonisches Familienleben. «

Maria schaute sie nachdenklich an:

»Rein hypothetisch gesprochen, wenn der Sohn uns absichtlich auf die Spur der Papiere gebracht hat?«

Paola verzog ihr Gesicht:

»Da spricht nichts dafür, außerdem hat er, wie wir wissen, etwas aufgedeckt. Nein! Die Trauer und die Art und Weise, wie der Sohn mit dem Tod seines Vaters umgeht. Er hat doch auch kein Motiv. Sein Vater scheint sein großes Vorbild gewesen zu sein, bis auf die Tatsache, dass Signor Baldini ihm nichts von seinen Recherchen erzählt hat, weil er ihn beschützen wollte, hatten sie ein vertrauensvolles Verhältnis.«

Paola schüttelte ihren Kopf.

»Ich glaube das nicht.«

»Mmh …«, meinte Maria, »aber wo, sollten wir dann ansetzen? Legen wir noch einmal alle Fakten auf den Tisch.«

Sie begannen den Fall Baldini in allen Einzelheiten nochmals auseinanderzunehmen. Der Tatort war die *Arena di Verona.* Die Todesart: Gift. Auf den Videoüberwachungskameras wurde eine Frau gesehen, die die Mineralwasser Flasche vertauschte.

»Gehen wir einmal anhand eines klassischen Giftmords von Folgendem aus: Meistens sind die Täter Frauen, was auch die Überwachungskamera mehr oder weniger bestätigt. Glaubst du, Signor Baldini hatte eine außereheliche Affäre?«, fragte Paola ihre Kollegin spontan.

Maria schüttelte energisch ihren Kopf, meinte aber:

»Ich glaube es nicht, aber ich kann gleich, wenn wir zurück sind, im Hotel in Rom anrufen und einmal fragen, ob ich die Auswertung der Kameras im Flur des Hotels haben kann, dann könnten wir sehen, ob Signor Baldini dort mit einer anderen Frau zusammen war.«

»Das sollten wir prüfen. Gute Idee. Welche Frauen könnten ansonsten noch in Verdacht kommen?«

»Gab es eine andere Frau im Leben von Signor Baldini, würde seine Ehefrau ein Motiv haben«, meinte Maria, doch Paola entgegnete: »Signor Baldini hätte doch aber mitbekommen, wenn seine Frau neben ihm in der Schlange steht. Ich glaube, seine Frau scheidet definitiv aus und sie wirkt auch nicht auf mich so, als wenn sie einen Mord in Auftrag gegeben hätte.«

»Dann stehen wir wieder am Anfang.«

»Seine Sekretärin?«, konterte Maria.

Doch Paola negierte auch das.

Auf einmal schoss Paola ein Gedanke in den Kopf, sie spürte, dass sie auf dem richtigen Weg war, es fehlte nur noch eine Kleinigkeit, sodass sie es schlecht in Worte fassen konnte.

Maria bemerkte es sofort und fragte:

»Du hast eine Idee?«

»Idee ist zu viel gesagt. Eine Ahnung, in welche Richtung wir schauen sollten. Also …«, sie holte tief Luft und versuchte ihre eben aufkommenden Gedanken in einen geordneten Satz zu bekommen.

»Signor Baldini hat, wie wir wissen, zufällig Papiere entdeckt und fing an zu recherchieren. Am Sonntag, den 8. Juli, also eine knappe Woche vor dem Mord, erfährt er durch Emilio Castellani, dass eine groß angelegte kriminelle Bande, etwas damit zu tun hat…«

Maria nickte, doch fragte sie sich, worauf Paola hinauswollte.

»Am Montag, den 9. Juli, geht Signor Baldini in das Büro seines Freundes Attilio Manconi und bittet um seine Hilfe, damit sein Arbeitskollege beschützt wird. Es gab ein hitziges Gespräch, Attilio bat ihn nicht auf eigene Faust zu ermitteln und er solle ihn nicht auffliegen lassen …«

»Worauf willst du hinaus?«

»Ich komme gleich dazu. Am Dienstag, den 10. Juli fährt er nach Rom und ist bis einschließlich Samstag, den 14. Juli, dem Tag seines Todes, in Rom. Meinst du, Maria, er hat auch in Rom recherchiert?«

»Du kannst Fragen stellen?«

»Antworte spontan …«, sagte Paola.

»Spontan … Ich glaube nicht. Langsam dämmert mir, auf was du hinauswillst. Wir sollten uns sämtliche Treffen und seine Aktivitäten von Sonntag bis Dienstag früh anschauen, denn ab da war er in Rom.«

Paola nickte ihr zu.

»Mit wem hat er sich getroffen?«, meinte Paola.

Sofort antwortete Maria:

»Wir wissen von dem Treffen mit Signor Castellani und dem Treffen mit seinem Freund Attilio Manconi.«

Paola stimmte ihr zu:

»Bei Signor Castellani war niemand weiter zugegen, das Treffen mit Signor Manconi fand in seinem Büro statt.«

Maria sagte aufgeregt: »Du meinst, bei Signor Manconi hat jemand etwas mitgehört und …«, Paola warf ein, »hat jemand etwas aufgeschnappt.«

Dann machte sie eine Pause, ihre Augen bewegten sich hin und her. Sie stütze ihren Kopf mit der Hand ab und sagte laut: »Was, wenn jemand dort im Büro mitbekommen hat, dass Signor Baldini der Bande auf die Spur gekommen ist?«

»Aber, Signor Manconi meinte doch, der Mord an seinem Freund steht nicht im direkten Zusammenhang mit der Organisation.«

Enttäuscht schaute Paola sie an: »Du hast recht, aber trotzdem glaube ich, die Lösung des Falls liegt dort. Frage mich bitte nicht, warum ich darauf komme, aber mein Gefühl sagt mir, wir sollten dort noch einmal genauer recherchieren.«

Maria grinste sie an:

»Du meinst wühlen …«

»Ganz genau. Ich hoffe, dass Signor Manconi sich demnächst meldet und dann muss ich dringend mit ihm über das damalige Treffen sprechen. Etwas haben wir bislang übersehen.«

Maria nickte.

»Kläre bitte dennoch ab, ob es noch weitere Treffen von Signor Baldini gab, bevor er nach Rom fuhr, und ich versuche Attilio Manconi um ein Treffen zu bitten.«

Die beiden Polizistinnen nahmen sich noch jeweils einen *caffè* mit, bezahlten und liefen zur Questura zurück.

Paola bat Carlo Mazzola um einen Gefallen. Er sollte im Büro von Signor Manconi anrufen, allerdings arbeitete er dort unter dem Namen Rocco Garrufo, das war seine ausgedachte Legende, um verdeckt zu ermitteln. Assistente Mazzola machte sich Notizen.

»Sprechen Sie mit der Sekretärin von ihm und fragen Sie, welche Besucher am 9. Juli bei ihrem Chef waren?«

Carlo nickte ihr zu und fragte: »Soll ich noch etwas fragen?«

»Ich habe gerade mit Maria gesprochen, ich habe da so ein Gefühl, aber ich kann es noch nicht näher erklären. Signor Baldini ging am besagten Tag in das Büro seines Freundes Attilio Manconi, am nächsten Tag fuhr er nach Rom. Als er am 14. Juli zurückkam, ging er in die Oper und was dann passierte, wissen wir. Etwas haben wir übersehen? Wer weiß, was dort im Büro von Signor Manconi geschehen ist? Das ist mein Dilemma.«

»Sie glauben, jemand hat ihn dort gesehen und beschloss daraufhin ihn umzubringen?«, entgegnete Carlo Mazzola.

Paola schaut ihn an und wippte mit ihrem Kopf.

»Ich weiß, es hört sich merkwürdig an. Können Sie die Sekretärin in ein Gespräch verwickeln und dadurch ein wenig Licht ins Dunkel bringen?«

»Was ist mit der Sekretärin, war sie beim Gespräch zugegen?«

»Meines Erachtens nicht, wenn, dann saß sie im Vorzimmer …«

»Glauben Sie, dass sie etwas mitbekommen hat, oder denken Sie, dass Signor Manconi doch etwas mit dem Mord an seinem Freund zu tun hat?«

Paola schaute ihn irritiert an:

»Sagen Sie das noch einmal …«, verunsichert schaute Carlo sie an. Ihm war mulmig zumute, als er seine Frage wiederholte.

Paola antwortete:

»Sekretärinnen wissen meistens gut Bescheid?«

Carlo Mazzola schaute sie überrascht an:

»Sie glauben, sie wusste von der Legende ihres Chefs?«

Sofort ratterte es im Kopf von Paola, ja, was wäre, wenn sie mitbekommen hat, dass ihr Chef zur *Scico* gehörte.

Mitten in ihre Überlegungen klingelte ihr *telefonino*, es war Silvia Ponte, die Sekretärin von Vice-Questore Dal Molin.

»*Ciao*, Paola, der Vice-Questore lässt fragen, ob du kurz kommen kannst?«

»Ich bin auf dem Weg …«, dann drehte sie sich zu Assistente Mazzola um und sagte: »Rufen Sie dort bitte an, wir sprechen uns später.«

»Wird gemacht!«

Als Paola beim Vice-Questore ins Büro kam, erwartete er sie bereits.

»Ah, Commissario Rossi, ich habe gehört, die Spezialeinheit hatte Erfolg.«

»Ja, ich habe noch nicht mit Signor Manconi sprechen können, aber er hat mir heute Morgen eine Nachricht, mit den wichtigsten Eckdaten geschickt. Jetzt warte ich auf seinen Rückruf. «

Vice-Questore Dal Molin wirkte betroffen, als er sagte: »Da operiert eine Bande hier in unserer Stadt und Männer aus der Oberschicht haben nichts Besseres zu tun, als Kinder zu missbrauchen. Haben Sie auch davon gehört, dass sich unter den gestern Festgenommenen ein Staatsanwalt und ein Richter befinden?«

Paola nickt ihm zu: »Das hatte ich am Rande mitbekommen, deswegen war es sehr klug, dass wir den Einsatz an die Spezialeinheit übergeben haben, wer weiß, ob…«

Dal Molin winkte ab.

»Ein Mensch, der sich dem Gesetz verpflichtet fühlt, verbringt seine Freizeit mit kleinen Mädchen, um seine Lust zu befriedigen. Commissario, wir sind vielleicht nicht immer einer Meinung, aber tun Sie mir den Gefallen und unternehmen Sie alles, damit die

Spezialeinheit gegen alle Beteiligten ermittelt! Ich war derart entsetzt, als ich davon gehört habe.«

Dann wurde seine Stimme geschmeidig: »Sie sind meine beste Ermittlerin, ich setze auf Sie. «

Paola schaute ihn irritiert an und fragte:

»Wie meinen Sie das?«

»Ach, Commissario, ich kenne Sie doch gut, Sie werden nichts dem Zufall überlassen und jetzt noch einmal mit der Spurensicherung und auch mit unserem Gerichtsmediziner sprechen, um weiteres belastendes Beweismittel gegen die Festgenommenen zu finden. Was ich sagen will, Sie haben meine volle Rückendeckung, falls Sie weitere Vergehen aufdecken. Ich werde persönlich dafür Sorge tragen, dass die Spezialeinheit gegen die Täter ermittelt.«

»Vielen Dank, Vice-Questore, das hatte ich auch vor. Es freut mich zu hören, dass Sie es genauso sehen, wie ich. Doch …«, sie hielt für eine Sekunde inne, »mir liegt der Fall Baldini schwer im Magen. Der Mörder von ihm gehört nicht zu dieser kriminellen Bande, das kristallisiert sich immer mehr heraus.«

Dal Molin warf ein: »Commissario, Sie ermitteln weiter. Ich vertraue Ihrem Gespür. Wenn Sie mir sagen, dass der Täter woanders zu finden ist, dann glaube ich Ihnen. Versprechen Sie mir nur eins, sofern Sie bei diesen Ermittlungen weitere Vergehen aus den Kreisen des organisierten Verbrechens aufdecken können und dabei Menschen in ihr Visier gelangen, die in Positionen sitzen und aufgrund dessen glauben, sie wären unantastbar, dann ermitteln Sie erst recht und melden es mir. Ich werde mit Ihnen gemeinsam alles daransetzen, dass wir diese Täter überführen und ihrer gerechten Strafe zuführen.«

Dann sagte er mit Nachdruck: »Kann ich mich auf Sie verlassen?«

Paola war sichtlich gerührt, sie hätte niemals damit gerechnet, dass der Vice-Questore jemals so reagieren würde, außerdem empfand sie dieses Lob für ihre Arbeit nicht als selbstverständlich. Wie oft hatte sie mit ihm Kämpfe führen müssen, weil er mit ihr als ermittelnde Beamtin offenbar ein Problem hatte und jetzt erkannte sie, wie sehr er ihre Arbeit schätzte. So sagte sie voller Überzeugung:

»Ich gebe Ihnen mein Ehrenwort, ich werde alles in meiner Macht Stehende tun. Ich danke Ihnen für Ihr gesetztes Vertrauen in mich. Sie können sich auf mich verlassen. «

Sie verabschiedete sich und ging mit schnellen Schritten aus seinem Büro, als sie bei Silvia Ponte vorbeikam, streckte diese den Daumen nach oben und meinte:

»Weiter so, Paola!«

Sie nickte ihr zu und sie musste unwillkürlich lächeln. Sie fühlte sich gestärkt und wollte schnellstmöglich an ihren Schreibtisch zurück.

Als Paola bei Maria und Carlo vorbeikam, nahm sie zur Kenntnis, dass beide eifrig beschäftigt waren. Paola ging erst einmal in ihr Büro und rief dann beim Gerichtsmediziner Dottore Ragazzi an.

»*Ciao,* Paola, ich habe schon gehört, dass der Einsatz der Spezialeinheit erfolgreich war.«

»Ja, es gab etliche Festnahmen und sie haben auch das Versteck der Kinder gefunden. Die Überlebenden werden jetzt medizinisch versorgt. Ich warte gespannt auf die Rückmeldung von Signor Manconi. Ich gehe davon aus, dass er uns einiges zu erzählen hat. Jetzt komme ich auch schon auf mein Anliegen, lieber Alberto …«

Er räusperte und warf ein:

»Ich wette darauf, dass du weitere Beweise von mir erwartest? «

Paola fühlte sich erwischt, doch konterte:

»Wir beide stehen auf der gleichen Seite. Unser Vice-Questore hat uns volle Rückendeckung zugesagt und bittet uns darum, alle Spuren und Beweismittel, die uns vorliegen, genauestens zu prüfen und auszuwerten, damit wir weitere Vergehen und strafbare Handlungen den Tätern zuordnen können. Meines Erachtens wünscht er sich, dass wir akribisch und minutiös mit einer erdrückenden Beweislage aufwarten, um dann die Täter damit zu konfrontieren.«

Dottore Ragazzi ließ diese Aussage erst einmal sacken, dann sagte er:

»Wie hast du das geschafft?«

»Ich habe nichts damit zu tun, indirekt schon.«

»Das erkläre mir einmal …«

Sie gab das Gespräch mit dem Vice-Questore wieder und als sie fertig war, meinte Alberto:

»Damit hätte ich nicht gerechnet. Schön, ihn so kennenlernen zu können. Das spornt mich tatsächlich noch mehr an, du kennst ja meine Einstellung zu diesen grauenhaften Vergehen.«

»Gewiss! Hast du schon etwas Neues für mich?«

»Kannst du dich noch an die Probe erinnern, von der ich dir erzählt habe, der aus dem Darm des armen Mädchens?«

»Ja, hast du einen Abgleich machen können?«

»Eine Übereinstimmung habe ich leider nicht zu bieten, aber wenn du mir einen möglichen Kandidaten präsentierst, dann haben wir diesen Mistkerl und können ihn überführen.«

»Sobald ich mit Signor Manconi spreche, werde ich ihm sagen, dass wir Abstriche von seinen Festgenommenen nehmen müssen, mein Bauchgefühl sagt mir, dass wir eine Übereinstimmung bekommen werden.«

»Sehr gut, Paola. Den ausführlichen Bericht bekommst du heute per Mail. Dann sprechen wir uns, sobald du mir Vergleichsproben gibst.«

Sie legten auf und Paola wählte die Nummer von Salvatore Torri.

»*Ciao*, Salvatore, hier ist Paola. «

Auch ihm erzählte sie vom Gespräch mit dem Vice-Questore und bat Salvatore alle Proben, die er aus der Lagerhalle entnommen hatte, unter diesem Gesichtspunkt zu analysieren. Außerdem benötigte sie die Fingerabdrücke der Wasserflasche, in der sich die tödliche Substanz befand, die Signor Baldini sterben ließ.

»Ihr hattet doch Abgleiche der Fingerabdrücke von den Mitarbeitern der *Arena di Verona* entnommen, oder?«, fragte Paola ihn.

»Ja, das haben wir. Wenn du mir einen möglichen Täter lieferst, können wir einen Abgleich vornehmen.«

»Perfekt!«, antworte Paola.

»Hast du eine mögliche Spur, wer hinter dem Giftmord stecken könnte?«, fragte Salvatore.

»Laut der Aussage von Signor Manconi, der bei der Spezialeinheit mit der verdeckten Ermittlung beauftragt war, können wir einen Täter aus diesem Bandenmilieu ausschließen.«

»Doch du ermittelst immer noch in allen Richtungen?«, fragte Salvatore.

»Natürlich, allerdings gibt es auch meinerseits einige Bedenken, dass der Mord von dieser Gruppe durchgeführt wurde. Bislang ist es nur mein Bauchgefühl, aber die Indizien, dass eine Frau in der Warteschlange stand und die Wasserflaschen austauschte, machen mich stutzig. Ich kann noch nichts Konkretes sagen, aber ich verfolge noch eine andere Richtung.«

»Mmh … ich bin gespannt, Paola, bislang war dein Bauchgefühl goldrichtig. Ich tippe tatsächlich auch auf eine Frau, aber wer es ist, das vermag ich nicht zu sagen. Nachdem ich gehört habe, dass es bei dieser Bande eine regelrechte Hinrichtung eines Bandenmitglieds gab, glaube ich auch nicht mehr daran, dass der Giftmord von denen durchgeführt wurde. Das passt nicht.«

»Gut, Salvatore, ich muss weitermachen, sobald ich einen möglichen Täter präsentieren kann, melde ich mich wieder und denke an die Proben aus der Lagerhalle.«

»Das mache ich«, warf Salvatore ein, dann verabschiedeten sie sich und Paola ging aus ihrem Büro, um mit Maria und Carlo zu sprechen.

Maria war noch immer am Telefon beschäftigt, zeigte aber mit einer Handbewegung, dass Paola bitte warten sollte. Dann beendete sie das Telefonat und drehte sich zu Paola um.

»Also …«, sie sortierte ihre Unterlagen und sprach weiter, »ich habe Amtshilfe in Rom beantragt. Demnächst fährt ein Beamter in das Hotel und lässt sich die Kameraauswertungen geben. Einmal vom Eingangsbereich und dann vom Flur des Zimmers von Signor Baldini. Wenn alles schnell über die Bühne geht, dann bekomme ich das Material per Mail zugeschickt und wir können es uns anschauen.«

Paola machte ein zufriedenes Gesicht und meinte:

»Super, dann sind wir auch da gleich ein Stück weiter.«

Assistente Mazzola schaute die beiden an und berichtete.

»Ich habe eben ein Gespräch mit der Sekretärin von Rocco Garrufo gehabt, also in Wirklichkeit Manconi …«

Paolas Aufregung war spürbar, als sie neugierig fragte:

»Und? «

»Mit der Frau stimmt etwas nicht«, erwiderte Carlo Mazzola.

Paola machte ein stutziges Gesicht.

»Commissario, ich kann es nicht näher definieren, aber mein Gefühl sagt mir, der Dame sollten wir einen Besuch abstatten. Sie war nervös, als ich mit ihr sprach. Das ging über das normale Maß hinaus, wenn jemand mit der Polizei spricht.«

»Verstehe«, sagte Paola.

»Sie klang am Anfang ganz ruhig und als sie mitbekam, um was es ging, verhaspelte sie sich beim Sprechen und sagte merkwürdige Dinge.«

»Merkwürdige?«

»Also, wenn ich es nicht besser wüsste, würde ich darauf tippen, dass sie in ihren Chef verknallt ist.«

Paola wurde augenblicklich nachdenklich und begann die ersten Gedanken laut auszusprechen:

»Wenn sie nur Wortfetzen des Gespräches zwischen Attilio und seinem Freund Signor Baldini mitbekommen hatte …«

Carlo und Maria nickten ihr zu.

»Sie hat vielleicht durch Zufall vorher etwas gesehen oder gehört, falsch kombiniert …«, dann stockte Paola, »doch das ergibt alles noch keinen Sinn. Wenn sie wusste, dass ihr Chef bei der *›Scico‹* arbeitet und sie aufgrund dessen, Signor Baldini aufhalten wollte, dann doch nur, weil sie ebenfalls ein Teil dieser kriminellen Bande ist …«

Carlo überlegte und meinte:

»Hypothetisch, Signora Rubino ist in ihren Chef Signor Garrufo verliebt.«

Paola als auch Maria nickten ihm zu.

»Sie hört durch die Bürotür einige Wortfetzen, die sie zusammensetzt und zieht daraus, Signor Baldini würde ihn auffliegen lassen.«

Auf einmal sagte Paola:

»Was wäre, wenn sie aber gar nicht wusste, dass er bei der ›*Scico*‹ ist und etwas anderes glaubte zu wissen.«

Jetzt schauten Carlo und Maria sie überrascht an.

»Wir kommen nicht weiter. Ich rufe jetzt erst einmal Signor Manconi an und befrage ihn zu seiner Sekretärin, vielleicht komme ich dann auf eine Spur. Auf alle Fälle sollten wir Signora Rubino in die Questura einbestellen und ihre Fingerabdrücke abnehmen. Vielleicht haben wir einen Treffer mit dem Abgleich und dann werden wir von ihr erfahren, warum sie es getan hat und wenn nicht ...«

Da schaltete sich Maria ein:

»Dann stehen wir wieder am Anfang.«

Paola unterhielt sich noch für einen Moment mit den beiden und ging dann in ihr Büro, um mit Signor Manconi ein Treffen zu vereinbaren.

»*Buongiorno*, Signor Manconi, hier spricht Commissario Rossi, ich hoffe, ich störe nicht?«

»Ah, Commissario, ich hätte mich ebenfalls gleich gemeldet. Passt es Ihnen, wenn wir uns in einer Stunde in der Questura treffen?«

»Sehr gerne! Bis nachher.«

Paola widmete sich wieder dem Papierkram auf ihrem Schreibtisch, gönnte sich noch einen *caffè*, und arbeitete alles in Ruhe ab. Die Zeit verging wie im Flug und schon klopfte es an ihrer Bürotür.

»Herein!«

In dem Moment steckte Signor Manconi den Kopf zur Tür hinein.

»Kommen Sie. Nehmen Sie bitte Platz!«

»Commissario, ich möchte mich erst einmal für Ihre freundliche Unterstützung bedanken und die vielen Informationen, die gestern den finalen Einsatz überhaupt erst möglich gemacht haben.«

Paola fühlte sich geschmeichelt und sagte:

»Wir stehen auf derselben Seite. Ich freue mich, dass der Einsatz erfolgreich war. Haben Sie alle Mitglieder dieser Bande festnehmen können?«

»In der Tat! Wir werten jetzt noch etliche Spuren aus und es gibt darüber hinaus sogar noch weitere Verdächtige, von denen wir vorher noch nichts wussten. Der Tipp mit der hochherrschaftlichen Villa war Gold wert. Wäre der Einsatz einen Tag später erfolgt, hätte sich diese Gruppe aufgelöst und wir hätten mit leeren Händen dagestanden.«

Dann wollte er Paola ausführlich vom Einsatz berichten, sie unterbrach ihn und fragte:

»Wäre es Ihnen recht, wenn Ispettore Nero und Assistente Mazzola dazukommen?«

»Natürlich!«

Paola ging zur Tür und rief die beiden dazu.

Dann berichtete Signor Manconi haarklein über den gestrigen Einsatz und die Befreiung der Kinder.

Paola machte sich Notizen, da sie noch einige Fragen an Signor Manconi hatte, die erste Frage lautete:

Mord an wem?

Die zweite Notiz: Fatmire,

die Dritte: Sekretärin.

Als Attilio Manconi zum Ende kam, schaute Paola ihn an und begann einige Fragen zu stellen.

»Signor Manconi, haben Sie Informationen darüber, wer der gestern Erschossene ist?«

»Laut den Zeugenaussagen, soll es sich um einen gewissen Igor handeln, einen Russen.«

Paola nickte bejahend.

»Ich habe es vermutet. «

Jetzt schaute Signor Manconi sehr überrascht. Paola erklärte ihm die Zusammenhänge, die sie durch Interpol und aufgrund der Zeugenaussage Signor Castellanis bereits wusste.

»Haben Sie in den Datenbanken etwas zu einem Igor gefunden?«, fragte Paola ihn.

»Wir haben etwas gefunden, es gibt eine Übereinstimmung, allerdings handelt es sich um einen gewissen Ilir, der gebürtiger Albaner ist. Kein Russe. Die Hintergründe dazu klären wir momentan.«

Paola schaute ihn versteinert an:

»Ein Albaner?«

»*Sì!* Sie schauen, als hätten Sie einen Geist gesehen?«

Paola kramte in der Akte und zeigte ihm dann ein Foto.

»Haben Sie zufällig bei der Befreiung der Kinder dieses Mädchen gesehen?«

Beim Anblick des Bildes zuckten seine Augen und er rief laut aus:

»Das Mädchen habe ich zum Rettungswagen gebracht. Es liegt im … warten Sie …«, er kramte einen Zettel hervor und schob ihn zu Paola.

Paola huschte ein zartes Lächeln über ihr Gesicht.

»Die Kleine wurde heute Morgen dorthin verlegt, sie hatten sie erst in das nächstgelegene Krankenhaus gebracht, aber dann entschieden, sie zu verlegen.«

»Dort arbeitet mein Mann. Das erleichtert vieles. Die Eltern von dem kleinen Mädchen standen am Freitag plötzlich bei uns und waren völlig verzweifelt. Wissen Sie, wie es der Kleinen geht?«

»Ihr wurde übel mitgespielt. Die Ärzte gehen aber davon aus, dass sie es überleben wird. «

Paolas Blick verfinsterte sich:

»So schlimm?«

Er erzählte ihr, wie er sie vorgefunden hatte. Paola schüttelte sich unwillkürlich. Sie musste an sich halten, ihr rutschte heraus:

»Sie unternehmen alles, damit die Täter wirklich bestraft werden! Entschuldigung, natürlich weiß ich, dass Sie alles nur Mögliche tun, aber der Fall geht mir so nah. Wissen Sie, es ist nicht so, dass ich gegenüber Tätern Sympathie hege, aber es gibt Straftaten, bei denen man, sobald man die Hintergründe kennt, wie soll ich sagen, versteht, warum ein Mensch so gehandelt hat. Doch in diesem Fall, da kann ich einfach nicht an mich halten. Wehrlose kleine Kinder als sexuelle Objekte zu benutzen, es gibt für mich kein schlimmeres Verbrechen …«

Man sah Attilio Manconi an, dass er dem zustimmte.

»Sie haben recht, ich kann Sie verstehen, es geht auch nicht in meinen Kopf.«

Sie sprachen noch eine ganze Weile, dann machte Paola eine Pause und fragte ihn:

»Signor Manconi, ich würde gerne noch einmal auf den Fall Baldini zu sprechen kommen. Sie sagten zu mir, es gibt keinerlei Anzeichen, die dafürsprechen, dass der Mord an ihrem Freund durch Mitglieder dieser Bande erfolgte. Bleiben Sie dabei?«

»Glauben Sie mir, ich würde auch gerne endlich den Schuldigen überführen, aber der Mord an meinen besten Freund, scheint aus einer anderen Ecke zu kommen. Bevor Sie fragen, Santina und Angelo können Sie definitiv ausschließen. Ja, er war bei mir und hat offenbar etwas recherchiert, aber es muss noch ein anderes Motiv geben. «

Paola schaute ihn an und bat ihm um Folgendes:

»Können Sie mir noch einmal ganz genau erzählen, wie der Besuch Ihres Freundes am 9. Juli ausgesehen hat.«

Er nickte: »Natürlich. Gianni kam zu mir ins Büro, ein kurzes Hallo und wie geht es dir? Dann kam er auch schon zum Punkt und konfrontierte mich mit der Aussage seines Arbeitskollegen und den Papieren, die er gefunden hatte.«

Paola ermunterte ihn, weiterzusprechen.

Sein Gesicht veränderte sich und man sah ihm an, wie sehr der Verlust seines Freundes ihm zusetzte.

»Nachdem er mir ins Gewissen redete und meinte, wie könne mir das Wohl der Kinder egal sein, da wurde ich ungehalten und wie ich schon sagte, wurde ich laut und rief, du kannst mich nicht auffliegen lassen.«

»Wieso ist das von Bedeutung?«, fragte Paola.

»Als Gianni ging, machte er die Tür mit einem lauten Knall zu …«

Paola hörte ihm neugierig zu.

»Meine Sekretärin stand aufgewühlt im Vorzimmer.«

»Ihre Sekretärin. Ähm … sie wirkte aufgewühlt, weil es ein hitziges Gespräch zwischen Ihnen gab? Oder vermuten Sie etwas anderes?«

Er überlegte.

»Sie wirkte auf eine mir unerklärliche Art und Weise besorgt, aber dem habe ich nichts beigemessen.«

»Kann es sein, dass Ihre Sekretärin wusste, dass Sie verdeckt ermitteln? Oder haben Sie kompromittierende, sensible Daten unachtsam im Büro liegengelassen?«

Er schrie auf: »Verdammt!«

Paola schaute ihn mit großen, weit geöffneten Augen an.

Er murmelte unentwegt: »Das kann nicht sein …«

»Was kann nicht sein?«, fragte Paola nun energisch.

»Hat sie etwas gesehen, was sie nicht hätte sehen sollen, oder dachte sie, Gianni wolle Sie auffliegen lassen, weil er etwas von Ihnen wusste …?«

Kleinlaut sagte er:

»Mir wurden Bilder zugespielt. Als ich mir die Bilder anschauen wollte, klopfte es an meiner Tür. Ich schmiss die Bilder in eine Schublade. Meine Sekretärin erinnerte mich an einen Termin, den ich vergessen hatte, dann packte ich meine Aktentasche und lief schnurstracks los. Als ich wiederkam, nahm ich die Bilder aus der Schublade und steckte sie in meine Aktentasche. Aber…«

Energisch fragte Paola:

»Was war auf den Bildern zu sehen?«

»Kleine Mädchen. Oh mein Gott. Diese Bilder zeigten kleine, nackte Mädchen.«

Sofort schoss Paola ein Gedanke in den Kopf, den sie laut aussprach: »Kann es sein, dass Ihre Sekretärin diese Bilder gefunden hat?«

»Ja, aber warum sollte sie daraufhin Gianni töten?«, sprach er aus.

Jetzt ergab alles einen Sinn, dachte Paola und sagte entschieden:

»Signor Manconi, mein Kollege, Assistente Mazzola hat vorhin bei Signora Rubino angerufen und seine Einschätzung war, dass sie sich seltsam verhielt. Sein Eindruck war, dass Signora Rubino in Sie verliebt sein könnte?«

Er griff mit seiner Hand an seinen Kopf und schüttelte sich. Warum war ihm das entgangen? Seine Sekretärin hörte Wortfetzen und aus dem Satz, »du kannst mich nicht auffliegen lassen«, hatte sie falsche Schlüsse gezogen und dachte, er sei pädophil?

Was hatte er nur getan?

Auf einmal sank er in sich zusammen und Tränen füllten seine Augen.

»Es ist meine Schuld …«, stammelte er, immer und immer wieder.

Paola musste die soeben erlangte Erkenntnis auch erst einmal sacken lassen. Es klang plausibel. Jetzt wollte sie keine Zeit verlieren. Signor Manconi war ein Schatten seiner Selbst, doch Paola wollte sich nun Signora Rubino näher anschauen. Sie bat um Verständnis, dass sie jetzt die Unterhaltung an dieser Stelle abbrechen musste, aber die Pflicht rief und sie musste sich auf den Weg machen.

»Wenn Ihre Vermutung stimmt und sie bekommen ein Geständnis von ihr, sagen Sie mir bitte Bescheid.«

»Das mache ich. Signor Manconi, es tut mir wirklich unendlich leid, falls sich dies bestätigen sollte, ich melde mich.«

Dann drückte sie ihm die Hand und machte sich mit ihrer Kollegin Maria Nero, sowie Carlo Mazzola auf den Weg in das Büro von Anna Rubino.

Als sie dort ankamen, wurden Sie erst einmal in einen Raum geführt, um zu warten. Nach ein paar Minuten stand eine Frau mit langen blonden Haaren vor ihnen, schätzungsweise Mitte vierzig, mit einem markanten Gesicht und einer üppigen Figur.

»*Buongiorno*, mein Name ist Anna Rubino. Sie wollten mich sprechen?«

In ihrem Gesicht und auch in ihrer Stimme war große Unsicherheit zu spüren.

»Mein Name ist Commissario Paola Rossi, das sind meine Kollegen Ispettore Nero und Assistente Mazzola.«

»Wie kann ich Ihnen behilflich sein?«, fragte Anna Rubino ängstlich.

»Wir müssen Sie bitten, mit uns zur Questura zu kommen. Wir haben einige Fragen an Sie«, sagte Paola entschlossen.

Anna Rubino erkannte Paola sofort als die Frau wieder, die sie zusammen mit Rocco an der *Arena di Verona* gesehen hatte.

Was hatte das alles zu bedeuten?

Wusste die Polizei bereits von Roccos Neigung? Sie wurde unruhig und nervös. Sie überlegte blitzschnell, wie sie darauf regieren sollte, um sich möglichst unauffällig zu verhalten, doch Paola hatte sie bereits in ihrem Visier.

»Ich kann nachher zu Ihnen kommen. Leider bin ich beschäftigt!«

Doch Paola schüttelte ihren Kopf und sagte ernst:

»Signora Rubino, die Situation bietet keinen Aufschub. Ich muss Sie bitten mit uns sofort in die Questura zu kommen.«

Zitternd packte sie ihre Sachen zusammen und dann geleiteten sie die Polizisten nach draußen.

In der Questura angekommen, wurde Signora Rubino in den Verhörraum geschickt, dort ließen sie sie zwanzig Minuten warten. In der Zwischenzeit bereiteten sie alles für die Vernehmung vor. Maria und Paola sprachen sich ab, wie sie vorgehen wollten. Dann suchten sie noch einige Unterlagen heraus und schließlich veranlassten sie, dass ein Kollege Signora Rubino etwas zu trinken bringen sollte. Schnell zückte Paola ihr *telefonino* und rief bei Salvatore an.

»*Ciao*, Paola, wie kann ich dir helfen?«

»Du bekommst zeitnah ein Glas mit einem Fingerabdruck, es handelt sich dabei um eine Verdächtige, die wir vermutlich für die Täterin im Fall Baldini halten.«

»Wow! Macht ihr dann auch bei der Vernehmung, guter Cop, böser Cop?«

Paola war geneigt zu lächeln, doch blieb ernst.

»Gute Idee! Spaß beiseite. Wir haben sie erst einmal etwas warten lassen. Wir gehen gleich rein und sobald das Glas leer ist, schicke ich es zu dir ins Labor. Kannst du sofort einen Abgleich machen und schickst mir das Ergebnis in den Verhörraum? Wenn wir recht haben und es bestätigt sich unser Verdacht, dann kann ich heute die Täterin überführen.«

»Schick mir das Glas mit dem Fingerabdruck. Ich gleiche den Fingerabdruck ab und schicke dir das Ergebnis.«

»*Perfetto*! Ich danke dir. Bis später.«

Dann machten sich Paola und ihre Kollegin Maria auf den Weg zur Tatverdächtigen.

»Signora Rubino, wir möchten Sie zu einem Treffen befragen. Wir zeichnen die Befragung auf, das ist reine Routine. Können wir anfangen?«

Maria Nero tat zwar so, als würde es eine Frage sein, doch bediente danach resolut das

Aufnahmegerät und Signora Rubino rutschte nervös auf ihrem Stuhl hin und her.

Heute ist der 23. Juli 2018, es ist 13 Uhr und fünf Minuten. Anwesend sind Commissario Paola Rossi und Ispettore Maria Nero. Wir beginnen mit der Zeugenbefragung von Signora Rubino …

Dann ging es los.

Paola begann die Befragung in einem einschüchternden Ton.

»Signora Rubino, am 9. Juli 2018 kam Signor Baldini in das Büro ihres Vorgesetzten Rocco Garrufo. Ist das richtig?«

»Ja, das stimmt«, sagte sie aufgewühlt und nahm einen großen Schluck Wasser aus dem Glas. Als sie das Glas zurückstellte, nahm Ispettore Nero das Glas vorsichtig hoch und ging damit zur Tür raus.

Völlig verdutzt schaute Anna Rubino ihr nach und drehte sich zu Commissario Rossi um.

»Was soll das?«, fragte sie aufgeregt, »dürfen Sie das?«

Paola sah sie mit einem durchdringenden Blick an und meinte abfällig:

»Wir dürfen noch viel mehr …«

Signora Rubinos Blick wirkte eingeschüchtert. Ihre Körpersprache sprach Bände. Sie hatte sich kaum mehr unter Kontrolle, sie wippte aufgeregt, nach vorn und hinten. Paola erkannte, wie überfordert sie mit der Situation zu sein schien.

»Was passierte?«, fragte Paola sie scharf.

In dem Moment trat Ispettore Nero wieder in den Verhörraum ein.

Sichtlich nervös stammelte Signora Rubino.

»Signor Baldini und Signor Garrufo schienen ein hitziges Gespräch zu führen.«

»Woran machten Sie das fest?«, fragte Paola noch immer mit einem energischen Unterton.

»Ich … ich bekam nur einige Wortfetzen mit, aber es wurde plötzlich sehr laut im Nebenraum, nach ein paar Minuten riss Signor Baldini die Tür auf und knallte sie danach heftig zu.«

Jetzt schaltete sich Maria mit sanfter Stimme ein und fragte besorgt:

»Sind Sie dann zu Signor Garrufo und haben nach ihm gesehen?«

»Er riss eine Sekunde später die Tür auf und ich schaute ihn nur überrascht an.«

Erneut sagte Maria Nero sanft:

»Sie haben sich Sorgen gemacht?«

Signora Rubino überlegte, was sie sagen sollte. Das Ganze hier gefiel ihr gar nicht. Commissario Rossi schien sie durchschaut zu haben und die Taktik ihrer Kollegin Ispettore Nero war die, wie eine verständnisvolle Freundin, mit ihr zu sprechen.

Sie wurde immer unruhiger und war kaum mehr fähig, ein Wort zu sagen. Doch dann kam ihr ein Gedanke und sie sagte:

»Werde ich hier als Zeugin befragt? Dann kann ich doch jetzt auch gehen?«

Paola schaute sie fragend an.

»Wir sind noch nicht fertig mit der Befragung, ehrlicherweise verstehe ich Sie nicht, wir stellen hier ganz sachliche Fragen zu einem Vorgang, doch ihr Verhalten irritiert mich jetzt sichtlich.«

Jetzt sank Anna Rubinos Zuversicht um ein Vielfaches, mit dieser Aussage hatte sie sich erst recht verdächtig gemacht, obwohl sie das Gegenteil dessen bewirken wollte. Commissario Rossi würde sie gleich in die Zange nehmen und dann … sie wollte souverän wirken. Erneut setzte sie zu einer Antwort an und bemühte sich sachlich auf die Frage zu antworten. Es fiel ihr sichtlich schwer.

»Ja, ich habe mir Sorgen gemacht, wie würden Sie reagieren, wenn plötzlich mit einem lauten Knall die Bürotür ins Schloss fällt.« Sie wähnte sich nun in Sicherheit und sprach weiter: »Ich dachte, Signor Baldini würde Gewalt anwenden. Da war ich besorgt.«

»Warum dachten Sie, dass Signor Baldini Gewalt anwenden könnte?«

»Der schrie auf einmal los, und ich hörte, wie er meinte, er nimmt es selbst in die Hand und geht zur Polizei.«

Genau dorthin wollte Paola sie bringen, sie sagte scharf:

»Also, sie haben das Gespräch doch mitbekommen zwischen den Herren. Sie sind verpflichtet, die Wahrheit zu sagen!«

Anna Rubinos gerade aufkeimende Sicherheit verschwand in der Sekunde, als Paola sie ansah, die Worte, die Paola sagte, drangen wie durch einen Schleier an ihr Ohr.

»Commissario, ich habe nicht alles hören können, aber es war auf einmal laut. Ein paar Worte hörte ich, aber keine zusammenhängenden Sätze.« Sie schaute Paola an und hoffte, dass sie überzeugend wirkte. Doch Paolas Blick verriet alles.

»Signora Rubino, muss ich Sie darauf hinweisen, dass Sie die Fragen wahrheitsgemäß beantworten müssen ...«

Verschreckt schaute Anna Rubino sie an und schüttelte ihren Kopf.

»Ich sage die Wahrheit!«, sagte sie mit zittriger Stimme.

»Ich frage Sie noch einmal, was hatte Signor Baldini gegen Ihren Chef in der Hand?«

Sie zitterte und bemerkte, wie aufkommende Tränen sich ihren Weg bahnen wollte. Sie schluckte sie herunter und meinte:

»Das weiß ich nicht. Ich weiß gar nichts. Was sollte Rocco …« dann verbesserte sie sich, »was sollte Signor Garrufo getan haben? Er ist so ein anständiger Mensch, ein guter Chef. Ich weiß es doch nicht.«

»Das klingt nicht sehr glaubhaft!«, zischte Paola sie an.

In dem Moment klopfte es an der Tür. Ein Polizist übergab einen Ordner an Ispettore Nero. Es war das Ergebnis des Abgleichs der Fingerabdrücke der Wasserflasche, sowie noch etwas anderes.

Paola und Maria schauten sich das Ergebnis an, dann wurden die Blicke der beiden eiskalt, als sie Anna Rubino ins Gesicht schauten.

Signora Rubinos Beherrschung fiel in sich zusammen. Doch bevor die beiden Polizistinnen sie mit dem Ergebnis konfrontieren wollten, holten sie zu einem finalen Schlag aus.

In der Zwischenzeit hatte Attilio Manconi die besagten Fotos der nackten, kleinen Mädchen, in die Questura gebracht. Diese Fotos lagen ebenfalls im Ordner, den Paola in ihren Händen hielt. Paola nahm die Fotos aus dem Ordner und legte sie mit der Bildseite nach unten auf den Tisch. Dann schob sie die Bilder zu Signora Rubino und sagte barsch:

»Drehen Sie die Fotos um.«

Anna Rubinos Augen bewegten sich hin und her. Zögerlich griff sie zu einem Bild, drehte es um und erschrak. Im nächsten Moment sackte sie zusammen und fing zu weinen an.

»Damit hat Signor Garrufo nichts zu tun, das ist ein Missverständnis. Er ist ein guter Mann …« brachte sie stotternd hervor.

»Womit hat Signor Garrufo nichts zu tun?«, fragte Paola sie mit kühler Stimme.

»Damit …«, sie zeigte auf das soeben umgedrehte Bild und dann begann sie schluchzend zu reden.

»Jemand hat ihm die Fotos untergeschoben, wahrscheinlich dieser Signor Baldini …«

Sie redete sich dabei um Kopf und Kragen. Paola hörte sich die wirren Aussagen an, wartete noch einen Moment und sagte schließlich.

»Sie wussten davon, dass unschuldige Kinder gefangen gehalten wurden und haben sich nicht auf den Weg zur Polizei gemacht? Wir werden Sie nun nicht weiter als Zeugin befragen, sondern Sie stehen im dringenden Tatverdacht, dass Sie vom Missbrauch der Kinder wussten, vielleicht sogar etwas mit der kriminellen Bande zu tun hatten. Ich kläre Sie nun über Ihre Rechte auf …«

Ispettore Maria Nero begann zu sprechen, doch Signora Rubino hörte nicht mehr zu, sie schaute geistesabwesend und verwirrt ins Nichts, nach einer Weile fing sie an zu sprechen:

»Ich habe diese Bilder gefunden, aber von einer kriminellen Bande weiß ich nichts. «

»Signora Rubino, was hat Signor Baldini mit diesen Bildern zu tun?«

»Er muss sie Signor Garrufo untergeschoben haben! Das kann nicht anders sein …«, dann begann sie zu schluchzen: »Signor Garrufo hat nichts mit diesen abscheulichen Bildern zu tun und auch nichts mit den kleinen Mädchen. Ich weiß das.«

»Woher wissen Sie das?«, fragte Paola.

»Weil …«

»Weil Sie in ihn verliebt sind?« konfrontierte Ispettore Nero sie.

Anna Rubino schaute Ispettore Nero ungläubig an.

»Signor Baldini kam an diesem besagten Montag in das Büro und kurz nachdem er bei Signor Garrufo im Büro war, begann ein heftiges Wortgefecht. Er beschuldigte Signor Garrufo und ich hörte nur, wie er zu Signor Baldini sagte, du kannst mich nicht auffliegen lassen. Da musste ich handeln.«

»Da haben Sie sich auf die Spur von Signor Baldini gemacht und sahen keinen anderen Ausweg, als ihn zu töten?«, fragte Paola.

Anna Rubino schnappte nach Luft.

»Wie kommen Sie darauf, warum sollte ich Signor Baldini töten?«

Paola nahm ein Blatt aus dem Ordner und schob es zu ihr.

»Leugnen ist zwecklos, Signora Rubino, wir haben soeben einen Abgleich Ihrer Fingerabdrücke veranlasst, das Ergebnis ist eindeutig. Ihre Fingerabdrücke befanden sich auf der Wasserflasche, aus der Signor Baldini in der *Arena di Verona* getrunken hat. In dieser Flasche haben wir die tödliche Substanz gefunden, die bei Signor Baldini zum Tod geführt hat. Unsere Spezialisten gleichen in diesem Moment die Aufzeichnung der Kameras der *Arena di Verona* ab, dort standen sie neben Signor Baldini und haben die Wasserflasche ausgetauscht.«

Anna Rubino schaute die beiden Polizistinnen entgeistert an.

»Sie haben bei Ihren Überlegungen einen großen Denkfehler gemacht, Signora Rubino …«, sagte Paola mit einem gewissen Unterton in der Stimme.

Anna Rubino verstand nicht, um was es ging, schaute erschrocken, verwirrt und völlig durcheinander.

»Signor Garrufo hat nichts mit dieser kriminellen Organisation zu tun, noch hat er Gefallen an kleinen Mädchen, ganz im Gegenteil. Er hat die Täter überführt, sein Freund Gianni Baldini kam zu ihm, weil er zufällig auf etwas gestoßen ist, was mit dieser Organisation zu tun hatte. Die Wortfetzen, die sie hörten, bezogen sich darauf, dass Signor Garrufo ihn bat, ihn nicht bei seinem Vorhaben zu stören und nicht auf eigene Faust zu ermitteln, weil es zu gefährlich für ihn sei.«

Anna Rubino schüttelte den Kopf, schluchzte, begann zu jammern und weinte hemmungslos. Ihr Körper begann zu beben.

»Signora Rubino, ich verhafte Sie wegen des heimtückischen und vorsätzlichen Mordes an Signor Baldini. Über Ihre Rechte haben wir Sie bereits aufgeklärt. Sie werden nun in Untersuchungshaft gebracht.«

Dann drückte sie auf einen Knopf und sagte:

»Führen Sie Signora Rubino ab.«

»Das habe ich nicht gewollt, das müssen Sie mir glauben. Das wusste ich nicht. Ich dachte, Rocco hat Gefallen an den Kindern gehabt. Was habe ich nur getan? Er ist unschuldig, sagen Sie? Signor Baldini wollte nur seine Hilfe, um die Täter zu überführen?«

Paola nickte ihr stumm zu.

Der Polizist kam zur Tür rein.

»Warten Sie einen Moment vor der Tür«, sagte Paola zu dem Beamten. Er nickte, ging raus und schloss die Tür.

»Eine Frage habe ich noch an Sie. Wie sind Sie an das Gift gekommen?«

Unter Tränen antwortete sie:

»Der Freund meines Onkels hat eine Apotheke. Ich helfe ihm bei den Abrechnungen, an das

Kaliumcyanid heranzukommen, war nicht schwer. Er hat damit nichts zu tun. Es ist alles meine Schuld gewesen. Ich wollte Rocco beschützen …«

Dann zeigte Paola mit einer Handbewegung zu dem wartenden Polizisten vor der Tür und bat ihn hereinzukommen. Dann sagte sie mit einem Blick auf Anna Rubino:

»Abführen!«

32

Nachdem Paola mit Maria Nero aus der Zeugenbefragung von Signora Rubino rauskam, musste sie erst einmal für eine Weile vor die Tür gehen, um einen Spaziergang zu machen.

Wie sinnlos der Tod Signor Gianni Baldinis war, dachte Paola. Als sie auf dem Rückweg an der Bar vorbeikam, beschloss sie sich noch einen leckeren *caffè* zu holen. Entspannter und mit ihrem Getränk in der Hand ging sie in ihr Büro zurück. Sie nahm einen Schluck aus ihrer Tasse und dann begann sie ihren Rückrufzettel, den sie sich vorhin erstellt hatte, abzutelefonieren.

Erst einmal rief sie bei der Familie Baldini an.

Angelo Baldini nahm den Hörer ab.

»*Buongiorno*, Signor Baldini, hier spricht Commissario Rossi. «

»Commissario Rossi, haben Sie neue Erkenntnisse im Fall meines Vaters.«

»Ja, die habe ich, wir haben soeben den Fall abschließen können …«

Angelo Baldini hörte aufmerksam zu, als Paola ihm alles erzählte. Als sie fertig war, meinte er:

»Wie absolut sinnlos …«, ja, das war es, dachte auch Paola, etwas anderes konnte man dazu nicht sagen. Dieser Mord basierte auf einer völlig falschen Annahme durch Signora Rubino. Immer noch ihren Gedanken nachhängend, hörte sie, wie Angelo Baldini sprach:

»Vaters bester Freund, Attilio, war heute bei uns, er hat uns erzählt, dass er sich mit Ihnen getroffen hatte. Wie sehr er es bedauert, dass er meinen Vater nicht davon abhalten konnte, auf eigene Faust zu ermitteln. Er hat ein paar Andeutungen gemacht bezüglich seiner Arbeit. Ich habe nicht weiter nachgefragt, ich muss das alles erst einmal verdauen. Attilio bat uns um Verzeihung, aber wir geben ihm auf keinen Fall Schuld am Tod meines Vaters. Er möchte demnächst ein paar Tage zusammen mit uns auf Reisen gehen, damit wir gemeinsam den Verlust verarbeiten können. «

»Das ist eine wundervolle Idee«, sagte Paola. »Als Signor Manconi bei uns war, habe ich gespürt, wie wichtig Ihr Vater für ihn war, aber auch Sie und Ihre Mutter. Leider kannte ich Ihren Vater nicht zu Lebzeiten, aber er muss ein großartiger Mensch gewesen sein, das habe ich von allen Zeugenbefragungen mitgenommen. Ich wünsche Ihnen und Ihrer Mutter von Herzen, dass Sie es schaffen, durch diese schwere Zeit zu kommen. «

»Vielen Dank, Commissario, und unser Dank an Sie, dass Sie alles unternommen haben, die Täterin zu überführen. So sinnlos wie alles auch war, aber zumindest wird der Tod meines Vaters nicht ungesühnt bleiben.«

»Das ist meine Aufgabe und ich habe das mit allen mir zur Verfügung stehenden Mitteln gemacht. Den entscheidenden Hinweis haben wir zum Glück durch Signor Manconi erhalten.«

»Wie ich es herausgehört habe, sind Sie diejenige gewesen, die, die richtigen Fragen gestellt hat. Ich danke Ihnen. Schade, dass wir uns unter diesen Umständen kennenlernen mussten. Ich wünsche Ihnen alles Gute, Commissario Rossi.«

Dann legten sie auf.

Erneut griff Paola zu ihrem *telefonino* und informierte Signor Manconi, auch er war einerseits froh, dass die Täterin überführt werden konnte, andererseits fühlte er sich beklommen, denn der Auslöser zu dieser Tat hatte mit ihm zu tun. Das machte ihn mehr als betroffen, das hörte Paola an seiner Stimme. Sie verabredeten sich für die kommenden Tage, um sich auch im Fall der kleinen Antonia und der damit im Zusammenhang stehenden kriminellen Bande, abzusprechen. Paola erzählte ihm von der gefundenen Probe des Gerichtsmediziners und sie verblieben so, dass alle nötigen Beschlüsse durch Signor Manconi zeitnah vorliegen würden.

»*Bene,* dann sehen wir uns diese Woche, melden Sie sich, sobald die Beschlüsse vorliegen und Sie die Proben entnommen haben. Unser Gerichtsmediziner steht schon in den Startlöchern« antwortete Paola.

»Das mache ich und ich möchte mich nochmals bedanken bei Ihnen und Ihrem Team. Selten konnten wir so gut mit einer Behörde zusammenarbeiten. Und mein ganz besonderer Dank geht an Sie, Commissario, wenn Sie sich verändern wollen, hier bei uns ist immer eine Stelle für Sie frei.«

Dieses Kompliment hörte Paola sehr gerne, aber sagte darauf dennoch:

»Vielen Dank für das Kompliment, doch ich bin sehr froh hier in der Questura zu arbeiten. Mein Mann Francesco hat sich sehr große Sorgen um mich gemacht, als er am Rande mitbekam, dass der Mord an ihrem Freund dem organisierten Verbrechen geschuldet sein könnte. Ihr Lob hat mich mehr als gefreut, das ging runter wie Öl. Passen Sie gut auf sich auf und bis die Tage.«

Als Paola aufgelegt hatte, beschloss sie, ihren Mann anzurufen.

»*Ciao, mio tesoro*«

»*Bella*, wie schön …«

»Francesco, auf eurer Kinderstation liegt ein kleines Mädchen. Es heißt Fatmire. Sie gehört zu den Opfern dieser kriminellen Bande. Ihre Eltern sind vor ein paar Tagen zu uns in die Questura gekommen, weil sie ihre Tochter suchen. Wie sich nun herausgestellt hat, ist dieses Mädchen durch Attilio Manconi gerettet worden. Leider weiß ich nicht, wie viele der Kinder jetzt bei euch sind, aber ich würde dir jetzt ein Bild von ihr schicken. Könntest du für mich zur Kinderstation gehen und einmal nachfragen, wie stabil ihr Gesundheitszustand ist.«

Francesco war sofort bereit und wollte sich gleich auf den Weg machen.

»Das ist lieb von dir. Ich möchte die Eltern informieren, aber natürlich erst, wenn ich weiß, ob ich sie ins Krankenhaus bringen kann. Außerdem wird ein Dolmetscher benötigt, das Mädchen kommt aus Albanien und ich glaube nicht, dass sie in ihrer Gefangenschaft Italienisch lernen konnte.«

»Schick mir das Bild, dann kümmere ich mich darum. Bis später. *Amore*!«

Paola nahm sich die Akte zur Hand, zog sich das Bild von Fatmire heraus, machte ein Foto und schickte es auf das Telefon von Francesco. Als sie damit fertig war, stand sie von ihrem Schreibtisch auf und lief nach nebenan, um mit Maria zu sprechen.

»Ich habe mit Angelo Baldini gesprochen und mit Attilio Manconi, sie wissen Bescheid, dass wir die Täterin überführt haben«, sagte Paola zu Maria.

»Und wie war das Gespräch mit seinem Sohn?«

Paola machte ein betroffenes Gesicht: »Er war froh, dass wir sie dingfest gemacht haben, aber der Tod seines Vaters wird ihn und seine Mutter noch sehr lange beschäftigen. Signor Manconi war auch bei ihm. Sie wollen demnächst für ein paar Tage zusammen verreisen, um den Tod Gianni Baldinis zu verarbeiten. Mir tut die Familie so leid, Maria. Jetzt, nachdem wir wissen, dass Signora Rubino aufgrund einiger Wortfetzen sich etwas zusammen interpretiert hat, und ein so aufrechter, ehrlicher Mensch, ihr zum Opfer gefallen ist.«

Maria nickte ihr verständnisvoll zu.

»Eben habe ich mit Francesco gesprochen, er macht sich jetzt auf den Weg zur Kinderstation, um den gesundheitlichen Zustand von Fatmire in Erfahrung zu bringen.«

»Dann kannst du den Eltern Bescheid sagen«, meinte Maria.

»Genau! Außerdem will ich den Dolmetscher informieren und eine Psychologin hinzuziehen, damit der Kleinen geholfen wird. Sie muss Unfassbares erlitten haben. Was diese Kinderseele womöglich alles durchlebt hat? Unvorstellbar«, antwortete Paola.

Maria schüttelte ihren Kopf und meinte:

»Ich hoffe, die Täter bekommen eine Strafe, die sich gewaschen hat. Kannst du mir erklären, was bei denen falsch gelaufen ist? Das ist keine Frage, Paola, es ist meine Fassungslosigkeit, die spricht.«

»Ach, Maria, ich verstehe es genauso wenig wie du!«, antwortete Paola. Dann sprach sie weiter:

»Noch eine andere Frage, hast du mit dem Vernehmungsprotokoll von Signora Rubino schon anfangen können?«

»Ja, bin gleich fertig. Ich bringe es dann zu dir. «

Paolas Gesicht hellte sich auf: »Danke, sonst hätte ich mich drangesetzt.«

»Übrigens, die Auswertungen der Kameras aus Rom kam an …«

»Und?«, fragte Paola.

»Wie wir vermutet haben, es ist keine andere Frau zu sehen. Nachdem wir nun das Geständnis von Signora Rubino haben, warum sie diese sinnlose Tat verübt hat, kein Wunder! Wir haben in alle Richtungen ermittelt, da kann uns niemand etwas anderes sagen …«, meinte Maria noch hinterher.

»Das würde niemand machen. Gut, Maria, dann haben wir das auch geklärt. Dann gehe ich jetzt noch einmal in mein Büro und wenn du den Bericht fertig hast, dann mache ich mich auf den Weg zum Vice-Questore.«

Paola ging zurück in ihr Büro und arbeitete einige Papiere ab. Maria hielt Wort und kam kurze Zeit mit dem fertig geschriebenen Vernehmungsprotokoll zu Paola ins Büro.

»Fertig«, sagte Maria zur ihr, »vielen Dank. Ich rufe gleich bei Silvia an«, antwortete Paola hinterher.

Paola griff zum Hörer und fünf Minuten später, machte sie sich auf den Weg zu Dal Molin.

»Commissario, schön, dass Sie kommen. Ich habe schon mitbekommen, dass Sie das richtige Bauchgefühl hatten. Gratulation!«

Paola wurde für einen kurzen Moment rot im Gesicht, dann meinte sie: »Vice-Questore, ich möchte mich bei Ihnen bedanken, weil Sie an mich geglaubt und mir vertraut haben.«

»Commissario, ich hatte da auch meine Zweifel, dass der Mord an Signor Baldini etwas mit dem organisierten Verbrechen zu tun hatte, deswegen wollte ich, dass Sie weiter ermitteln.«

Dann war er wieder in seinem Element und klopfte sich verbal auf die eigene Schulter, doch Paola hörte es sich alles geduldig an, denn letztlich hatte sie ihre Ermittlungen weiterführen können.

»Commissario, gibt es Neuigkeiten im Fall des organisierten Verbrechens? Ich hatte Sie um einen Gefallen gebeten …«

»Ich bin dran, Vice-Questore. Mit der Spurensicherung und mit Dottore Ragazzi habe ich alles besprochen. Signor Attilio Manconi besorgt indes die Beschlüsse, damit wir die Spuren abgleichen können, die uns vorliegen.«

Vice-Questore Dal Molin nickte wohlwollend.

»Das kleine Mädchen, das von seinen Eltern gesucht wird … Sie erinnern sich, die Eltern standen am Freitag in der Questura. Dieses Mädchen wurde gerettet, sie liegt im Krankenhaus. Mein Mann Francesco klärt jetzt in der Kinderstation den Gesundheitszustand der Kleinen ab und gibt mir dann Bescheid. Sofern sie stabil genug ist, werde ich heute ihre Eltern informieren, damit sie sie besuchen können, außerdem möchte ich auch den Dolmetscher dazu holen. «

»Sehr gut, Commissario!«, rief er enthusiastisch aus.

Nach einer weiteren Viertelstunde entließ der Vice-Questore Paola. Auf dem Weg zu ihrem Büro, klingelte ihr *telefonino,* es war Francesco.

»*Ciao*, Francesco, hast du Neuigkeiten für mich?«

»Ja, die habe ich …«, Francescos Stimme hörte sich matt und angeschlagen an.

»Was ist los? Ist etwas mit dem Kind? Geht es ihr schlechter?«, war sofort Paolas Reaktion.

»Der Kleinen wurde sehr übel mitgespielt. Ich war kurz in ihrem Zimmer und habe nach ihr geschaut. Danach bin ich zum Stationsarzt und er hat mit mir geredet. Paola, du weißt, dass ich als Arzt eine Menge zu sehen bekomme, aber das eben, war auch für mich niederschmetternd. Ein wehrloses Kind derart zu drangsalieren. Sie wirkt so verängstigt, ihre Psyche muss einen erheblichen Schaden erlitten haben. Ich bin fassungslos, dass Erwachsene solch ein Unheil über ein kleines Kind bringen können, nur um sich zu befriedigen.«

»Das glaube ich dir? Was sagt dein Kollege?«

»Sie hat etliche Hämatome, ist abgemagert und durch die Mangelernährung sehr schwach. Ihr Flüssigkeitshaushalt muss ebenfalls angepasst werden. Der Infekt macht ihnen zu schaffen, momentan reagiert sie auf keine Therapie. Paola, dieses Kind ist nur noch Haut und Knochen …«, stieß er voller Wut aus.

»Oh, mein Gott. Glaubst du, sie kommt durch?«

»Das ist schwer zu beurteilen, meine Kollegen tun alles, um sie zu stabilisieren. Die gynäkologische Untersuchung haben sie auf morgen angesetzt. «

Paola drehte sich bei dem soeben Gehörten der Magen um.

»Meinst du, die Eltern können die Kleine besuchen? Ich würde sie gleich versuchen zu erreichen. Würde es der Kleinen helfen? Wenn ich höre, dass sie so kraftlos ist, vielleicht gibt es ihr die nötige Kraft zurück, wenn sie sieht, dass ihre Eltern da sind?«

Man hörte, wie Francesco überlegte.

»Wenn es um den Besuch der Eltern geht, dann stimme ich zu, aber eine Befragung ist zum derzeitigen Zeitpunkt nicht möglich. Die Kleine ist völlig verängstigt, sie hat ein schlimmes Trauma erlebt, sie muss erst einmal wieder stabil sein, bevor sie solch einer Belastung ausgesetzt wird …«

»Gut, dann werde ich mich gleich ans Telefon setzen und die Eltern informieren. Danke, du hast mir sehr geholfen. An wen sollen sich die Eltern wenden?«

Francesco sagte ihr den Namen des Stationsarztes und Paola notierte sich die Angaben. Danach wählte sie die Nummer des Dolmetschers, der bei der Zeugenbefragung von Leonora und Tarik Cela dabei war.

»Signor Moro, hier spricht Commissario Rossi, wir haben uns letzten Freitag zur Zeugenbefragung des albanischen Ehepaares, in der Questura, kennengelernt …«

»*Piacere*, Commissario, gewiss, ich kann mich erinnern. Wie kann ich Ihnen behilflich sein?«

Dann erzählte Paola ihm über die neuesten Entwicklungen und innerhalb ein paar Minuten, bot er ihr an, die Eltern anzurufen, um sie zur Questura zu bitten. Weiterhin meinte er:

»Wie ich herausgehört habe, kann es noch keine Zeugenbefragung geben, aber, was halten Sie davon, wenn ich die Eltern begleite? Wenn die Eltern bei ihrer Tochter waren und die Kleine mit ihnen spricht, dann können Sie doch nach dem Besuch, mit den Eltern sprechen und ich übersetze alles…«

Paola war gerührt:

»Das würden Sie machen?«

»Warum denn nicht? Natürlich. Ich helfe gerne. Solch ein Unrecht muss man stoppen. «

»Sehr gerne!«

Sie verabredeten, dass er sich bei ihr zurückmelden würde, damit sie dann gemeinsam zum Krankenhaus fahren konnten und Paola hätte die Möglichkeit, die

Eltern vorab auf den Besuch der Tochter vorzubereiten.

Zwanzig Minuten später kam der Anruf des Dolmetschers Signor Moro und eine Stunde später erschienen die Eheleute Cela in der Questura. Paola sagte ihrer Kollegin Ispettore Maria Nero Bescheid und dann setzte sich Paola mit den Eltern von Fatmire und dem Dolmetscher in ihr Büro und begann zu erzählen …

Als die Eltern den Ausführungen von Paola zuhörten, sah man ein Gemisch von Freude, Hoffnung, Ohnmacht, Wut und Fassungslosigkeit auf ihren Gesichtern. Signor Moro, der Dolmetscher, sprach sehr behutsam mit ihnen, als Paola über den Gesundheitszustand ihrer Tochter berichtete. Der Mutter kamen die Tränen und beim Vater sah man, dass er versuchte sie zu unterdrücken. Immer wieder schaute Leonora zu Paola. Den Blick der Mutter deutete Paola mit zutiefst empfundener Dankbarkeit, die sie ihr entgegenbrachte. Paola nickte ihr zu, als Zeichen dafür, dass sie sie auch ohne Worte verstand. Paola bat Signor Moro das Folgende zu übersetzen:

»Signora und Signor Cela, Ihre Tochter muss viel Schlimmes erlebt haben. Sie hat nicht nur körperliche Verletzungen erlitten, auch ihre Seele hat großen Schaden erfahren. Mein Mann ist Arzt an der Klinik, in dem Ihre Tochter liegt. Ich will nicht verschweigen, dass es Ihrer Tochter in vielerlei Hinsicht schlecht geht, aber auch er ist der festen Überzeugung, dass es Fatmire viel Kraft geben wird, wenn Sie zu ihr gehen.

Bitte bedenken Sie aber, sie ist noch immer in einem kritischen Zustand …«

Der Dolmetscher fing zu übersetzen an.

Die Eltern von Fatmire saugten jedes einzelne Wort des Dolmetschers auf. Dann sagte der Vater etwas, es hörte sich fragend an, der Dolmetscher übersetzte es:

»Signor Cela fragt, was sie beachten sollen? Sollen sie ihrer Tochter Fragen zu der Zeit ihrer Gefangenschaft stellen?«

Paola antwortete:

»Wenn Fatmire von sich aus etwas sagt, dann wäre es schön, wenn Sie es dem Dolmetscher sagen könnten, damit ich es erfahre. Nachzufragen, würde ich nicht empfehlen. Ihre Tochter hat ein schlimmes Trauma erlebt, wenn sie in ihrem Zustand ausgefragt wird, kann es sein, dass sich ihr Zustand verschlechtert. Dann sieht sie sich womöglich wieder mit dieser entsetzlichen Situation konfrontiert, in der sie leben musste und das könnte sich gegenteilig auf ihren Gesundheitszustand auswirken…«

Als der Dolmetscher alles übersetzt hatte, sprach die Mutter ihn unter Tränen an …

Paola wartete geduldig, bis er es übersetzt hatte.

»Glauben Sie, dass unsere Tochter es schaffen wird zu überleben?«

Paola holte tief Luft. Sie wusste es selbst nicht, doch baute auf ihr eigenes Gespür, dass Elternliebe sich zumindest positiv auf die Kleine auswirken würde, so antwortete sie behutsam:

»Ich bin natürlich keine Medizinerin und ich habe bislang noch keinen Bericht vom Krankenhaus bekommen. Etliche Untersuchungen stehen überdies auch noch aus. Ich bin aber fest davon überzeugt, dass, wenn Sie zu Fatmire gehen und vor ihrem Bett stehen, ihre Tochter einen Sinn darin sieht, um ihr Leben zu kämpfen. Durch ihre Liebe bekommt sie Kraft und diese Kraft benötigt Fatmire, damit sie wieder gesund werden kann. Wer weiß, was ihr erzählt wurde, vielleicht, dass sie beide nichts mehr mit ihr zu tun haben wollten? Wir wissen es nicht. Wenn sie zur Tür hereinkommen, wird sie sofort spüren, dass sie sich Sorgen gemacht haben, sie gesucht haben. Und alles dafür machen werden, damit sie Ihren Engel auffangen können. Da bin ich mir sicher. Unterschätzen Sie nicht das starke Band, welches Eltern mit ihren Kindern verbindet.«

Der Dolmetscher übersetzte auch das. Erst einmal war Stille im Raum, fast gespenstisch, dann räusperte sich der Vater und sprach. Paola schaute ihn an, während er mit dem Dolmetscher sprach.

Signor Moro nickte dem Vater zu und sagte dann zu Paola:

»Wir werden alles dafür tun, dass der Schmerz unserer Tochter erträglicher wird. Wir lieben sie von ganzem Herzen. Wir sind sehr ängstlich, was uns erwartet, aber wir werden für unsere Tochter stark sein, damit sie eine Chance hat, wieder gesund zu werden.«

Paola nickte beiden zu. Sie konnte sich gut in die beiden hineinversetzen und glaubte ihnen aufs Wort, wie viel Angst sie vor diesem Besuch hatten. Was würde sie erwarten? Das eigene Kind leiden zu sehen, war schlimmer, als eigenen Schmerz zu erfahren, das wusste sie aus eigener Erfahrung.

»Wollen wir uns auf den Weg zum Krankenhaus machen? Ich würde sie gerne begleiten, um mich dann mit dem zuständigen Stationsarzt zu besprechen. Möglicherweise gibt es neue Erkenntnisse. «

Völlig gerührt, als der Dolmetscher mit der Übersetzung fertig war, schauten Leonora und Tarik daraufhin Paola an. Die Mutter sprang auf und lief zu Paola. Bevor Paola überhaupt reagieren konnte, drückte die Mutter Paolas Hand und sagte etwas auf albanisch zu ihr. Tief gerührt von diesem Moment, hatte auch der Dolmetscher eine brüchige Stimme, als er zu Paola sagte:

»Signora Cela sagt, sie wird jeden Tag, bis an ihr Lebensende, für Sie, Commissario, ein Gebet sprechen. Sie dankt Ihnen für alles, was Sie bisher schon für Sie getan haben und was Sie alles für ihre Tochter tun. Ich soll Ihnen sagen, Sie sind ein wahrer Engel …«

Paola war in einer Woge von Emotionen gefangen und konnte nicht sprechen, stand von ihrem Stuhl auf, umarmte Signora Cela und drückte sie fest an sich.

»Alles wird gut. Ich bin sehr froh, dass wir Ihre Tochter gefunden haben. «

Der Dolmetscher übersetzte und dann machten sie sich alle auf den Weg zum Krankenhaus. Als sie auf dem Flur der Kinderstation ankamen, schaute Paola beide an, nickte ihnen zu, machte eine Handbewegung mit ihren Händen, die aussagte, sie wünschte Ihnen viel Kraft für das, was vor Ihnen lag. Die Eltern fassten sich an, nahmen einen tiefen Atemzug, nickten sich zu und dann klopften sie an die Tür des Zimmers.

33

Fatmire lag im Krankenhausbett. Ihre Gedanken kreisten immer wieder zu den Tagen ihrer Gefangenschaft zurück. War sie jetzt endlich in Sicherheit? Was sollte aus ihr werden, ohne Eltern, in einem fremden Land? Sie war zu schwach, um zu weinen. Sie glaubte, dass dies ein Krankenhaus war, wo sie nun war. Die Menschen in den weißen Kitteln sahen sie freundlich an und sprachen mit ihr. Doch sie konnte sie nicht verstehen. Ihr Lebensmut schwand immer mehr. Eine Frau kam heute zu ihr und brachte ihr einen Teddybären mit einem großen Herz auf den Bauch gestickt, den umklammerte sie mit einem festen Griff, als würde er ihr dadurch Kraft und Wärme geben.

Sie sehnte sich nach ihrem Heimatort zurück, zu ihren Eltern. Ihr fehlte der Bauernhof, die Wiesen, das Lachen und das fröhlich sein, bevor sie gefangen genommen wurde und ihr Leben in Angst und Schrecken begann. Sie drückte den Teddybären noch fester an ihr kleines Herz und begann zu beten. Mögen doch ihre Eltern noch am Leben sein, sie jetzt in die Arme nehmen, sie küssen und über die Wange streicheln. Sie betete voller Inbrunst und wünschte sich nichts sehnlicher, als dass ihr Wunsch in Erfüllung gehen würde. Doch dann begriff sie, wie töricht sie war. Ihre Eltern kamen bei einem Unfall ums Leben. Sie zitterte und ein kaum hörbares Schluchzen erfasste sie. Sie wurde mit einem Mal kraftlos und unendlich traurig. Ihre Hoffnung, ihr Mut und ihre Zuversicht sanken. Sie drehte sich zur Seite und fing an zu weinen. Da klopfte es an der Tür des Zimmers. Im ersten Moment erschrak sie, machte automatisch ihre Augen zu, aus Angst, was womöglich jetzt passieren würde!

Die Tür ging auf.

Noch immer hielt sie ihre Augen geschlossen, sie hörte eine vertraute Stimme, öffnete ihre Augen und konnte nicht glauben, was sie sah. Sie rieb sich über ihre Augen, kniff sich in den Arm.

Träumte sie?

Im nächsten Moment kam ihre Mutter an das Bett gelaufen, nahm sie liebevoll und zärtlich in ihre Arme. Sagte immer wieder:

»Mein kleiner Engel! Endlich haben wir dich gefunden. Wir lieben dich. Gott, du hast unsere Gebete erhört. Fatmire, mein lieber Schatz, wir sind da und bleiben bei dir! Werde schnell gesund.«

Die nächsten Minuten hielt Leonora Fatmire in ihren Armen, der Vater ging zur anderen Seite des Bettes, schaute seinen kleinen Engel an und küsste sie auf die Stirn. Fatmire konnte ihr Glück kaum fassen. Dann schmiegte sie sich abwechselnd an die Mutter, dann an ihren Vater. Nach einer Weile begann sie mit leiser, wispernder Stimme zu sprechen, ihre Augen waren gefüllt mit Tränen, doch diesmal waren es Freudentränen, die sie vergoss.

»Mama, Papa, ihr lebt?«

»Fatmire, was sagst du? Ja, wir leben. Wir suchen dich seit langer Zeit…«

Dann erzählte Fatmire ihnen, was die Tante damals sagte, als sie weggebracht wurde, und eines Tages wurde ihr gesagt, ihre Eltern seien verstorben und sie müsse in dem Kinderheim bleiben.

Tarik musste bei dem soeben Gehörten an sich halten. Was hatte seine Schwester nur getan? Seine Wut auf sie, aber auch darauf, was seine kleine Tochter alles durchleben musste, setzen ihm zu. Er unterdrückte seine Wut, seine Tränen, denn er wollte stark sein, für seinen kleinen Engel. Alles andere würde er klären, sobald seine Tochter über dem Berg sein würde. Er hatte jetzt nur ein Ziel vor Augen, seiner Tochter helfen, wieder gesund zu werden.

Die Mutter sah ihrer kleinen Tochter in die Augen und sagte:

»Uns hat man auch belogen. Ich habe gespürt, dass etwas nicht stimmt. In meinem Herzen habe ich gespürt, dass du am Leben bist und unsere Hilfe benötigst. Wir haben uns auf den Weg gemacht und jetzt haben wir dich endlich wieder gefunden. Mein Schatz!«

»Ach, Mama, ich bin so froh, dass ihr lebt und mich gesucht habt. Ich habe euch so vermisst.«

Dann streckte Fatmire ihre kleinen dünnen Ärmchen aus und ihre Eltern küssten und drückten sie voller Hingabe. Ein Wunder geschah, auf Fatmires Wangen stieg eine leichte Röte auf, ihre Augen, die bis eben den Eindruck verstärkten, wie arg gesundheitlich angeschlagen das Mädchen war, begannen zu leuchten. Ihr Lebenswille schien aktiviert worden zu sein und als sie erneut begann zu sprechen, wirkte auch ihre Stimme etwas kräftiger.

»Werdet ihr mich weiterhin lieb haben?«

Der Vater beugte sich zu ihr und sagte:

»Du bist unser Engel. Wir lieben dich aus vollem Herzen. Nichts und niemand wird daran je etwas ändern können. Hörst du. Du kannst uns alles sagen und wir werden dich beschützen, weil wir dich lieben.«

»Egal, was?«, fragte sie verunsichert.

»Ganz egal, was ... du bist unser Leben. Wir lieben dich bedingungslos und wir stehen zu dir, solange wir leben.«

Dann sagte Fatmire leise weinend:

»Die Männer haben etwas mit mir gemacht, was ich nicht wollte. Habt ihr mich noch immer lieb.«

Sofort nahmen beide die Kleine in den Arm und drückten sie. Die Verzweiflung über das eben Gesagte der Tochter, versuchten sie sich nicht anmerken zu lassen. Sie mussten jetzt stark sein und ihr helfen, aus diesem düsteren Tal der Erinnerung herauszukommen. Fassungslosigkeit machte sich bei den Eltern in jeder Faser ihres Körpers breit. Sie drückten sie unentwegt und streichelten abwechselnd über ihre Stirn, tätschelten ihre Wangen und hielten ihre kleinen schmächtigen Hände fest. Nach weiteren zwanzig Minuten meinte der Vater, er wolle einmal nach der netten Polizistin sehen, die alles unternommen hatte, um ihnen zu helfen. Er erklärte kurz, dass er ihr vor der Tür Bescheid geben wolle und dann käme er sofort zurück an ihr Bett.

Fatmire nickte ihm verständnisvoll zu, während ihre Mutter über ihre Hand streichelte.

Tarik trat aus dem Krankenzimmer heraus, ging ein paar Schritte und seine Tränen schossen augenblicklich hervor. Er musste erst einmal alles verarbeiten. Den Anblick seines kleinen Engels, der ihn erschauern ließ. Sie sah übel zugerichtet aus, er hoffte inständig, dass sie noch nicht zu spät gekommen waren und sich der Gesundheitszustand seiner Tochter stabilisieren würde, jetzt, nachdem sie neue Hoffnung schöpfen konnte. Dann blickte er sich um und suchte Commissario Rossi. Am Ende des Flurs sah er sie. Ein Mann stand bei ihr, offenbar ein Arzt, das machte er an dem weißen Kittel fest. Er lief schwerfällig, jeder Schritt fiel ihm schwer. Commissario Rossi sah ihn aus dem Augenwinkel und winkte ihm vom Weiten zu, dann drehte sie sich zu dem Arzt, zeigte auf Tarik und sagte etwas zu ihm. Tarik hatte das Gefühl, der Weg bis zu Paola würde niemals enden, doch dann stand er vor ihr. Paola sah sofort sein bleiches Gesicht und stellte dem Herrn neben sich Tarik vor. Er nickte völlig geistesabwesend in seine Richtung. Dann sah er, dass der Dolmetscher ebenfalls auf dem Flur wartete. Er saß in einer Sitzecke des Krankenhauses. Auch er, machte sich auf den Weg zu Commissario Rossi. Als er Tarik ansah, legte er seine Hand auf seine Schulter und sagte:

»Das war bestimmt kein leichter Gang für Sie. Wenn Sie Commissario Rossi etwas sagen wollen, übersetze ich es gerne.«

Tarik war noch immer gefangen von seinem Gefühlschaos, doch er nickte ihm zu und nach einer Weile sprach er ihn an. Signor Moro hörte aufmerksam zu, nickte, schüttelte seinen Kopf und fing dann mit der Übersetzung an, während Paola in ihrer Tasche nach einem sauberen Papiertaschentuch kramte und es Tarik reichte.

»Signor Cela hat mir eben gesagt, dass seiner Tochter gesagt wurde, sie hätten einen Unfall gehabt und seien verstorben.« Dann stockte er für einen Moment, »Fatmire hat sie gefragt, ob die Eltern sie weiterhin lieben würden, wenn sie ihnen erzählt, was mit ihr passiert ist und als die Eltern es bejahten, erst da begann sie zu sagen, dass Männer etwas mit ihr gemacht haben, was sie nicht wollte.«

»Es tut mir alles so furchtbar leid. Es muss entsetzlich sein für die Eltern. Wenn Fatmire darüber spricht, dann hat sie Vertrauen zu ihren Eltern, das wird sich bestimmt auf ihren Gesundheitszustand positiv auswirken.«

Signor Moro übersetzte und antwortete:

»Signor Cela ist aufgefallen, dass Fatmire nach dem Gespräch eben, ein wenig Farbe im Gesicht hatte und ihre Augen anfingen zu strahlen.«

Dann richtete der Dolmetscher sich an den Arzt und meinte: »Er fragt, weil er glaubt, dass Sie Arzt sind, ob das ein gutes Zeichen ist?«

Der Arzt nickte dem Vater zu und begann dem Dolmetscher zu sagen:

»Sagen Sie dem Vater. Alles ist gut für ihre Tochter, was sie aus der dunklen Erinnerung herausbringt. Aus medizinischer Sicht kann ich nur sagen, wenn die Seele anfängt zu heilen, dann wirkt sich das positiv aus. Die Selbstheilungskräfte werden aktiviert. Als wir das kleine Mädchen aufgenommen haben, machten wir uns große Sorgen, weil wir die Perspektivlosigkeit der Kleinen gespürt haben, doch nun, da die Eltern vor Ort sind, hoffen wir, dass Fatmire anfängt zu kämpfen.«

Der Vater hörte aufmerksam zu, ging zum Arzt, drückte seine Hand und bedankte sich in einem fort. Dann fragte Tarik, ob er und seine Frau bei ihrer Tochter bleiben dürften. Der Arzt stimmte zu. Tarik verabschiedete sich bei Commissario Rossi, aber nicht ohne ihr vorher noch einmal kräftig die Hände zu schütteln. Sie verblieben so, dass Tarik sich beim Dolmetscher melden würde, sobald Fatmire wichtige Informationen sagen würde, damit Commissario Rossi davon erfuhr. Paola verabschiedete sich vom Stationsarzt, wünschte dem Vater viel Kraft und machte sich erst einmal auf den Weg zu ihrem Mann.

Als sie im Arztzimmer ihres Mannes stand, rannte sie auf ihn zu und schmiegte sich in seine Arme.

»Warst du bei der Kleinen?«, fragte er seine Frau.

»Nicht direkt. Ich habe mich mit deinem Kollegen unterhalten, während die Eltern ihre Tochter besucht haben. Francesco …«, dann brach es auch aus ihr heraus. Ihre Augen füllten sich mit Tränen.

»*Bella*, komm her …«, er küsste sie zart und ließ sie nicht los.

»Ach, weißt du, ich sollte professionellen Abstand haben, aber als mir der Arzt von der Kleinen erzählt hat…«

Dann begann Paola mit ihm zu sprechen. Als sie fertig war, schmiegte sie sich noch einmal an ihren Mann, schaute ihn voller Wärme und Liebe an und war so dankbar, dass sie dieses Glück auf Erden leben durfte.

Ihr Leben war reich.

Sie hatte einen wundervollen Ehemann und zwei großartige Kinder.

34

Als Paola am nächsten Morgen erwachte, fielen die ersten Sonnenstrahlen durch das Zimmer. Sie reckte und streckte sich, dann drehte sie sich zu ihrem Mann Francesco um. Sie betrachtete ihn und spürte diese unendliche Wärme und Liebe, die sie beide verband. Er öffnete seine Augen und schaute sie mit einem verliebten Blick an. Sofort schmiegte sie sich an ihn und genoss die traute Zweisamkeit mit ihm. Kurze Zeit später standen beide auf. Paola ging ins Badezimmer und duschte erst einmal ausgiebig, dann zog sie sich an und lief nach unten zur Küche.

Francesco hantierte mit der Kaffeemaschine und begann ein kleines Frühstück vorzubereiten.

»Na, wie geht es dir heute? Konntest du schlafen?«

»Ja, es tat gut. Ich fühle mich besser heute früh. Der gestrige Tag hatte es in sich. Sag einmal, wollen wir demnächst zu unserem Freund Mario gehen? Er würde sich bestimmt freuen und seine Küche ist wirklich hervorragend.«

Francesco lächelte und meinte: »Der Grappa auch.«

Jetzt musste auch Paola lachen.

»Ich rufe dich später an, heute habe ich mehrere Operationen und bin mir nicht sicher, wann ich fertig bin. Bevor ich es vergesse, die Kinder sind heute bei meinen Eltern und bleiben über Nacht.«

»Oh, das wusste ich gar nicht. Kein Wunder, die Fälle Baldini und Antonia waren sehr Zeit und Kraftraubend. Ich freue mich, dass deine Eltern sich so gut mit den Kindern verstehen. Na gut, dann ziehe ich heute den Tag durch und muss nicht auf die Uhr schauen.«

»Mach das.«

Sie umarmten sich und fuhren dann beide los.

Paola kam eine gute Dreiviertelstunde später an, lief erst einmal an die Schreibtische von Maria und Carlo und erzählte, was sich gestern alles noch zugetragen hatte.

Bis zum Mittag hatte sie zu tun. Sie schrieb einen Bericht und erledigte weitere organisatorische Aufgaben. Als ihr Telefon klingelte, wollte sie sich gerade auf den Weg zum Café an der Ecke machen. Es war Signor Manconi.

»Commissario, ich wollte Ihnen sagen, dass wir die ersten Proben der Festgenommenen vorliegen haben.«

»Sehr gut! Können Sie veranlassen, dass die Proben zu unserem Gerichtsmediziner geschickt werden?«

»Das habe ich bereits. Der Bote ist schon auf dem Weg. Eine andere Frage, haben Sie etwas von dem kleinen Mädchen gehört, welches ich zum Rettungswagen gebracht habe?«

Paola erzählte ihm, was sich gestern alles zugetragen hatte.

»Ich hoffe sehr, dass die Kinder die Ereignisse ihrer Gefangenschaft eines Tages hinter sich lassen können. Meine Abteilung hat bereits mehrere Psychologen beauftragt. Wir stehen in Absprache mit den Ärzten, wann wir damit anfangen können. Es kommt noch einiges auf uns zu. Wir müssen jetzt die Identitäten der Kinder feststellen, dann die Eltern suchen …«

Paola schaltete sich ein.

»Eventuell können wir behilflich sein«, Paola versprach, mit Salvatore Torri zu sprechen, der im Vorfeld bereits einige Recherchen gemacht hatte. Signor Manconi bedankte sich und sie verabredeten sich für den kommenden Tag zu einem Treffen in der Questura.

Paola informierte den Gerichtsmediziner, dass die ersten Proben der Festgenommenen ankommen werden und bat ihn um rasche Bearbeitung der Abgleiche. Danach informierte sie Salvatore Torri, damit er seine bisherigen Informationen zu den Fällen der verschwundenen Kinder aus Russland einmal aufbereiten konnte, weil morgen ein Treffen mit Signor Manconi anstand.

»Das mache ich, Paola. Sag mir, wann, dann komme ich dazu.«

»Perfekt!«

Nach den Gesprächen hatte sie sich eine Pause verdient und fragte ihre Kollegin Maria, ob sie Lust hätte, sie zu begleiten.

Zwanzig Minuten später saßen die beiden im Café und unterhielten sich über die bevorstehenden Aufgaben, um der ›*Scico*‹ unterstützend zur Seite zu stehen. Als sie alles geklärt hatten, begann Paola über Fatmire zu sprechen.

»Maria, ich würde der Familie so gerne helfen, aber wie? Was kann ich tun? «

»Das Schicksal der Kleinen nimmt dich sehr mit, kann das sein?«

»Mehr, als gut ist. Das stimmt. Als die Eltern gestern mit mir ins Krankenhaus gefahren sind, habe ich gespürt, wie furchtbar das alles sein muss. Sie sind in einem fremden Land, können sich nicht verständigen und sehen einer ungewissen Zukunft ihres Kindes entgegen. «

»Paola, du hast alles getan, was du in deiner Position machen kannst. Wir werden der *›Scico‹* zuarbeiten, damit alle Verdächtigen überführt werden können.«

»Ich weiß«, meinte Paola nachdenklich.

Sie beschlossen das Thema erst einmal ruhen zu lassen, bestellten sich einen weiteren *caffè* und besprachen noch einige persönliche Dinge, die in der letzten Zeit viel zu kurz gekommen waren.

Am Nachmittag hatte Salvatore weitere Informationen für Paola zusammengetragen. Er hatte die Identitäten der anderen Kinder, die in Russland verschleppt waren, vorliegen.

Dottore Ragazzi hatte sich ebenfalls zurückgemeldet und ihr mitgeteilt, dass die Proben der Festgenommenen vorlagen. Er würde mit den Abgleichen beginnen und ihr schnellstmöglich seine Ergebnisse zukommen lassen. Außerdem hatte er sich bei den Krankenhäusern der geretteten Kinder gemeldet und gebeten, eventuelle gynäkologische

Probeentnahmen sofort an ihn zu übersenden. Die Leichname der vier Kinder, die die Rettungsaktion der ›*Scico*‹ nicht überlebt hatten, lagen mittlerweile bei ihm auf dem Tisch. Er hatte viel zu tun.

»Ich beneide dich nicht um diese Aufgabe, Alberto. Salvatore konnte in den Fällen der verschwundenen Mädchen aus Russland die Identitäten feststellen. Er hat sämtliche Informationen zusammengetragen, schließe dich doch bitte mit ihm kurz«, sagte Paola zu ihm.

»Das mache ich. Sobald ich weitere Erkenntnisse habe, komme ich kurzfristig auf dich zu.«

Paola ging das Schicksal Fatmires nicht aus dem Kopf und sie rief beim zuständigen Kinderarzt der Station an, um nach ihrem Befinden zu fragen.

»Unserer kleinen Patientin geht es etwas besser. Die gynäkologische Untersuchung haben wir heute früh durchführen können.«

»Und?«, fragte Paola zaghaft.

»Sie ist brutal missbraucht worden. Wir ziehen jetzt eine Gynäkologin hinzu, um die weitere Vorgehensweise zu besprechen. «

Paola schluckte.

»Sagen Sie, Commissario, wir würden eine Psychologin aus unserem Haus hinzuziehen wollen oder haben Sie bereits etwas veranlasst?«

»Ich habe bislang noch nichts veranlasst, weil wir das Sprachproblem lösen müssen. Wenn Sie auch dafür eine Lösung anzubieten haben, sehr gerne.«

»Die Kollegin ist nicht nur fachlich ein Genie, sondern auch ein Sprachtalent. «

»Kann sie auch albanisch?«

»Ja, sie war während ihres Studiums in Albanien und verfügt, so wie sie sagte, über solide Kenntnisse der Sprache. «

»Das wäre prima. Wenn sie sich Fatmire anschauen könnte und uns eine erste Einschätzung geben kann, das würde uns sehr helfen.«

»Das dachte ich mir, ich habe für heute Nachmittag einen Termin mit ihr ausgemacht. «

»Grandios.«

Paola verabschiedete sich und rief bei dem Dolmetscher Signor Moro an.

»Oh, Commissario, wie kann ich helfen?«

»Heute Nachmittag würde sich eine Psychologin bei Fatmire vorstellen. Die Dame spricht albanisch und möchte eine erste Einschätzung der Kleinen vornehmen. Können Sie bitte die Eltern darüber informieren? Es wäre mir wichtig, wenn die beiden Bescheid wüssten.«

»Das mache ich, sehr gerne. Ich rufe gleich bei den Eltern an. Falls Sie weitere Unterstützung benötigen, melden Sie sich.«

»Das werde ich. Vielen Dank und bestellen Sie bitte viele Grüße an die Eltern.«

Sie legten auf.

Paola machte noch sich noch einige Notizen und als sie alles abgearbeitet hatte, beschloss sie den Feierabend einzuläuten. Sie informierte Maria und Carlo über ihre neuen Erkenntnisse und machte sich dann auf den Heimweg. Vom Auto aus rief sie ihren Mann an, der früher als geplant mit allem fertig war.

Sie konnten den freien Abend gemeinsam genießen und beschlossen zu Mario Angelo ins Restaurant zu gehen. Die Freude war groß, als er die beiden sah.

»Wie schön, euch zu sehen. Ich zaubere euch etwas Feines.«

Das Thema Gianni Baldini wurde an diesem Abend auch angesprochen.

»Was für eine sinnlose Tat!«, meinte auch Mario.

Er wartete mit einigen Anekdoten von früher auf und so konnte die schwere Stimmung etwas weichen.

»Paola, was ich noch fragen wollte, Leonora und Tarik haben ihre kleine Tochter durch deine Hilfe gefunden? «

Paola wurde verlegen.

»Ganz so war es nicht. Der Freund Gianni Baldinis erwähnte, dass einer der Täter aus Albanien stammt und da fing ich an zu kombinieren.«

»Das hast du gut gemacht. Die Eltern sind reizende Menschen. Mein Freund ist begeistert von ihnen. Sag einmal, müssen sie dann wieder zurück?«

»Du sprichst mir aus der Seele. Warten wir erst einmal ab, wie es mit Fatmire weitergeht.«

Dann plauderten sie noch eine Weile, bis Paola und Francesco entschieden, langsam den Heimweg anzutreten.

35

Am Mittwoch stand das Treffen mit Signor Manconi an. Paola hatte alle Kollegen informiert und sie trafen sich in großer Runde gegen Mittag in der Questura. Signor Manconi berichtete von den ersten Ermittlungserfolgen. Paola verschlug es erneut die Sprache, als sie erfuhr, wer alles zum Kreis der kriminellen Bande gehörte. Manche der Festgenommenen kannte sie sogar. Wie konnten ein Staatsanwalt und ein Richter bei solchen Vergehen mitmachen und sich an kleinen Kindern vergehen?

Ihr Weltbild geriet gehörig ins Wanken.

Signor Manconi lobte die Arbeit ihres Teams und hatte durch sie brauchbare Erkenntnisse bekommen, um weitere Ermittlungen zu veranlassen. Das Treffen ging über zwei Stunden und als sie sämtliche Informationen untereinander ausgetauscht hatten, verabschiedete er sich von Paola.

»Sie leisten alle hervorragende Arbeit. Mein Kompliment! Wir haben selten solch eine gute Zusammenarbeit erlebt wie mit Ihnen.«

Paola freute sich, als er das sagte und meinte erklärend:

»Meine Kollegen und ich sind sehr daran interessiert, die Verdächtigen für lange Zeit wegsperren zu können. Der Fall hat emotionale Wogen in uns allen ausgelöst. «

»Ja, das merke ich. Der Einsatz, den sie zeigen, spricht dafür. Jetzt mache ich meine Arbeit und wir bleiben in Kontakt.«

Danach widmete sich Paola wieder ihrer Arbeit, als plötzlich ihr *telefonino* klingelte.

36

Als Fatmire am Mittwoch erwachte und in die Augen ihrer Eltern sah, hüpfte ihr kleines Herz vor Freude. Sie hatten Wort gehalten und wichen nicht mehr von ihrer Seite. Die Eltern drückten sie fest an sich, als sie ihre Augen öffnete.

Nach der gestrigen gynäkologischen Untersuchung, die sie über sich ergehen lassen musste, hatten die Eltern große Sorge, wie sie es überstehen würde. Doch am Nachmittag kam eine sehr freundliche Ärztin, sie konnte sich sogar mit den Eltern unterhalten. Sie stellte sich vor, *Dottore* Nicoletta Sarti war die Kinderpsychologin, die der freundliche Dolmetscher, Signor Moro, bereits angekündigt hatte.

Die Psychologin ging von ihrem Ansatz her eher spielerisch auf Fatmire ein. Sie fragte nach ihren Vorlieben und Hobbys und ließ sich von ihr erzählen, wie sie in Albanien gelebt hat. Sie brachte ihr ein Bilderbuch von einem Bauernhof mit. Fatmire zeigte auf die einzelnen Tiere und zählte danach auf, welche Tiere sie bereits vom Bauernhof der Eltern kannte. *Dottore* Sarti wollte erst einmal ein vertrauensvolles Verhältnis mit Fatmire aufbauen, bevor sie überhaupt mit einer Behandlung anfangen wollte. Nach einer guten halben Stunde verabschiedete sie sich von Fatmire und fragte, ob sie am nächsten Tag noch einmal bei ihr vorbeikommen solle, Fatmire nickte ihr zu. Leonora Cela ging mit der Ärztin nach draußen und schüttete ihr Herz aus. Sie fragte sie, wie sie ihrer Tochter helfen könnten.

»Sie helfen ihr bereits. Sie sind bei ihr und strahlen so viel Wärme und Liebe aus. Fatmire spürt diese großartige Verbundenheit. Hören Sie ihr zu und versuchen Sie erst einmal Fragen zu vermeiden. Sobald Fatmire den Wunsch verspürt, das Erlebte mit Ihnen zu besprechen, wird sie von allein auf Sie zukommen. Wie geht es Ihnen mit dieser Situation? «

Der letzte Satz löste eine starke Emotion bei der Mutter aus, sie nahm ein Taschentuch zur Hand, um sich die aufkommenden Tränen sofort wegzuwischen.

»Wir sind durch die Hölle gegangen. Als die Schwester meines Mannes meinte, unsere Kleine sei tot«, weiter kam sie nicht. Sie musste sich sammeln, *Dottore* Sarti drückte ihre Hand und schaute sie ruhig an.

»Entschuldigen Sie, ich möchte gar nicht weinen, aber die letzten Monate waren furchtbar für uns. Ich habe immer gespürt, dass Fatmire noch lebt, gleichzeitig aber auch, dass sie großes Leid durchlebt und wir ihr helfen müssen …«

»Wenn ich Ihnen helfen kann, sagen Sie mir Bescheid. Unterdrücken Sie nicht ihre Gefühle, die müssen raus und gelebt werden. Die gesamte Familie leidet unter dieser schrecklichen Tat. Ich kann Ihnen anbieten, dass wir zusammen mit ihrem Mann einige Sitzungen abhalten, damit sie ihre Wut, die Verzweiflung, aber auch die neue Situation für sie alle erträglich machen. Wäre das für Sie hilfreich?«

»Sehr sogar. Ich danke Ihnen vielmals. Ich spreche mit meinem Mann darüber und gebe Ihnen morgen Bescheid.«

»So machen wir das. Ich wünsche Ihnen viel Kraft, bis morgen, Signora Cela.«

Leonora ging zurück in das Zimmer ihrer Tochter. Ihr Mann Tarik fragte sie nach zwei Stunden, ob er sie für zwei Stunden allein lassen könne, er würde sich gerne duschen und neue Kleidung anziehen.

Leonora bejahte dies:

»Ja, Tarik, mach das. Kannst du mir ein paar frische Sachen mitbringen, dann wasche ich mich später hier auf der Toilette. «

Der Vater ging los und Leonora saß am Bett ihrer Tochter, die sich tatsächlich langsam begann zu erholen. Die Mutter musste zur Toilette, Fatmire sagte zu ihr:

»Mama, geh schon. Die Toilette ist doch hier im Zimmer, was soll mir schon passieren ...«

Leonora stand vom Stuhl auf, ging zur Toilette und machte die Tür zu. Die Aufregung der letzten Tage klebte an der Mutter, wie ein unsichtbarer Schleier. Sie stand vor dem Spiegel und fing an zu weinen. Dann putzte sie sich ihre Nase und wollte zur Toilette gehen, auf einmal hörte sie einen lauten hohen Schrei ihrer Tochter. Sie lief hinaus und sah, wie ein Mann, in einem weißen Kittel, vor ihrer Tochter stand und seine Hände um ihren Hals legte.

Sie schrie laut auf und schaffte es auf den Alarmknopf zu drücken. Das Erstbeste, was sie greifen konnte, war ein Stuhl, sie nahm ihn in die

Hand und schlug in Richtung des Angreifers. Der Stuhl prallte an seinem Rücken ab und für einen kurzen Moment, war er außer Gefecht gesetzt. Sie riss die Tür des Krankenzimmers auf und schrie aus Leibeskräften. Innerhalb kürzester Zeit kamen mehrere Pfleger und auch ein Arzt ins Zimmer gelaufen. Sie überwältigten den Mann.

Es war ein Assistenzarzt der Station.

Fatmire lag wie angewurzelt in ihrem Bett, immer noch starr vor Angst. Am Monitor verfolgte *Dottore* Gori, der Stationsarzt, ihre vitalen Werte und beschloss ihr ein Beruhigungsmittel zu geben. Leonora Cela wirkte ebenfalls sehr aufgewühlt, lehnte jedoch ein Beruhigungsmittel ab, weil sie Sorge hatte, dadurch einzuschlafen. Sie hatte sich vorgenommen, noch wachsamer zu sein. Die Schwestern der Station brachten der Mutter einen wohlduftenden Tee und stibitzten aus der Essensvergabe ein Mittagessen für sie.

Leonora bedankte sich.

Nach einer halben Stunde schaute *Dottore* Gori nochmals vorbei und nahm zur Kenntnis, dass das Mittel bei Fatmire seine Wirkung zeigte.

Dottore Gori hatte sofort die Polizei verständigt und ebenfalls bei Commissario Rossi angerufen. Den Angreifer hatten sie kurzerhand in einen Abstellraum gebracht und die Tür fest verschlossen, damit er ihnen nicht entwischen konnte. Als Paola den Anruf bekam, entschied sie sofort, den Angreifer zur Questura bringen zu lassen. Erst einmal wollte sie ihn befragen und danach wollte sie zum Krankenhaus fahren, um mit dem Stationsarzt, den Eltern und auch mit Fatmire zu sprechen.

37

Paola war noch immer überrascht, welch dramatische Situation sich im Krankenhaus abgespielt haben musste. Sie lief mit schnellen Schritten aus ihrem Büro und sprach Maria und auch Carlo an, dass demnächst ein junger Mann überstellt werden würde. Dann erzählte sie den beiden, was sich eben im Krankenhaus abgespielt hatte.

»Sobald dieser Typ hier ankommt, bringt ihr ihn sofort in den Verhörraum.«

In Paolas Stimme war zu hören, dass dieses Verhör für den Herren kein lustiges Unterfangen werden würde. Eine gute halbe Stunde später, bekam sie den Anruf von Maria, dass der Verdächtige im Verhörraum sitzt. Paola und Maria machten sich auf den Weg dorthin. Die übliche Prozedur fing an. Ispettore Maria Nero bediente den Knopf des Aufzeichnungsgeräts, klärte den jungen Mann über seine Rechte auf und das Verhör begann.

»Signor Monte, Sie sind in das Zimmer von Fatmire Cela gegangen mit der Absicht, das Mädchen umzubringen? Was sagen Sie dazu?«

Alfredo Monte schaute betreten nach unten und sagte erst einmal gar nichts.

Die Stimme von Paola wurde schrill, als sie ihre Frage wiederholte. Er zuckte zusammen, schaute sie an und sagte:

»Ich will einen Anwalt sprechen!«

Paola schaute ihn an und antwortete:

»Das ist natürlich Ihr gutes Recht. Ich sage Ihnen aber, wenn Sie jetzt mit uns kooperieren, wird das die Staatsanwaltschaft zur Kenntnis nehmen! Es ist Ihre Entscheidung.«

Paola schaute ihn mit einem durchdringenden Blick an. Er verzog aber keine Miene, sodass Paola beschloss, das Verhör abzubrechen. Sie schaltete das Gerät aus, rief einen Kollegen zu sich, um Monte in die Untersuchungszelle bringen zu lassen. Der Kollege wollte ihn gerade abführen, als Alfredo mit leiser Stimme sagte:

»Ich sage aus …«

Paola schaute verdutzt und das Verhör wurde wieder aufgenommen. Wie sich im Laufe der Befragung herausstellte, war Signor Monte ein Assistenzarzt auf der Kinderstation. Der Frage, warum er versucht hatte Fatmire zu töten, wich er jedes Mal aus.

»Signor Monte, so kommen wir nicht weiter. Ich denke, das Beste wird sein, wenn wir Sie in Ihre Untersuchungszelle bringen. Vorweg noch eins, da Sie in dem dringenden Tatverdacht stehen, ein Teil einer organisierten kriminellen Organisation von Kindesmissbrauch und Kinderprostitution zu sein, werde ich mich nun mit einer Spezialeinheit unterhalten müssen. «

Alfredo begann zu zittern.

»Damit habe ich nichts zu tun. Was erzählen Sie da? Es ist doch ganz anders …«, dann schluchzte er.

»Wie ist es denn dann? Ich meine, Sie können nicht leugnen, dass Ihre Hände den Hals des kleinen

Mädchens umklammerten und es dadurch den Anschein machte, sie töten zu wollen. Wie Sie wahrscheinlich wissen, wurde dieses Mädchen erst kürzlich aus der Gefangenschaft dieser kriminellen Bande befreit. Was sollen wir denn denken, wenn Sie Hand an sie anlegen? Da liegt die Vermutung recht nahe, dass Sie etwas mit dieser kriminellen Vereinigung zu tun haben, oder? «

Das Wort *oder* sagte sie mit einem energischen Unterton. Signor Monte war knallrot im Gesicht und zitterte beim Sprechen:

»Ich habe …«, dann stieß er einen lauten Seufzer aus, »ich habe wirklich nichts damit zu tun. Meine Nerven sind mir durchgebrannt. Ich wollte doch nur, meinen …«, dann hielt er inne.

»Wen wollen Sie schützen?«, fragte Paola ihn instinktiv. Alfredo schaute sie irritiert an. Da klopfte es an der Tür. Ein Kollege reichte ihr ein amtliches Schreiben.

»Sie sind nicht besonders kooperativ. Wir entnehmen Ihnen nun eine Speichelprobe, bevor Sie etwas dazu sagen, hier ist der unterschriebene Beschluss dazu.«

Alfredo ahnte, dass jetzt alles herauskommen würde, doch er blieb bei seinem eingeschlagenen Weg.

Ispettore Nero ging zu dem Beschuldigten und nahm eine Probe aus seinem Mundraum, übergab es dem Kollegen, der sich sofort auf den Weg zu Dottore Ragazzi machte.

Paola drehte sich erneut zu Alfredo um:

»Sie kommen jetzt in Untersuchungshaft und werden der Spezialeinheit der *›Scico‹* übergeben. Ich kann nichts mehr für Sie tun. Der Kollege wird Ihnen jetzt ermöglichen, mit einem Anwalt zu sprechen. Das war es.«

Dann ließ sie ihn abführen.

Sie besprach sich mit Maria und entschied erst einmal ins Krankenhaus zu fahren, um nach Fatmire und den Eltern zu schauen. Inwieweit der Stationsarzt einige brauchbare Informationen über den Assistenzarzt Monte parat hatte, würde sie dann sehen. Sie überließ der *›Scico‹* die weiteren Ermittlungen.

Kurz nach sechzehn Uhr parkte sie den Wagen auf dem Krankenhausparkplatz. Sie lief in das Klinikgebäude, nahm den Fahrstuhl und fuhr in den zweiten Stock der Klinik. Auf dem Flur der Kinderstation sah sie *Dottore* Gori schon von Weitem. Paola ging schnurstracks auf ihn zu

»*Dottore,* haben Sie kurz Zeit für mich?«

Er nickte ihr zu.

»Einen Moment können wir uns unterhalten. Das war ein Schrecken vorhin.«

»Das glaube ich Ihnen sofort. Ehrlicherweise hatte ich nicht damit gerechnet, dass Fatmire in Gefahr sei. Der Einsatz der Spezialeinheit versicherte mir, alle Täter dingfest gemacht zu haben, allerdings nur die, von denen sie wussten, muss man jetzt sagen.«

»Lassen Sie uns ins Arztzimmer gehen, dort sind wir ungestört.«

Paola folgte ihm. Dann setzten sie das Gespräch fort.

»Hatten Sie einen Verdacht gegenüber dem Kollegen Monte?«, fragte sie sofort mit der Tür ins Haus fallend.

»Nein, den Assistenzarzt kenne ich nicht sehr gut, er ist erst seit vier Wochen auf unserer Station. Er wurde mir von seinem Vater empfohlen. Sein Vater ist, das müssen Sie wissen, eine Koryphäe auf seinem Gebiet.«

Paola schaute ihn mit einem fragenden Blick an.

»Er ist ein sehr angesehener Professor der Kinderabteilung unseres benachbarten Krankenhauses.«

»Verstehe!«, erwiderte Paola.

»Das Krankenhaus, aus dem Fatmire kam und zu uns verlegt wurde.«

»Sehen Sie, das wollte ich Sie schon beim letzten Mal fragen, warum wurde Fatmire zu Ihnen verlegt.«

»Das hatte lediglich mit einem Kapazitätsproblem zu tun. Fachlich sind die Kinder dort genauso gut aufgehoben wie Fatmire bei uns.«

»Ich hatte mich schon gewundert, aber das erklärt es plausibel.«

Dottore Gori nickte ihr zu: »Den Vater, Signor *Professore* Monte, habe ich bislang noch nicht erreichen können«, er kramte aus seiner Schublade des Schreibtisches eine Visitenkarte hervor und übergab sie an Paola.

»Hier sind seine Kontaktdaten.«

»Vielen Dank!«

»Ich glaube, ich bin Ihnen keine große Hilfe, den jungen Assistenzarzt habe ich bisher nur ein paar Mal gesehen. Fachlich macht er einen soliden und guten Eindruck, aber wie er als Mensch ist, dazu kann ich nichts sagen. Er wirkte immer höflich, zuvorkommend und interessiert. Was ihn allerdings zu dieser Tat bewegt hat, da fehlen mir die Hintergründe.«

»Können Sie mir nur kurz schildern, wie die Tat vor sich ging? Signor Monte hat nichts zum Vorfall gesagt, bei der Vernehmung.«

Dottore Gori schilderte, was er mitbekommen hatte und was er im Nachgang, durch sein Pflegepersonal erzählt bekommen hatte. Paola machte sich ein paar Notizen.

»Jetzt will ich Sie nicht länger von der Arbeit abhalten. Eine letzte Frage, wäre es möglich, mit den Eltern zu sprechen?«

Sie korrigierte sich, »ich würde nur gerne einmal die Hände der Eltern drücken, um mein Mitgefühl auszudrücken. Die sprachliche Barriere macht es ja recht kompliziert.«

»Sagen Sie, jetzt muss ich Sie etwas fragen? Kennen Sie *Dottore* Francesco Rossi?«

»Ja, sehr gut. Er ist mein Mann. Ich hatte ihn gebeten, in Erfahrung zu bringen, ob ein Besuch der Eltern für die Tochter vertretbar sei …«

»Das hätte ich auch kombinieren müssen. Mir ist es erst heute früh aufgefallen, dass Sie ebenfalls Rossi heißen. Na ja, ich bin der Arzt, sie die Polizistin.«

Dann lächelte er. Sie reichte ihm zum Abschied die Hand und machte sich auf den Weg zum Krankenzimmers Fatmires.

Sie klopfte, wartete einen kurzen Moment und öffnete sachte die Tür.

»*Buona sera, famiglia* Cela …«, dann machte sie eine fragende Handbewegung, ob sie das Zimmer betreten dürfe.

»Sì, sì…«, meinte daraufhin Tarik Cela, seine Frau Leonora stand sofort auf und begrüßte sie herzlich.

Paola zückte ihr *telefonino,* öffnete das Sprachprogramm und hielt es den Eltern hin.

Die Eltern lasen sich aufmerksam den Text durch und als sie fertig waren, fragte der Vater Paola, mehr oder weniger pantomimisch, ob er auch einen Text schreiben dürfte. Paola nickte ihm zu.

So führten sie ein Gespräch, obwohl niemand etwas sagte. Die Mutter sprach zu ihrer Tochter, zeigte dabei auf Paola. Weil Paola offensichtlich etwas verwirrt aussah, tippte der Vater einen Text und hielt Paola das *telefonino* hin.

»Das ist die freundliche Polizistin, von der wir dir erzählt haben. Ihr haben wir es zu verdanken, dass du wieder bei uns bist. Sie hat uns auch die Wohnung und die Arbeit vermittelt. «

Paola wurde verlegen. Sie nahm ihr *telefonino* und tippte einen Text, zeigte ihn dem Vater, der dann der Tochter diesen Text vorlas. Die Kleine schaute sie aus ihren großen dunklen Augen an, dann versuchte sie sich aufzusetzen, weil sie Paola die Hand reichen wollte. Sie ging vorsichtig an das Bett und streichelte über ihre Hand.

Für einen Moment blieb die Zeit stehen, Paola und Fatmire verstanden sich auch ohne Worte. Doch dann konnte Paola kaum an sich halten und sagte laut:

»Kämpfe meine Kleine. Du hast wundervolle Eltern, die dich lieben. Kämpfe und werde gesund.«

Der Vater reichte ihr das Telefon und bat sie, es einzutippen. Dann las er es laut vor und Fatmire nickte ihr zu. Kurze Zeit später verließ Paola das Krankenzimmer und machte sich auf den Weg zu ihrem Mann Francesco.

38

Über drei Wochen war es nun her, dass Fatmire ihre Eltern im Krankenhaus wiedergesehen hatte. Es war bereits Freitagmittag als Paola voller Vorfreude auf ihren lang ersehnten und verdienten Urlaub, doch noch einmal die Fälle Baldini und die Abschlussberichte der misshandelten Kinder, die in den Fängen des organisierten Verbrechens waren, zur Hand nahm.

Viel war in den letzten Wochen passiert.

Die leitenden Beamten der ›*Scico*‹ hatten durch den unermüdlichen Einsatz Paolas und ihres Teams, dem Gerichtsmediziner Alberto Ragazzi und Salvatore Torri von der Spurensicherung, weitere Täter überführen können. Paola saß in ihrem Büro und ließ noch einmal die Ereignisse der letzten drei Wochen in ihrem Kopf Revue passieren.

Sie erinnerte sich noch genau, wie sie die Eltern von Fatmire anrief, um ihnen mitzuteilen, dass sie ihre Tochter gefunden hatten. Der Weg in das Krankenhaus, das emotionale Wiedersehen der Eltern mit ihrer Tochter … und dann, gerade einmal zwei Tage später, am Mittwoch, dem 25. Juli wurde Paola in das Krankenhaus gerufen, weil es eine dramatische Situation gab, die Fatmire fast das Leben kostete.

Sie erinnerte sich, als wäre es gestern gewesen.

Der junge Assistenzarzt, der zu Fatmire ins Zimmer ging und die Kleine ins Jenseits befördern wollte. Die Befragung von ihm und dann nach der Entnahme der Speichelprobe die überraschende Wende, die weitere Täter überführen sollte. Als sie *Dottore* Ragazzi seine Probe zum Abgleich schickte, weil sie noch immer auf der Spur eines Mannes waren, der die arme kleine Antonia brutal misshandelt hatte. Bislang gab es keine Übereinstimmung bei den Festgenommen. Sie dachte an das Ereignis zurück:

»*Ciao*, Alberto, ich habe eine Probe für dich, kannst du sie mit der Probe, die du bei Antonia abgenommen hast, abgleichen. Ich will auf Nummer sicher gehen.«

»Hast du einen neuen Verdächtigen?«

Sie erzählte ihm, was sich zugetragen hatte … und kaum drei Stunden später, rief Alberto Ragazzi völlig losgelöst bei ihr an.

»Paola, wir sind ein Stück weiter.«

»Hat der junge Assistenzarzt etwas damit zu tun?«

»Indirekt?«

Paola erinnerte sich, wie verwirrt sie war, doch dann erklärte Alberto ihr, was er damit meinte. Sie sollte im Umfeld des jungen Mannes schauen. Die DNA der Probe wies einige Übereinstimmungen auf, als er sie mit der Probe verglich, die er aus Antonias Darm entnommen hatte. Es müsste sich um einen nahen Verwandten des Mannes handeln, er würde auf den Vater von ihm tippen. Der Vater des jungen

Assistenzarztes war ein angesehener Kinderarzt der Klinik, in der sie Fatmire zuerst hingebracht hatten.

Paola rief umgehend Signor Manconi von der Spezialeinheit an und bat ihn gemeinsam mit ihr zu seinem Vater in die Klinik zu fahren. Sie umriss kurz das Geschehen und er willigte sofort ein. Paola hatte sich den nötigen Beschluss besorgt, um eine Speichelprobe des Vaters entnehmen zu können. Als sie bei *Professore* Monte ankamen, ahnte er bereits, was auf ihn zukommen würde.

Erst tat er unwissend, doch als Paola den Beschluss auf den Tisch knallte und ihn aufforderte, dem nachzukommen, schwand sein aufgesetztes souveränes Auftreten von einem Moment zum anderen.

Das Geständnis lieferte er den beiden Polizisten, bevor die Speichelprobe entnommen wurde. Er erzählte ihnen, dass er eine Einladung durch einen gewissen Igor erhalten hatte. Er wollte sein Verhalten beschwichtigen und betonte,

»Ich war nur ein einziges Mal dort ...«

Doch Paola und auch Attilio hatten dafür tatsächlich kein Verständnis. Nach dem Abgleich von der Speichelprobe, hatten sie Gewissheit, er war der fehlende Täter, der sich unter anderem, an der kleinen Antonia vergangen hatte. Sie befragten ihn, was sein Sohn damit zu tun hatte?

Er wusste es nicht.

Bei den weiteren Ermittlungen kam heraus, dass sein Sohn Alfredo, ähnlich wie Signora Rubino, anhand einiger Gesprächsfetzen eines Gesprächs, glaubte, es selbst in die Hand nehmen zu müssen. Sein Sohn musste sich wegen des versuchten Mordes an Fatmire, ebenfalls vor Gericht verantworten.

Als *Professore* Monte mitbekam, wie erdrückend die Beweislage für ihn aussah, begann er weitere Namen von Mittätern zu nennen. Im Zuge dieser Ermittlungen wurde ein weiterer Staatsanwalt festgenommen, der diese kriminelle Bande deckte. Ein Apotheker, der die Betäubungsmittel der Kinder besorgte, sowie ein bekannter Schauspieler, der sich öffentlich ins Rampenlicht stellte, und mehrere Vereine unterstützte, die sich um Kinder in Not kümmerten.

Der Fall machte Schlagzeilen.

Die letzten zwei Wochen gingen weitere Neuigkeiten über die Presse und es gab kaum jemanden, in Italien, der nicht über diesen Fall sprach. Aufgrund dieser großen Aufmerksamkeit standen die Behörden unter Zugzwang und alle Beschuldigten würden demnächst vor Gericht gestellt werden. Man sprach mittlerweile davon, dass weitere Mechanismen greifen müssten, damit solch ein verheerendes Verbrechen nicht noch einmal passieren dürfte.

Und Paola war ein Teil dieser Ermittler, die allesamt einen groß angelegten kriminellen Ring zu Fall gebracht hatten.

Sie blätterte durch die Berichte der Kinderpsychologen. Die Prognosen der Kinder sahen erschreckend aus. Viele von ihnen litten noch immer unter Ängsten, obwohl sie lebend aus der Gefangenschaft entkommen waren. Die Kinder waren nicht nur körperlich in Mitleidenschaft gezogen, der seelische Schmerz, den galt es zu heilen.

Es wurde eine große Suchaktion nach deren Eltern gestartet, sie erstreckte sich weit über die Grenzen Italiens hinaus. Paola und ihr Team hatten großes Glück, sämtliche Eltern wurden gefunden und die Kinder waren nicht mehr allein. Einige Kinder, denen es bereits besser ging, durften mit ihren Eltern nach Hause zurück, andere befanden sich noch in Italien und wurden in Wohngruppen mit ihren Eltern untergebracht, um weitere psychologische Behandlung zu erfahren.

Sie informierten auch die Eltern der verstorbenen Kinder. Es war solch eine Tragödie, als die Eltern vor den Särgen der Gerichtsmedizin standen.

Sie nahm sich noch einmal die Akte der kleinen Antonia zur Hand.

Sie hatte es nicht geschafft!

Salvatore Torri hatte die Mutter der Kleinen ausfindig machen können und unter Zuhilfenahme der russischen Behörden, durfte die Mutter nach Italien, um ihr totes Kind abzuholen. Als Antonias Mutter bei *Dottore* Ragazzi in der Gerichtsmedizin stand, brach sie weinend zusammen. Alberto Ragazzi versuchte die Mutter zu trösten, doch musste ihr erst einmal ein

Beruhigungsmittel geben, dann konnte sie Abschied, von ihrer kleinen Tochter nehmen.
Paola und *Dottore* Ragazzi setzten sich dafür ein, dass die verstorbenen Kinder auf Kosten des Staates in ihre Heimatländer überführt wurden.

Die psychologischen Gutachten der zahlreichen Täter lagen Paola ebenfalls vor. Die Beschuldigten zeigten allesamt keine Reue. Im Gegenteil, ihre Verteidigung bauten sie mit dem Argument auf, dass die Kinder es wollten. Fassungslosigkeit machte sich nicht nur in Paola breit. Die Gutachter sahen in den Tätern eine große Gefahr und empfahlen dem Gericht, ein hohes Strafmaß für die Täter auszusprechen, sowie einen lebenslangen Eintrag, sodass sie sich nie wieder Kindern nähern dürften, geschweige denn mit Kindern zusammenzuarbeiten.

Paola war so in ihren Gedanken versunken, dass sie erschrak, als es an ihrer Bürotür klopfte. Ispettore Nero steckte den Kopf zur Tür rein.

»Oh, *Scusi*, ich wollte dich nicht erschrecken …«

»Ich war in Gedanken bei den Kindern. Was gibt es?«

»Signor Manconi ist da, er wollte dir noch etwas sagen. Passt es? «

»Schick ihn rein!«, Paola setzte sich aufrecht hin und begrüßte ihn.

»Ciao, Attilio, schön dich zu sehen.«

Da sie in den letzten drei Wochen fast täglich miteinander zu tun hatten, duzten sie sich.

»Ich habe eine Überraschung für dich und dein Team.«

Paola stutzte.

»Aha?«

»Ich habe schon mit Francesco gesprochen. Morgen Abend bei Mario im Restaurant. Die ›*Scico*‹ hat den gesamten Laden angemietet.«

Paola lächelte.

»Ich verstehe nur Bahnhof.«

»Lass dich überraschen und ziehe dir etwas Festliches an. Übrigens, der Vice-Questore ist auch dabei.«

Jetzt schaute Paola ihn völlig perplex an.

»Morgen sechzehn Uhr, sei pünktlich!«

Bevor Paola etwas sagen konnte, war er auch schon wieder aus dem Büro hinausgestürmt.

Das musste Paola erst einmal sacken lassen. Sie packte die Akten ordentlich zusammen, nahm ihre Tasche, vergewisserte sich, dass der PC aus war und ging, dann, mit den Akten hinaus aus ihrem Büro.

Als sie bei Maria und Carlo vorbeiging, tuschelten die beiden ganz aufgeregt. Sie konnte es sich einfach nicht verkneifen.

»Na, ihr beiden, tuschelt ihr?«

Ertappt schauten sie die beiden an.

»Sehen wir uns auch morgen?«

»Es wird eine gelungene Überraschung für dich werden. Freue dich«, meinte Maria mit einem schelmischen Lächeln auf ihren Lippen.

»Ihr wusstet alle Bescheid?«

Ispettore Nero und Assistente Mazzola nickten ihr zu.

»Ihr seid geliefert!«, platzte es fröhlich aus Paolas Mund. Dann legte sie die unterschriebenen Akten auf Marias Schreibtisch, verabschiedete sich, und begab sich auf den Heimweg.

Als Francesco ihr die Tür aufmachte, war Paolas Begrüßung folgende:

»Mit dir habe ich auch ein Hühnchen zu rupfen!«

Francesco grinste sie an, »hat Attilio dir Bescheid gesagt?«

Sie war sehr gespannt, was der morgige Tag für eine Überraschung bringen würde. Sie versuchte Francesco das Geheimnis zu entlocken, aber er hielt dicht.

Am nächsten Morgen saß die Familie Rossi am Tisch und sie genossen ihr Frühstück, gen Nachmittag machten sie sich auf den Weg zu Marios Restaurant. Als Paola die Tür des Restaurants öffnete, standen alle Anwesenden auf und sahen sie an. Ein Stimmenchor mit Glückwünschen ertönte. Der Vice-Questore löste sich von den Anwesenden und trat nach vorn. Er überreichte ihr ein prachtvolles Blumenbouquet, sowie eine Glückwunschkarte und eine Urkunde.

»Liebe Commissario Rossi, im Namen der Questura und dem Polizeipräsidenten möchten wir uns sehr herzlich bei Ihnen für Ihre Verdienste bedanken, die dazu führten, dass wir eine lückenlose Beweislage haben und alle Beschuldigten verhaftetet werden konnten. Sie haben es durch Ihren unermüdlichen Einsatz geschafft, dass es als großer Erfolg gegen das organisierte Verbrechen zu werten ist. «

Paola schaute ihn aus weit geöffneten Augen an, dann wurde sie rot und schließlich sagte sie:

»Der Dank geht nicht an mich allein. Ohne mein Team und alle Mitarbeiter der Questura, die mit diesem Fall betraut waren, wäre der Erfolg nicht möglich gewesen. Vergessen möchte ich nicht, dass wir eine großartige Zusammenarbeit mit der ›*Scico*‹ hatten, allen voran, Signor Manconi. Bevor ich schließe. Dieser Fall hatte es wahrlich in sich. In meiner ganzen bisherigen Laufbahn wurde ich noch nie dermaßen an meine Grenzen gebracht, wie in diesem Fall. Mein persönlicher Dank geht an Ispettore Maria Nero und an Assistente Carlo Mazzola. Eure Ideen, eure Geistesblitze, wir sind ein perfektes Team und ich bin dankbar, euch an meiner Seite zu haben. Salvatore, deinem Einsatz haben wir es zu verdanken, dass wir den armen Kindern ihre Eltern wiederbringen konnten und du lieber Alberto, hast mit solch einer Akribie jede einzelne, mag sie auch noch so klein gewesen sein, Verletzung ausgewertet und katalogisiert. Und auch Sie, werter Vice-Questore, haben uns volle Rückendeckung gegeben.«

Dann drehte sie sich zu ihrer Familie um und sagte:

»Ohne euch, könnte ich meinen Beruf überhaupt nicht ausüben. Ich danke euch für eure Geduld, wenn ich wieder erst spätabends heimkam, eure Liebe und für euer Verständnis. Danke«, dann hauchte sie ihrem Mann und den Kindern einen Luftkuss zu.

Als sie sich erneut umdrehte, wurde geklatscht und danach begrüßte sie alle Anwesenden. Sie setzten sich an die Tische und als sie einen kurzen Blick zur Küche machte, schaute sie, wunderte sich, denn dort stand Leonora Tarik. Mario Angelo bekam es mit und ging zu Paola.

»Wunderst du dich? Ja, ich habe gerade erst gestern eine neue Hilfsköchin eingestellt. Darf ich vorstellen, da kommt sie …«, er drehte sich um und winkte Leonora zu sich.

»Commissario Rossi, danke für alles. Ich, Mann und Fatmire glücklich …«

»Jetzt müsst ihr mich aber bitte aufklären.«

Mario Angelo schaute zum Vice-Questore, der ihm nickend zustimmte.

»Vice-Questore Dal Molin hat alles unternommen, damit Leonora und ihr Mann Tarik, sowie die kleine Fatmire bei uns in Italien bleiben können. Die Eltern haben eine Arbeitserlaubnis bekommen, Fatmire wird im Herbst eingeschult und mein Freund hat ein kleines Haus für die drei gefunden, sodass sie ein neues Leben anfangen können.«

Paola war sichtlich gerührt, sie nickte ihrem Chef aus der Entfernung zu und formte lautlos das Wort *Grazie*, er nickte ihr wohlwollend zu.

Das Fest war ein wunderschöner Ausklang nach den arbeitsintensiven Wochen, die hinter allen lagen. Fatmire und ihr Vater Tarik saßen bei Clarissa, der

Tochter von Mario. Vor ihnen lag ein buntes Kinderbuch, gemeinsam mit ihr übten sie die ersten italienischen Wörter und jedes Mal, wenn Fatmire etwas richtig sagte, bekam sie einen bunt eingepackten Bonbon von Clarissa.

Paola schaute mit tiefer Dankbarkeit in die Runde, dann nahm sie die Hand ihres Mannes Francesco und sagte feierlich: »Ich bin so glücklich, dass bei all dem Leid, so etwas Wundervolles entstehen konnte. Danke, dass du immer für mich da bist. Ich liebe dich, Francesco.«

Er hauchte ihr ins Ohr:

»*Bella*, ich liebe dich über alles und bin stolz, solch eine wundervolle Frau an meiner Seite zu haben.«

Cinzia G. Agostini • TOD im zweiten AKT

Erneuter Einsatz bei Commissario Paola Rossi.

Commissario Paola Rossi und ihr Mann Francesco verleben einen schönen Abend in der ›Arena di Verona‹. Plötzlich nimmt dieser Abend eine dramatische Wendung. Mitten im zweiten Akt breitet sich ein Tumult aus, dann folgt ein schriller Schrei. Commissario Paola Rossi und ihr Mann Francesco springen von ihren Stühlen und laufen zu einer Frau im Zuschauerraum, die wild mit den Armen fuchtelt. Als Commissario Rossi vor der Frau steht, versteht sie warum. Auf dem Nachbarsitz der Frau sieht sie einen Mann zusammengesackt auf dem Stuhl sitzen.
Der Mann ist tot …

Die Autorin Cinzia G. Agostini entführt uns erneut in die wunderschöne italienische Stadt Verona. Bei diesem Fall muss Commissario Paola Rossi mit Taktik und viel Fingerspitzengefühl ermitteln, denn das Opfer arbeitete als Berater in den angesehenen Kreisen der Stadt. In diesem spannenden Thriller wird sie an ihre emotionalen Grenzen gebracht, als sie auf die Spur von Kindesmisshandlungen stößt.

In dieser Reihe bereits erschienen …

Cinzia G. Agostini
Commissario Paola Rossi
SEELEN*STREICH*
Der Verona Krimi
Roman
324 Seiten
Taschenbuch
ISBN:978-3-7531-2666-1
E-Book
ISBN:978-3-7529-2390-2

Commissario Paola Rossi wird durch einen Mörder in der schönen Stadt Verona an ihre Grenzen gebracht. Eine junge Frau wird brutal überfallen. Die Ärzte bangen um ihr Leben. Bei ihren Ermittlungen im Fall Clarissa Angelo, gibt es weder ein Motiv noch einen Täter. Warum wurde die junge Frau überfallen? Nach kurzer Zeit stellt sie fest, es handelt sich nicht um eine Zufallstat. Ein zwielichtiger junger Mann gerät in ihr Täterprofil. Mitten in der Aufklärung des Falles geschieht ein weiterer brutaler Überfall auf eine Frau. Doch diesmal stirbt das Opfer noch am Tatort. Die Ereignisse spitzen sich zu und ehe Commissario Rossi sich versieht, steht sie im Fokus des Täters.

Die Autorin Cinzia G. Agostini entführt uns mit ihrem Auftakt ihrer Krimireihe von »Commissario Paola Rossi« in die wunderschöne italienische Stadt Verona. Mit ihrer sympathischen Hauptfigur Paola Rossi hat sie eine ebenso kluge, als auch empathische Ermittlerin erschaffen. Spannend, temporeich und nachdenklich werden in diesem packenden Thriller, die Abgründe der Psyche und Seele aufgezeigt. Aus einem traumatisierten Opfer wird ein brutaler Serienkiller …

Weitere Titel der Autorin …

CHIARA Teil 1 und Teil 2

Cinzia G. Agostini
CHIARA
GEHT IHREN WEG
Roman
488 Seiten
Taschenbuch
ISBN:978-3-748586-79-1
E-Book
ISBN:978-3-7485-5939-9

Chiara Schönfeld reicht es! Schon wieder hat ihr Mann Peter eine Affäre. Von wegen Ausrutscher! Sie denkt an ihre fünfjährige Tochter Carlotta, die ihren Vater vergöttert und kommt ins Grübeln. Beruflich ist Chiara die toughe Geschäftsfrau, die mit Weitsicht und Klarheit agiert. Und privat? Als sie eines Abends nach Hause fährt, trifft sie ihren Nachbarn Maurice und geht spontan mit ihm essen. Dieses Treffen fühlt sich so unbeschwert und leicht an. Jetzt weiß sie, was sie will. Sie trennt sich von Peter, fährt nach Italien und ihre schlummernden Lebensgeister kehren zurück. Doch …? Maurice geht ihr nicht mehr aus dem Kopf! Bevor sie weiter nachdenken kann, reist ihr Mann Peter hinter ihr her und will sie zurück …

Temporeich, frech, humorvoll, dramatisch und nachdenklich nimmt uns die Autorin Cinzia G. Agostini in ihrem Debütroman mit auf die spannende Reise des Lebens ihrer Protagonistin Chiara Schönfeld.

Cinzia G. Agostini
CHIARA
SCHATTEN DER
VERGANGENHEIT
Roman
338 Seiten
Taschenbuch
ISBN:978-3-7529-8127-8
E-Book
ISBN:978-3-7529-1057-5

Chiara Schönfeld ist glücklich! Sie heiratet ihre große Liebe Maurice. Endlich hat sie die Schatten der Vergangenheit hinter sich gelassen. Von ihrem Ex-Mann Peter hat sie nichts mehr zu befürchten. Gerade als Chiara vor dem Standesamt ihren Brautstrauß werfen will, schießt ein Auto – wie aus dem Nichts – auf sie zu. Zum Glück erfasst der Wagen Chiara nicht, doch dieser Zwischenfall löst Angst in ihr aus. War es wirklich nur ein unvorsichtiger Autofahrer? Hat Peter etwas damit zu tun? Sie fährt mit Maurice in die Flitterwochen und ihre Ängste und Zweifel lösen sich auf. Ihr Glück scheint perfekt!
Doch der Schein trügt! Bevor Chiara und Maurice begreifen, um was es geht, ist es fast schon zu spät …

Die Autorin Cinzia G. Agostini nimmt uns erneut mit auf den Weg ihrer Protagonistin Chiara Schönfeld. Sie führt uns mit diesem fesselnden und temporeichen Thriller in die Vergangenheit von Chiara und in die verwobenen Untiefen der menschlichen Psyche.

FSC
www.fsc.org
MIX
Papier | Fördert
gute Waldnutzung
FSC® C083411

Druck:
CPI Druckdienstleistungen GmbH
im Auftrag der
Zeitfracht GmbH
Ein Unternehmen der Zeitfracht - Gruppe
Ferdinand-Jühlke-Str. 7
99095 Erfurt